취적취무 醉笛狂舞

FANTASTIC ORIENTAL HEROES
설봉 新무협 판타지 소설

취적취무 3

설봉 新무협 판타지 소설

초판 1쇄 찍은 날 § 2011년 6월 28일
초판 1쇄 펴낸 날 § 2011년 7월 4일

지은이 § 설봉
펴낸이 § 서경석

총괄팀장 § 유경화
편집책임 § 주소영
편집 § 어정원

펴낸곳 § 도서출판 청어람
등록번호 § 제1081-1-89호
등록일자 § 1999. 5. 31
어람번호 § 제2-2116호

주소 § 경기도 부천시 원미구 심곡2동 163-2 서경B/D 3F (우) 420-822
전화 § 032-656-4452 팩스 § 032-656-4453
http://www.chungeoram.com
E-mail § chungeoram@chungeoram.com

ⓒ 설봉, 2011

ISBN 978-89-251-2555-8 04810
ISBN 978-89-251-2518-3 (세트)

※ 파본은 구입하신 서점에서 교환하여 드립니다.
※ 저자와 협의하여 인지를 붙이지 않습니다.
※ 이 책은 도서출판 청어람과 저자자의 계약에 의해 출판된 것이므로,
  무단 전재 및 유포·공유를 금합니다.

3

전무전체(全無全體)
전부 사라져야 전체가 된다

취적취무
醉笛醉舞

한 잔 술에 취해 곡조 없는 피리를 분다.
술기운을 빌어 흥겨운 가락에 몸을 맡긴다.
취하자. 춤추자.
오늘 하루만, 이 시간만이라도 그저 취하고 웃어보자.

설봉 新무협 판타지 소설

FANTASTIC ORIENTAL HEROES

目次

第二十一章	가빈(嘉賓)	7
第二十二章	회기(晦氣)	39
第二十三章	노호(老狐)	73
第二十四章	난흘(難吃)	107
第二十五章	사제(師弟)	139
第二十六章	분기(憤氣)	173
第二十七章	도방(道傍)	203
第二十八章	일락(一落)	235
第二十九章	전체(全體)	267
第三十章	격랑(激浪)	297

第二十一章
가빈(嘉賓)

1

만정은 경계가 삼엄하지 않다.
그들은 두 가지를 믿는다.
첫째는 검련이라는 이름이다.
만정은 검련이 만들고 관리한다. 그런 곳을 건드리는 것은 곧 검련과의 전면전을 의미한다.
검가(劍家) 사십여 개를 적으로 돌리는 일이다.
초강고수라고 해도 평생 치열하게 싸울 각오를 하지 않는 한 행동으로 옮기지 못한다.
두 번째로 믿는 것은 만정 그 자체다.
간혹 마인들이 동료를 구하고자 급습해 올 때가 있다.
그들은 어차피 검련과는 평생을 싸워가야 한다. 서로 가는 길이 다르기 때문에 만나기만 하면 서로를 죽이지 못해서 안달하는 사이다. 하니 검련 눈치를 볼 필요가 없다.

그럴 경우, 옥주는 옥졸들을 데리고 잠적한다.

만정에 마련된 밀실(密室) 안으로 들어가서 급습이 마무리될 때까지 편안하게 기다린다.

일면 비겁해 보일지라도 어길 수 없다. 검련이 직접 옥주에게 하달한 행동 강령이기 때문에, 불의를 참지 못하고 마주 싸우는 일이 오히려 문규를 어기는 일이 된다.

옥졸들은 밀실로 숨기 전에 한 가지 일만 하면 된다.

활차와 쇠사슬을 제거한다.

딱 하나, 이 일만 하면 된다. 그러면 마인들은 절대 빠져나가지 못한다.

동아줄을 준비해 오면 어떨까? 쇠사슬로 묶어서 내려보냈으니 동아줄만 늘어뜨리면 기어오를 수 있지 않을까? 기어오를 수 없다면 끌어올리면 되지 않겠나.

만정을 몰라서 하는 말이다.

우선 활차가 매어져 있는 관정(管井)까지 가기 위해서는 개미굴보다도 복잡한 미로진(迷路陣)을 빠져나와야 한다.

지금껏 만정을 침입한 마인의 수는 이백칠 명, 그중에 미로진을 통과한 마인은 단 한 명뿐이다. 이백육 명이 미로진에서 헤매다 목숨을 잃었고, 딱 한 명만이 관정에 도착했다.

신산조랑(神算ㄱ娘)으로 불리던 여인!

신산은 지략이 뛰어난 사람에게 붙이는 별칭이고, 조랑은

간사한 여인을 일컫는 말이다.

신산조랑은 계략이 탁월했던 여마(女魔)다.

한데 그녀도 관정을 내려다보고는 절망하고 말았다.

유암감갱(幽暗坎坑)!

너무 깊어서 끝이 보이지 않는 구덩이를 말한다.

도저히 밧줄을 늘어뜨릴 엄두가 나지 않아서 절로 한숨을 불어 쉬게 만드는 지옥의 끝을 말한다.

신산조랑은 빠져나갈 생각도 못하고 멍하니 관정만 쳐다보다가 두 손을 들었다.

현재 그녀는 만정 속에 있다.

결국 만정을 침입한 이백칠 명 중 다시 돌아 나간 마인은 한 명도 없다.

허락없이 만정으로 들어선 자는 죽는다. 죄를 지어 만정으로 끌려온 자도 죽는다.

만정이 차지하는 위치만큼 옥주와 옥졸의 무공이 강하지 못한 것은 그럴 필요가 없기 때문이다. 그들이 하는 일은 아무도 찾는 사람이 없는 산속 절간을 지키는 것과 마찬가지다.

두 사내가 만정을 찾아왔다.

"누구냐!"

"옥주를 뵈러 왔소."

"누구냐니까!"

"이 서신을 전해주시면 시간을 내주실 게요."

두 사내 중에 키가 크고 눈매가 날카로운 자가 금실로 묶은 서신을 내밀었다.

그는 검련의 깃발을 들지 않았다.

죄인을 호송해 온 검련의 무인이 아니라는 뜻이다.

또한 검련의 건(巾)도 착용하지 않았다. 검련 무인이라고 해서 의무적으로 건을 둘러써야 하는 건 아니다. 하지만 만정을 방문할 때는 신분을 확인하기 위해서 반드시 동여매야 한다.

검련의 건은 각 가문을 표시해 준다. 각 가문에서 차지하는 위치를 말해준다.

건에는 오직 검련의 무인들만이 알아볼 수 있는 은밀한 표식이 그려져 있다.

방문자는 그런 건을 착용하지 않았다.

검련 사람이 아니다.

검련 사람일지도 모른다. 충분히 그럴 수 있다. 그렇다면, 검련의 무인임에도 건을 착용하지 않았다면 검련과는 상관없이 개인적인 용건으로 방문했다는 뜻이다.

어찌 되었든 건을 매지 않았으니 정중하게 대할 필요가 없다. 만정을 침입했던 마인들에 준해서 대우한다고 해도 뭐라고 항변할 말이 없다.

옥졸들의 눈가에 도도함이 물결쳤다.

"서신이고 나발이고 썩 꺼져!"

한눈에도 상대가 상당한 수준의 무인임을 알아볼 수 있다. 무공으로 맞싸우면 절대로 이길 수 없는 고수다.

그런 자를 언제 눈 아래로 깔고 보겠는가.

만정 옥졸들은 이런 일에 능숙했다. 만정을 들어서는 거의 모든 무인들이 그들에게 경의를 표했다. 그리고 지금은 그런 눈길들을 일종의 권위로까지 생각하고 있다.

"약소하지만…… 발품 값이오."

사내가 묵직해 보이는 은덩이를 꺼냈다.

옥졸들은 침을 꿀꺽 삼켰다. 하지만 손을 내밀지는 않았다. 그들은 은덩이를 멀거니 지켜보기만 했다.

사내가 은덩이를 하나 더 꺼냈다.

"서신만 전해주면 되오이다."

"그런가? 그럼…… 전해주기는 하겠는데……."

그제야 옥졸들이 서신을 받았다.

금색 실로 감싼 서신을 풀자 전표(錢票)가 모습을 드러냈다.

물경 삼천 냥짜리 전표다.

근래 보기 드문 뇌물이다.

"이걸 누가 가져왔다고?"

"거기까지는 물어보지도 않았습죠. 당장 내쫓으실 것 같아서. 하지만 무슨 용건인지 모르니 서신은 전해야겠기에……."

"흠!"

"내쫓을갑쇼?"

"흠!"

옥주는 가타부타 결정을 내리지 않고 생각에 잠겼다.

전표에는 수결(手結)이 빠져 있다.
만나서 조건을 말하고 수락하면 수결을 치겠다는 뜻이다.
삼천 냥…… 쌀이 이만 사천 석…….
전표만 가지고 튀어도 어디 가서 졸부(猝富) 소리는 듣는다. 무관(武館)을 세울 수도 있고, 터만 잘 잡으면 일가(一家)를 이루는 것도 꿈이 아니다.
방문객은 그만한 거액을 제시했다.
만정에 와서 이만한 전표를 내밀면서 할 만한 부탁이라면 딱 하나밖에 없다.
죄수를 빼내달라.
그런 부탁이라면 절대 들어줄 수 없다. 그런 일을 할 바에는 차라리 검을 물고 죽는 게 낫다.
검련의 추적은 상상을 초월한다. 검련의 보복은 구족참살(九族斬殺)이라는 말을 떠올리게 한다. 검련을 배신하느니 지금 이 자리에서 죽는 게 낫다.
그러나…… 전표 삼천 냥은 상당한 거액이다.
'일단…… 일단 만나보기만 하는 건 괜찮잖아? 아직 무슨 일이 벌어진 것도 아니고. 가당찮은 부탁일 것 같으면…… 만정에 처넣어 버리는 수도 있고. 흐흐!'
전표를 만지작거리던 옥주가 말했다.
"놈을 데려와!"

두 사내가 들어섰다.

한 사내는 키가 크다. 육 척이 넘을 것 같은데, 다소 마른 체격이라서 더 커 보인다. 또 한 사내도 보통보다 조금 더 크다. 단단한 체격에 웃음기없는 얼굴이 인상적이다.
'사람 죽이는 걸 능사로 여기는 놈들!'
사내들은 마인의 기운을 풍긴다.
살인을 하는 데 망설임이 없을 게다. 아니, 그런 일을 전문적으로 맡아서 한다는 느낌이 든다. 옷차림은 단정한데 전신에서 피비린내가 물씬 풍긴다.
마인이라면 지겹게 접해본 옥주의 눈길에는 이들 역시 마인으로 보였다.
하지만 마인은 아니다. 마인과는 다르다. 사내들은 살기를 줄줄이 흘려내면서도 밝은 정기(正氣) 또한 뿜어낸다.
정도 쪽에 서 있는 인물이다. 확실하다. 하지만 사람을 아주 많이 죽여본 자다. 이 또한 확실하다.
옥주가 말했다.
"누구라고 알면 되겠는가?"
"모르는 편이 나으실 겁니다."
키 큰 사내가 정중하게 말했다.
하기는…… 사내 말이 맞다.
이들은 전표를 들고 부탁을 하러 온 자다. 뇌물을 주고 청탁을 하는 입장이다.
청탁을 들어줄지도 결정되지 않은 마당에 신분 내력을 밝히기는 어려울 게다.

옥주는 사내의 말투에 주목했다.

공손한 말투다. 당당하다. 비굴함은 없다. 또박또박 결기(結氣)를 흘린다.

수많은 마인을 접해본 옥주의 직감상…… 믿어도 좋을 자다.

'돈을 벌겠어.'

옥주의 인상이 한결 편안해졌다.

만정에서 마인을 꺼내달라는 부탁만 아니라면 무엇이든 들어줄 수 있다.

"그럼 말해보지. 내게 이 전표를 보낸 뜻이 뭔가?"

"거두절미, 용건만 말씀드리는 게 편하겠지요. 만정에 들어가고 싶습니다."

결국 그 말인가?

옥주의 인상이 팍 구겨졌다.

만정에 들어가고 싶다. 만정에 들어가서 잠시 볼일 좀 보고 나오겠다. 만정에 죽일 놈이 있다. 만정이란 곳을 구경하고 싶다. 만정에서 한 놈만 빼내오겠다.

사내가 한 말은 여러 가지 뜻으로 해석된다. 하나 그중에서 가장 먼저 떠오른 말이 죄수 한 명만 꺼내달라는 것이다. 뇌물을 들고 찾아오는 사람들 중에 십중팔구는 그런 내용이다.

키 큰 사내가 부언(附言)했다.

"검련에서 압송해 온 자가 아니면 들어갈 수 없다는 걸 압니다. 일차, 검련의 심판을 받고 평생 투옥이 결정되어야만 입옥 되겠지만…… 부탁드립니다."

키 큰 사내가 머리를 숙였다.

'입옥?'

옥주는 자신이 잘못 듣지 않았나 싶어서 고개를 갸웃거렸다.

사내는 분명히 '입옥'이라는 말을 썼다.

압송해 온 죄수들처럼, 그들과 같은 입장에서 만정으로 들어가겠다는 것인가?

"후후후! 만정은 어린아이 놀이터가 아니야."

"압니다. 들어가면 나올 수 없는 곳이죠. 옥주님께서는 저흴 입옥 절차에 따라서 들여보내 주시기만 하면 됩니다. 그 후는 신경 써주시지 않아도 됩니다."

옥주는 미간을 가늘게 좁혔다.

키 큰 사내는 또 한 번 '입옥'이라는 말을 썼다. 아니, 이번에는 좀 더 확실하게 '입옥 절차'라는 말까지 사용했다.

마인과 같은 금제를 당하면 무공을 잃는다. 잠시 잃었다가 다시 찾는 것이 아니라 영구히 잃는다. 지금은 산악(山嶽)을 움직일 수 있어도, 금제를 당하는 순간부터는 물동이 하나 제대로 들지 못하는 폐인이 된다.

그런 금제를 받아들이겠다. 당신은 전표를 받고 들여보내 주기만 하면 된다. 빼내줄 필요도 없다. 들여보내 주기만 해라. 그 후로는 죽든 살든 상관하지 않아도 된다.

'이거 미친놈 아닌가!'

"죄수와 똑같이 입옥 절차대로 감금되겠다는 것인가?"
옥주는 더 이상 확실할 수 없을 정도로 못을 박아 물었다.
"그렇습니다."
"금제까지 받겠다는 건가?"
"그렇습니다."
"마인들과 똑같이 금제를 당하겠다?"
옥주는 정녕 믿을 수 없어서 두 번, 세 번 확인했다.
"네, 그렇습니다. 이제 수결을 쳐드릴까요?"
사내의 대답은 단호했다.

"삼천 냥이면 조두께서 모으신 평생 재산입니다. 그동안 상대한 놈들 중에서 어느 놈 하나 만만한 놈이 없었어요. 옷만 벗어봐도 알 수 있잖습니까? 몸에 상처가 어디 한두 군데입니까? 그렇게 피 흘려서 번 돈을 이렇게 써도 됩니까?"
키 큰 사내, 묵혈도가 말했다.
"후후후!"
"그것참…… 알겠습니다. 조두님은 뒤로 빠지시죠. 만정은 제가 들어갔다 나오겠습니다."
"나오지 못한다."
"네?"
"후후! 만정이 어린아이 놀이터더냐."
"하지만 벽사혈에게는……."
"그런 말을 해주지 않으면 따라왔을 테니까."

"하! 벽사혈은 안 되고 전 아무렇게나 돼도 괜찮다는 말씀입니까?"

"넌 총각도 아니잖아."

"네?"

"놀 만큼 놀아봤으니까 괜찮아."

"하! 이젠 그런 농담까지! 거참, 사람이 죽을 때가 되면 이상하게 변한다더니 조두님이 딱 그 짝이라니까."

묵혈도가 고개를 내둘렀다.

그가 어찌 추포조두의 뜻을 모르겠는가.

만정에 들어가서 살아 나온 사람이 없다. 난다 긴다 하는 사람들이 모두 갇혀 있다.

물론 믿는 바가 있어서 뛰어들기는 했다. 하지만 그게 통하지 않으면 이대로 끝난다. 만정의 금제를 받아들이는 순간, 그들도 다른 마인들과 똑같은 처지에 떨어진다.

만정을 벗어나지 못한다.

추포조두의 단언이 묵혈도의 마음을 묵직하게 짓눌렀다.

그때, 추포조두가 또 가벼운 말을 건네왔다.

"그리고 그 말…… 앞으로는 조두라는 말을 쓰지 마라. 언제까지 조두라고 부를 참이야."

"그럼 뭐라고 부를까요?"

"마음 내키는 대로 불러."

"비가에서 부르던 대로 부를까요?"

"……."

"알겠습니다, 알았다고요! 그냥 대형(大兄)이라고 부르죠. 어때요? 그것도 못마땅합니까?"

"괜찮다."

추포조두는 검을 풀었다.

어차피 이제부터는 자신의 몸을 떠날 물건이다. 그래서 애검(愛劍)을 절에 맡겨두고 청강장검 한 자루를 샀는데…… 검을 찾으러 갈 수 있으려나.

세상에는 항상 의외의 변수가 존재한다. 정말 터무니없는 일이 생각하지 못한 곳에서 불쑥 터져 나오곤 한다.

덜컹!

문이 열리며 옥졸들이 들어섰다.

그들의 얼굴에는 잔인한 미소가 일렁거린다.

순간, 무엇인지 알 수 없지만 불길한 느낌이 스멀거린다. 무엇인가 잘못되었다는 느낌을 지울 수 없다.

옥졸들은 형식에 따라서 두 손과 두 발을 묶었다.

싫다. 이 느낌…… 정말 싫다. 옥졸들의 결박이 영원한 결박처럼 느껴진다.

안대까지 가려졌다. 그리고,

푹!

"윽!"

예상치 못한 급습에 비명이 쏟아진다.

쇠꼬챙이 같은 것이 단전을 후벼 팠다. 송곳이 단전을 파고

들더니 안에서 한 바퀴 원을 그린다.

"끄윽!"

비명을 참으려고 했지만 참지 못했다.

"후후후! 개새끼들! 이런 일 같으면 옥주를 찾아뵐 것도 없었잖아. 우리에게 전표를 줬어도 되는데 뭐 하러 옥주까지 뵙고 지랄이야! 생각만 해도 신경질 나네."

불안하던 느낌의 실체가 드러났다. 이것이다!

푹!

"끄으윽!"

송곳이 거침없이 파고들었다.

그들은 만정 마인들과 똑같은 금제를 가해달라고 했다. 한데 실제로는 훨씬 혹독한 금제가 가해진다. 금제가 아니라 고문이라고 해도 무색하지 않을 손길이 떨어진다.

"이 새끼들!"

묵혈도가 이를 부드득 갈았다.

그게 또 옥졸들의 비위를 건드렸다.

"이 새끼가 뭐라고 중얼거리는 거야!"

퍽! 퍽퍽퍽!

발길질이 우박처럼 떨어진다. 육신을 짓밟고 얼굴을 짓뭉개고, 정강이를 걷어찬다.

"큭! 큭큭큭!"

묵혈도가 잔소(殘笑)를 흘렸다.

두고 보자. 만정에서 나오기만 하면 네놈들부터 요절낼 테니, 그때 보자.
 그의 웃음은 매만 부를 뿐이다.
 "아예 여기서 죽어라! 웅! 여기서 죽어, 새끼야!"
 푹푹푹푹!
 송곳이 요혈뿐만 아니라 전신을 난자했다.

 '됐어······.'
 묵혈도는 만족스러운 웃음을 흘리며 깊은 혼절의 나락으로 떨어졌다.
 이대로 죽는 것일까? 그럴지도 모른다. 이놈들의 비위를 잔뜩 건드려 놨으니 아예 송장으로 만들어 떨굴지도 모른다.
 그래도 이러지 않을 수 없었다.
 놈들의 손길은 잔혹했다. 금제를 가하는 것이 아니라 분노를 터뜨리는 수준이었다.
 이것은 확실히 추포조두나 그가 예상했던 게 아니다. 이런 금제를 당하면 한 가닥 믿는 구석이 모두 망가져 버린다.
 분노를 한 사람이 받을 필요가 있다.
 그는 옥졸들의 심기를 건드렸고, 생각했던 대로 육신이 피떡이 되고 말았다. 대신 추포조두의 몸은 거의 건드리지 않는다. 아직 송곳 한 올 박히지 않았다.
 이자들이 자신을 난타하고 나면 기운이 빠질 게다.
 추포조두에게 금제를 가할 즈음에는 빨리 끝내고 싶은 마음 밖에 들지 않을 것이다.

추포조두가 정상적인 금제를 받는다. 그러면 된다.

그렇다고 자신의 목숨을 이따위 옥졸들에게 내놓을 생각은 없다.

운이 나빠서 이대로 숨이 끊긴다면 어쩔 수 없지만, 한 가닥 숨이 붙어 있으면…… 그때는 추포조두가 손을 써줄 게다. 자신의 피를 먹여서라도 살려낼 게다.

조두를 믿는다. 그렇게 살아왔다.

'됐어…….'

그의 입가에 만족스런 웃음이 그려졌다.

2

기이이이잉!

만정이 또 열렸다. 활차가 돌아가고, 곧이어서 쇠사슬 풀리는 소리가 촤라락 들린다.

쿵! 쿵!

두 명이 또 떨어졌다.

"끄응!"

한 사람이 꿈틀거린다.

누구나 만정에 떨어지면 사지육신이 갈가리 찢기는 것 같아서 몸을 비비 꼬며 신음을 토해낸다. 어느 누구라도 예외가 없다. 정신을 완전히 놓아버린 사람이 아니라면.

당우는 또 다른 경우다. 정신을 놓지 않았지만 몸이 마비되어 움직일 수 없었다.

그럼 두 가지 경우가 생긴 것인가? 정신을 놓아버리거나 몸을 움직일 수 없는 상태이거나.

그러면 움직이지 못하는 또 한 사내는 어떤 경우인가?

천장에서 떨어진 두 명 중의 한 명이 꿈쩍도 하지 않는다. 사방이 어둡기 때문에 뚜렷하게 볼 수는 없지만 죽은 사람처럼 미동도 하지 않는다.

"끄응!"

다른 사내가 일어나려고 발버둥 쳤다.

어떻게든 움직이려고 사지를 꿈틀거리지만 손과 발이 묶여 있는 관계로 일어나 앉는 것이 고작이다.

"휘우!"

산음초의는 한숨을 내쉬며 두 사람 곁으로 다가섰다.

"누구냐!"

사내가 당장 기척을 알아채고 물어왔다.

"죄수요."

"죄수!"

"악의는 없소. 족쇄 푸는 열쇠가 근처에 떨어져 있을 텐데…… 찾아주리다."

"됐어!"

사내의 경계심은 대단했다.

손에는 수갑이, 발에는 족쇄가 채워졌다. 눈은 안대로 가려졌고, 몸은 쇠꼬챙이에 찔린 상처로 피범벅이다. 틀림없이 주요 혈이 모두 만신창이가 되었을 게다.

만정에 떨어지는 사람은 모두 같은 조건을 지닌다. 철저하게 금제당하고, 묶인 상태로 떨어진다.

지금 상태로는 손가락 하나 움직일 기력이 없다.

그런데도 사내는 경계심을 떠올렸다.

당해도 단단히 당했다. 보통 사람들보다 훨씬 더 많이 당했다. 그 말은 이들이 사지를 찢어놓을 정도의 악인이라는 뜻이다. 적어도 만정 옥졸들의 입장에서는.

"열쇠는 오른쪽 사람 밭밑에 있소."

산음초의는 다가서지 않고 멀리서 말했다.

사내가 꿈지럭거리며 몸을 돌렸다.

"거기서 조금만 더 가시오. 머리 하나 정도만. 아니, 그 왼쪽이오."

사내는 다른 사람이 다가서는 것을 경계했지만 산음초의의 말은 받아들였다.

사내가 드디어 입으로 열쇠를 물었다.

열쇠는 곧 수갑 찬 손으로 옮겨졌고, 족쇄와 수갑이 풀렸다. 그리고 안대도 벗겨졌다.

사내는 몸이 풀리자마자 사방을 두리번거리더니 꼼짝도 하지 않는 사내를 발견하고는 한달음에 달려갔다.

"끄응!"

사내는 침착했다. 사내 곁으로 달려갈 때만 해도 확 껴안아 일으킬 것 같았는데, 그러지 않았다. 아예 손도 대지 않았다.

누워 있는 사내를 건드리지 않고 곁에서 세밀하게 상태를 살폈다.

"으음!"

급기야 그가 신음을 토해냈다. 인상이 있는 대로 찌푸려지는 것으로 보아서 상태가 심상치 않은 것 같다.

그는 사내 곁에 털썩 주저앉았다. 그리고 망연히 어둠만 쳐다봤다.

추포조두, 그가 할 수 있는 일은 아무것도 없었다.

공기를 타고 피비린내가 흐른다.

산음초의는 피 냄새 속에서 죽음의 냄새까지 잃었다.

누워 있는 사내는 금제 이상의 상처를 받았다. 그리고 그 상처가 목숨을 앗아가고 있다. 이대로 한 식경만 지나면 백약이 무효인 상태로 접어들 게다.

그렇다고 자신이 무엇을 할 수 있는가.

"휴우!"

그는 깊은 숨을 내쉬었다.

할 수 있는 것이 있다. 약은 쓸 수 없지만 추궁과혈(推宮過穴)은 해줄 수 있다.

무인이 진기를 이용하여 전개하는 추궁과혈과 의원이 상처 치료에 쓰는 추궁과혈은 같은 듯하면서도 상당히 다르다. 만지는 혈이 다르고, 압박하는 정도가 다르다.

"내 여기 오기 전에는 의원이었소. 그 사람…… 봐도 되리까?"

사내가 고개를 들어 그를 쳐다봤다.
"악의는 없다고…… 먼저 말한 것 같소만."
"고맙소."
사내가 산음초의에게 고개를 끄덕였다.
그 눈길에 진정 고맙다는 진심이 담겨 있었다.

산음초의가 누워 있는 사내를 뒤척이는 동안, 추포조두는 안색을 돌처럼 딱딱하게 굳힌 채 한쪽 구석을 노려봤다.
한 사내가 구석에서 운공조식을 취하고 있다.
주위에서는 심상치 않은 느낌도 감지된다.
광기에 찬 눈동자들!
어둠 저편에서 수십 쌍의 눈동자가 번뜩인다. 사방이 온통 컴컴한데 눈동자만 하얗게 번뜩인다.
'이건 뭐야? 뭐가 이렇게 많아? 이놈들이 다 잡혀온 놈들이야? 소문이 잘못돼도 단단히 잘못됐군. 만정에 들어가면 살아남기 힘들다던데…… 너무 많이 살아남았어. 그런 걸 보면 이곳도 꽤 살 만한 곳이라고 봐야겠지.'
눈동자를 보자마자 머릿속을 스쳐 간 생각이다.
놈들이 적의(敵意)로 가득 차서 노려본다.
추포조두는 그들을 무시했다.
눈길은 굉장히 사납다. 생각도 사납다. 당장에라도 육신을 찢어발길 기세다. 한데 주저함도 보인다. 선뜻 앞에 나서서 다가올 자가 없어 보인다.

은자가 느끼는 예감이다.

이들은 공격할 의사가 없다. 자신들을 향해서 다가올 생각이 없다. 그저 지켜보기만 한다.

이런 자들은 두려워할 필요가 없다.

정작 싸우게 되면 상황이 어떻게 바뀔지 알 수 없지만 지금은 걱정할 필요가 없다.

정작 걱정할 사람은 따로 있다.

엉뚱한 장소에서 전혀 예상치 못한 사람을 만났다.

나타난 사람이 낯선 사람이라면 상관없다. 얼마 전까지만 해도 숨통을 노렸던 적이니 문제다.

지금 자신은 싸울 준비가 되어 있지 않다.

혈도는 망가졌고, 육신은 찢겼다.

이런 몸으로는 일어나서 걷는 것조차 힘들다. 숨을 고르면서 천천히 몸의 기능을 정상에 가깝게 회복시켜야 한다.

반면에 운공조식을 취하고 있는 사내는…… 언제 들어왔는지 모르지만 벌써 상당히 안정되어 있다. 몸이 반듯하고, 흔들리지 않는다. 전신에서 뿜어지는 기운도 담대하다.

싸울 수 있는 준비가 끝났다.

지금 당장 격전이 벌어지면 어떻게 될까?

절대적으로 불리하다. 적성비가의 온갖 비기를 쥐어짜 내도 안정된 힘을 당해내지 못한다. 어린아이가 어른에게 대드는 것보다도 더 맥없이 나가떨어질 게다.

운공조식을 취하던 사내가 눈을 떴다.

"풀어라. 싸울 생각 없다."

그리고 그는 다시 눈을 감았다.

풀어라. 긴장을 풀어라.

싸울 생각이 없다. 지금은 서로 다툴 때가 아니다. 우리가 싸우는 것보다 더 중요한 문제가 있다. 너보다 더 강한 적이 있다. 너에게 힘을 소진할 때가 아니다.

운공조식하는 사내, 치검령은 한마디만 툭 던진 채 다시 깊은 운공조식의 세계로 몰입해 들어갔다.

추포조두는 치검령의 말을 믿었다.

그는 적이다. 상대를 죽이기 위해서는 수단 방법을 가리지 않는 은자다. 실제로 무인들이 비열하다고 하는 암수도 서슴없이 사용한다. 비수로 등 뒤를 찌르는 것은 예사다.

하지만 은자의 자존심이라는 것도 있다.

입 밖으로 내뱉은 말은 목숨이 두 쪽이 나도 지키려는 게 바로 자존심이다.

치검령이 만정에 들어온 이유는 딱 하나, 당우를 죽이기 위해서다. 그 밖에 다른 이유는 절대 없다.

그런 자가 싸우지 않겠다고 했다.

그 말은 믿어도 좋다.

추포조두는 가부좌를 틀고 앉았다.

몸과 마음을 가다듬어야 한다. 주위에는 광기 어린 눈동자가 번뜩이고 있다.

몸을 정상으로 회복하는 게 무엇보다도 시급했다.

이혈대법(移穴大法)이란 게 있다.

혈도를 반 치 혹은 한 치 정도 옆으로 옮기는 것인데, 각종 점혈(點穴)로부터 자신을 방비하는 최적의 대법이다. 수리검이나 표창 같은 것에 격중당할 때도 치명상을 막아주기 때문에 부단히 수련하는 공부 중의 하나다.

이혈대법으로 금제를 피했다. 쇠꼬챙이로 찌르는 순간에 혈을 이동시켰다.

옥졸들은 이혈대법을 생각하지 못한다.

검련 무인들도, 마인들도…… 무림에 적을 둔 대다수의 무인들이 이혈대법을 떠올리지 못한다.

이혈대법은 은가 중에서도 몇몇 가(家)에서만 지극히 은밀하게 전수되는 비기 중의 비기다.

양 손목을 끊긴 것도 같은 속임수가 숨어 있다.

칼로 손목을 자를 때, 동맥은 안으로 깊이 짓눌려졌다.

혈도를 옮기는 게 이혈대법이라면 혈맥(血脈)을 감추는 건 은혈대법(隱血大法)이라고 한다.

이 역시 은가의 비기다.

옥졸들은 치명적이지 않은 살을 찔렀다. 또 동맥은 베지 못한 채 살만 쨌다.

옥졸들의 금제는 은가 무인들에게는 통하지 않는다.

하나 생살을 뚫리고 찢긴 고통은 쉽게 흘려 버릴 수 있는 게 아니다. 아무리 은가 무인들이라고 해도, 이혈대법과 은혈대법이 있다고 해도 몸 전체를 난타당하면 며칠 동안은 앓아누워야 한다.

옮겨진 혈(穴)과 혈(血)을 제자리로 돌려놓는다. 그리고 상처 입은 곳에 충격이 가해지지 않도록 세심하게 살피면서 천천히 운기를 시작한다.

일 주천, 이 주천…….

진기를 끊임없이 휘돌린다.

상처를 치료하는 게 가장 큰 목적이다.

완벽한 지혈, 통증 제거, 상처 봉합…… 이 모든 것을 오로지 진기의 힘만으로 이뤄낸다.

진기의 힘이 느껴진다.

상처 곁을 지나치면서도 활기차게 콸콸 흐른다. 상처는 충격을 받지 않는다. 오히려 진기의 기운을 빌어서 낫는 쪽으로, 봉합하는 쪽으로 열기를 가한다.

진기의 강약을 느꼈을 때, 예전에 비하면 이 할이나 삼 할 정도밖에 회복되지 않았다.

'이 정도면 됐어.'

나머지는 천천히 한다.

치검령은 눈을 번쩍 떴다.

추포조두가 회색 빛무리를 머리로 받으며 운공조식을 취하고 있다.

자신이 이혈대법으로 옥졸들의 금제를 피했듯이 추포조두도 금제를 피할 수 있는 방도가 있을 것이다.

운공조식을 풀면 거의 정상으로 되돌아온다.
 자신이 삼 할 정도밖에 회복하지 못했듯이 그도 완벽한 몸이 되지는 못하겠지만, 그럭저럭 움직일 수 있는 정도는 될 것이다.
 저들을 죽이고자 하면 지금이 적기다.
 평소라면 승리를 장담할 수 없다. 하나 지금은 손가락만 써도 죽일 수 있다.
 찌릿!
 치검령의 눈길을 의식했음인가? 추포조두가 움찔하더니 전신을 바르르 떨었다.
 죽일 생각이 전혀 없는데 은연중에 살기가 쏟아진 듯하다.
 치검령은 고개를 갸웃거렸다.
 묵혈도가 왜 저 지경이 되었나? 금제를 당한 정도가 아니라 아예 초주검이 되지 않았나.
 마인이 아니면서 만정으로 들어설 수 있는 길은 딱 하나뿐이다. 만정 옥졸들을 매수하는 방법밖에 없다. 매수 방법은 다를 수 있다. 돈으로 유혹할 수도 있고, 지인을 통해서 압력을 넣을 수도 있지만 어쨌든 옥주나 옥졸들을 통해야 한다.
 자신은 옥졸을 매수했다.
 검련의 징치를 받지 않고 만정으로 뛰어들기 위해서는 집 지키는 개를 직접 매수하는 수밖에 없다. 형식적인 절차를 피할 수 없지만 묵혈도처럼 전신이 망가지는 경우는 모면할 수 있다.

추포조두는 어떤 방법을 택했기에 저리 망가진 겐가.
'후후!'
속에서 애잔한 웃음이 새어나왔다.
적성비가의 무인들이, 풍천소옥의 무인이 만정이라는 곳에 뛰어들 줄 누가 알았는가. 이곳에서 살아 나간 자가 없다고 하니, 자신들도 죽을 것이다. 살아도 이곳을 벗어나지 못하고 주위의 광기 어린 눈동자 중 하나가 되어 있을 게다.
이렇게까지 하면서 만정에 뛰어들어야 하나?
'이것이…… 은자…….'

치검령은 당우에게 걸어갔다.
"아, 안 돼!"
산음초의가 길을 가로막았다.
묵혈도에게 추궁과혈을 시전하고 있던 산음초의가 비틀거리면서 일어나 달려왔다. 일어설 기력조차 없는데 억지로 몸을 일으켰고, 가로막을 힘이 없는데 가로막는다.
만정에 떨어지자마자 당우를 봤고, 살기를 쏘아냈다. 아마도 그 일을 기억하고 있는 것 같다.
"죽일 생각이었다면 진작 죽였다. 비켜라."
그래도 산음초의는 물러서지 않았다. 앞을 가로막고 사나운 눈빛만 쏘아냈다.
산음초의는 사나운 사람이 아니다. 약초라는 한 가지 일에 몰두한 탓에 괴팍하다는 말은 들었지만, 사납다거나 못됐다는 말은 들어보지 못했다.

　그런데 지금은 들개보다 사나워 보인다.

　몸에 살이 다 빠지고 거죽만 남았기 때문에 가만히 쳐다보는 것조차 무섭다. 하물며 제발 다가서지 말라고 애처로운 눈길을 보내고 있으니…… 그게 본의 아니게 무서워 보인다.

　치검령은 산음초의를 옆으로 밀어냈다.

　툭!

　산음초의는 그야말로 가을 낙엽처럼 나가떨어졌다.

　굶주림과 공포에 질려 심신이 쇠약해진 몸으로 치검령의 손길을 막아내기는 어렵다.

　산음초의는 거들떠보지도 않고 당우에게 걸어갔다.

　척!

　완맥을 움켜잡고 기혈의 움직임을 살폈다.

　"어떤 상태냐?"

　고개도 돌리지 않고 당우를 쳐다보며 말했지만, 산음초의에게 묻는 말이다.

　"거, 검을 잘못 맞았소."

　"검을 잘못 맞았다? 어떻게?"

　"즉사해야 할 검상인데, 요행히 목숨은 부지했소이다. 천운이라고 할 수밖에 없는데…… 하지만 검을 잘못 맞아서 신경이 손상되었소이다. 그래서……."

　산음초의는 말끝을 흐렸다.

　"그래서 혼절 상태란 말이냐?"

"그, 그렇소."

산음초의가 확신에 찬 음성으로 말했다.

그의 말이 맞다. 그의 말을 의심할 이유가 없다. 당우는 맥이 너무 약해서 금방이라도 꺼질 것 같다. 장님이 당우를 보지 않고 맥만 짚었다면 죽기 직전으로 착각했을 게다.

그러나…… 이 모든 판단이 틀렸다.

당우를 치료한 산음초의조차도 당우의 상태를 모르고 있다.

치검령은 만정에 떨어지기 무섭게 아주 지독한 냄새부터 맡았다. 너무 진해서 머리가 아플 지경, 너무 독해서 구토가 치밀 것 같은 악취가 후각을 마비시킨다.

투골조가 여전히 활개를 치고 있다.

어떤 연유에서인지 옥졸들의 금제가 먹히지 않았다. 만약 제대로 금제를 가했다면 이런 냄새가 풍길 리 없다. 투골조의 내공이 산산이 흩어졌을 것이고, 냄새도 사그라들었어야 한다.

'투골조가 움직이고 있어!'

그 하나의 이유 때문에 그를 즉시 죽이지 않았다.

자신에게 가장 필요한 것이 운공조식이다. 당우는 움직일 수 없다. 그를 빼내갈 사람도 없다. 적성비가 사람은 그림자도 안 비친다. 투골조에 대한 궁금증이 증폭된다.

이런 점들이 당우를 잠시 살려두게 만들었다.

운공조식을 취하는 중에는 투골조의 냄새를 잊었다. 자신의 내면으로 깊이 빨려들어 갔기 때문에 외부에서 일어나는 일을 망각했다. 오감(五感)마저도 죽었다.

하지만 운공을 풀자 다시금 투골조의 냄새가 코를 찌른다. 역겨움을 불러일으킨다.

적성비가의 무인들도 들어왔다.

이제는 당우를 죽여야 할 때다. 투골조에 대한 궁금함과 당우를 죽이는 일이 저울의 양쪽 극단이라면 서슴없이 당우를 죽이는 일부터 시작해야 한다.

그래도 참기로 했다.

이곳 만정에서 영원히 살 수 없기에, 당우가 존재해야만 만정을 벗어날 수 있기에…… 참는다. 그러나 두 손 놓고 참을 수는 없다. 당우를 손에 넣은 상태에서 참아야 한다.

당우의 몸은 엉망진창이다.

전신이 쇠꼬챙이에 찔린 자국으로 가득하다.

옥졸들이 금제를 가했다는 뜻이다. 한데 투골조의 냄새가 여전히 기승을 부린다.

이혈대법이나 은혈대법 같은 것을 수련했을 리는 없고…… 아마도 그에 필적하는 무엇인가가 당우의 진기를 감싸고 있다. 경맥, 혈맥을 보호하고 있다.

치검령은 완맥을 놓았다. 그리고 손가락을 튕겨서 사혈부터 직접 타진(打診)해 나갔다.

툭툭! 퍽퍽! 툭! 퍽!

손가락에 진기를 실어서 쏘아낸다. 진기는 당우를 치면서 반탄력이 어느 정도인지 알려준다.

"훗!"

치검령은 눈을 부릅떴다.

탁탁탁! 퍽퍽퍽!

이번에는 급하게 손가락을 튕겼다.

"뭐냐?"

이번에도 당우를 쳐다보고 말했지만 역시 대답은 산음초의가 해야 한다.

"네?"

산음초의는 얼굴빛이 흑색이 되어 반문했다.

치검령의 행동을 지켜본 결과, 당우의 몸에 펼쳐진 대법들을 파악했다는 생각이 들었다. 당우가 깨어나기 전까지는 알아서 좋을 게 없는데 알고 말았다.

"뭐냐!"

치검령의 손가락이 인후혈(咽喉穴)을 지그시 눌렀다.

대답하지 않으면 당장 죽이겠다는 경고다.

물론 인후혈에는 구각교피가 덧대어져 있다. 경근속생술로 인후혈을 강화시켰다. 하나 치검령이 쓰는 것처럼 집중된 힘으로 뼈를 짓뭉개 버린다면 죽을 수밖에 없다.

"겨, 경근…… 휴우! 속생술입니다."

산음초의가 급히 말했다.

당우에게 시전한 것은 두 가지. 하나 두 가지의 속성이 비슷해서 하나만 말해도 될 것 같다.

어느 쪽을 말하는 게 나을까? 생각할 시간이 없다. 산음초의는 본능적으로 일침기화의 대법만 말했다.

"경…… 근속생술? 그게 존재했군. 누구냐?"

치검령은 경근속생술도 알고 있다.

산음초의는 크게 놀랐다. 그래서 치검령이 말하는 '누구냐?'는 물음도 정확히 알아듣지 못했다.

"네?"

"그 정도 의술을 알고 있다면 범상치 않은 자일 터, 넌 누구냐?"

"제, 제가 한 것이 아니고 일침기화라고…… 천검가에서 독배를 들고 죽었습니다."

"……."

치검령은 침묵했다.

어찌 된 사정인지 짐작이 간다.

당우를 놓고 벽사혈과 천검가 간에 벌인 신경전은 익히 알고 있다. 의원들이 사라진 사건은 당우 사건과 같은 연장선상에 있다. 의원들이 당우를 치료했다. 그리고 모두 암살당했다.

그들 중에 한 명이 당우에게 경근속생술을 시전한 모양이다.

왜 그런 짓을 했을까? 말할 것도 없다. 천검가의 뜻대로 해줄 수 없다는 뜻이다.

의원다운 조용한 반항이다. 그때다!

구구구구궁!

천장에서, 만정 입구에서 요란한 소리가 울렸다.

第二十二章
희기(晦氣)

海田海拌

1

구구구궁!

"웃!"

"음······."

치검령의 안색에 짙은 그늘이 내렸다.

또 한 사람, 운공조식을 취하던 추포조두도 즉시 운공을 풀고 눈을 떴다.

천장에서 들리는 소리가 심상치 않다.

죄수들을 들여보낼 때 흘리는 활차 소리는 이렇지 않다. 쇠사슬이 떨어지는 소리도 아니다. 무언가 바윗덩어리 같은 묵직한 물체가 움직이고 있다.

구구구궁!

소리가 점점 크게 들린다.

소리는 진동을 동반한다. 지진이라도 일어난 듯 동굴 전체가 부르르 흔들린다.

"크크크큭!"

사방에서 괴소가 터져 나왔다.

그러고 보니 광기 어린 눈동자들이 심상치 않다. 멀리서 지켜보는 눈이 아니다. 곧 행동으로 옮겨질 흉포한 눈이다.

"만정이……."

산음초의가 힘 빠진 음성으로 중얼거렸다.

희끄무레하던 빛이 점점 어둠 속으로 빨려 들어간다. 아니, 어둠이 밀려와 빛을 밀어낸다.

옥졸들은 한 달간의 여유를 준다고 했다.

그새, 한 달이 지난 건가?

해가 뜨고 지는 것을 보지 못하니 날이 가는 것도 알지 못한다.

배가 고프면 아무것이나 주워 먹고, 졸리면 잔다. 자고 일어나면 또 먹는다.

그런 행동으로 하루가 지났음을 가늠했는데, 사실 이런 방법은 그리 정확한 게 아니다.

만정에서 며칠이나 보냈는지 정확하게 알 도리는 없다.

"으음……!"

"크크크큭!"

산음초의의 신음이 깊어질수록 사방에서 터지는 괴소는 흥성(凶性)을 더해갔다.

'저런 속도면 일다경, 이 다경?'
추포조두는 사라져 가는 빛무리를 쳐다보면서 세상이 완전히 암흑으로 뒤덮일 때까지 시간이 얼마나 남았는지 계산했다.
하늘이 닫히고 있다. 만정 입구가 닫힌다. 그나마 존재하던 희끄무레한 빛조차도 사라진다.
시간이 얼마 남지 않았다.
'일다경은 넘을 거고, 이 다경은 못 될 거고.'
거의 정확할 것이다. 일다경은 넘기겠지만 이 다경까지는 미치지 못한다.
만정이 완전히 닫히면 어둠만이 존재한다.
만정 전체가 원래의 만정 주인들에게 돌아간다. 조그마한 빈틈까지도 모두 되돌려진다.
저들이 주인이다. 어둠 속에서 살기를 활활 불태우고 있는 괴물 집단이 이곳 주인이다.
산음초의를 비롯해서 치검령, 그리고 자신들…… 주인의 허락을 받지 않고 들어선 자들은 대가를 치러야 한다.
저들은 어떤 대가를 원할까?
저들이 원하는 것은 목숨인 것 같다. 어둠이 짙게 깔릴수록 살기가 짙어지고 있으니 틀림없이 한바탕 큰 싸움이 벌어질 것이다. 두 손 놓고 목숨을 하늘에 맡긴다면 모를까 살기로 작정하면 힘을 다해 싸워야 한다.

몸은 어떤가?

혈은 풀렸다.

적성비가에는 차시무혈술(借屍無穴術)이라는 비기가 있다.

죽은 자는 혈이 없다. 칼로 찌르면 베일 것이다. 갓 죽은 시신은 피도 흘릴 것이다. 하지만 혈은 없다. 죽은 자에게서 사혈과 마혈을 구분한다는 건 미친 짓이다.

그런 이치를 빌어서 육신을 일시적으로 가사 상태에 들게 한다.

죽은 자가 된다.

죽은 자의 몸은 경직된다. 그 경직성이 일반적인 혈도의 성질을 잃어버리게 만든다.

산 자들은 혈도를 가격할 터이지만, 금제를 받을 이유가 없다.

이번 경우는 가혹했다.

금제를 하는 수준이 매우 지독하다. 온몸을 난자하는 형태로 무공을 빼앗는 경우도 있다는 것을 이번에야 알았다.

하지만 그 역시 차시무혈술을 어찌지는 못한다.

쇠꼬챙이는 혈을 찔렀지만 죽은 자의 경직된 몸을 찔렀을 뿐이다. 혈은 사라지고 없다. 생기가 끊긴 육신이기에 경맥조차도 없다. 아무것도 없다.

풍천소옥에 이혈대법이 있는 것을 안다.

차시무혈술과 이혈대법은 각기 일장일단이 있다.

차시무혈술은 무공을 온전히 보존할 수 있다. 내공 손실이 전혀 없다. 언제든지 환혼(還魂)하여 가사 상태에서 벗어나기만 하면 무공을 예전처럼 사용할 수 있다.

하나 그동안 육신은 완전히 무방비 상태로 노출된다.

지금처럼 쇠꼬챙이로 찌르면 그야말로 아무 대책 없이 당해야 한다. 혹여 자칫 장기가 상하거나 뼈라도 잘못되는 날에는 곧바로 치명상을 입는다.

가사 상태가 진정한 죽음으로 이어질 수도 있는 게다.

이혈대법은 정신을 온전히 차리고 있기 때문에 치명상을 당하는 경우가 거의 없다. 약간이라도 위험하다 싶으면 자신이 몸을 비틀어 피할 수도 있다.

반면에 이혈대법은 무공을 회복하는 시간이 더디다.

혈을 움직인다는 것은 대단히 위험하다. 조금이라도 잘못 움직이는 날에는 경맥이 뒤틀려서 영원히 회복하지 못하는 경우도 발생한다.

이른바 주화입마(走火入魔)다.

양쪽 다 위험성은 존재한다.

치검령은 이혈대법을 썼다. 지금은 운공조식을 취한 뒤인지라 대략 삼 할에서 사 할 정도 회복되었을 게다.

자신은 육신의 상처가 깊다. 하나 무공은 온전하다.

이 상태에서 치검령과 싸우게 되면 자신이 훨씬 유리하다. 육신을 움직이는 면에서는 치검령이 낫지만 목숨을 빼앗는 지경에 이르면 자신이 한 수 위로 올라설 게다.

몸은 그 정도로 회복되었다.

이제 목적을 생각할 때다.

그가 만정에 들어온 이유는 당우 때문이다. 어떻게든 당우를 빼내가려고 왔다.

지금 당우는 치검령 손아귀에 잡혀 있다.

치검령이 만정에 들어온 이유는 물어볼 것도 없다. 당연히 당우를 죽이기 위해서다. 그리고 그 목적을 달성하기 일보 직전에 있다. 그가 손아귀에 힘만 주어도 당우의 목숨은 파리 목숨처럼 힘없이 날아가 버린다.

급습은 안 된다. 자신이 아무리 빨라도 치검령이 손아귀를 오그라뜨리는 것보다 빠를 수 없다.

당우를 빼앗아올 방도가 없다.

그런데도 추포조두는 그들을 상관하지 않았다.

'넌 죽이지 못해.'

이건 직감이다.

저벅! 저벅!

추포조두는 당우에게는 일별도 던지지 않고 엎어져 있는 묵혈도에게 걸어갔다.

묵혈도는 죽은 듯이 엎어져 있다.

산음초의가 추궁과혈을 시도했지만 큰 효과는 보지 못한 것 같다. 아니다. 참 귀한 의원을 얻었다. 아직까지 목숨이 붙어 있으니 이것보다 더 큰 치료가 어디 있겠나.

'어리석은……'

불쑥 치민 생각이다. 생각은 그렇게 했지만 살점이 떨어져 나가는 것 같은 아픔을 느낀다.

희생(犧牲)!

말로는 누구든 쉽게 툭툭 내뱉을 수 있지만 실행에 옮기기란 지극히 어렵다. 그것이 자신의 목숨을 내줘야 하는 일이라면 더더욱 행하기 어렵다.

희생하는 마음은 수련으로 닦아질 수 있는 게 아니다. 진정한 사랑, 계산되지 않은 사랑, 오로지 주기만 해도 만족하는 사랑 속에서 꽃 피어난다.

묵혈도가 그런 희생을 치렀다.

그는 다쳤다. 치명적인 요혈을 공격당했다. 차시무혈술을 쓰지 못한 채 진신(眞身)으로 금제를 고스란히 얻어맞았다.

그가 그러지 않았다면 지금 이곳에는 혈육(血肉) 덩어리 두 개가 떨어져 있었을 것이다.

묵혈도는 어리석지 않았다. 그는 아주 정확한 판단을 내렸다.

일을 벌일 때는 연관된 사람들의 모든 마음을 헤아려야 한다.

그렇게 했다. 옥졸들의 마음은 물론이고, 옥주의 마음까지 모두 헤아렸다.

생각대로였다면 지금쯤 자신과 묵혈도는 웃으면서 당우를 내려다보고 있어야 한다.

그 사이로 치검령이 끼어들었다.

치검령이 자신들보다 먼저 만정에 뛰어들었다. 그는 옥졸들을 매수했다. 옥졸들에게 은자를 쥐어주었다. 옥졸들이 돈맛을 알아버렸다. 그것을…… 알지 못했다. 옥졸들이 돈맛에 길들여졌다는 사실을 파악하지 못했다.

옥졸들의 분노는 터지지 않았어야 한다.

누구를 원망할까? 치검령을 원망할까, 옥졸들을 원망할까?

원망의 대상을 골라야 한다면 그건 처음부터 일을 이 지경으로 몰고 온 자신이어야 될 것이다.

그런 상황에서 자신이 나서지 않았다. 묵혈도가 당하는 모습을 지켜보기만 했다. 이미 일이 벌어졌기 때문에 자신까지 나서면 둘 다 당한다는 비겁한 변명으로 자신을 위안하면서…… 그가 당하는 모습을 지켜봤다.

추포조두는 묵혈도를 안아 일으켰다.

"음!"

침음이 절로 나온다.

묵혈도의 상처는 예사롭지 않다.

어둠 속에서 잠깐 살펴본 것이지만 지금 당장 적절한 치료를 하지 않으면 두 번 다시 무인의 길을 걸을 수 없을 것 같다. 주요 혈이 모두 망가지고, 경맥까지 끊겼다.

솔직히 이런 상태에서 목숨을 부지한 게 천만다행이다.

산음초의는 돌팔이가 아니다. 아니, 굉장히 뛰어나다. 만신창이가 된 몸을 단지 추궁과혈만으로 이 상태까지 호전시켰으니 결코 평범한 의원이라고 할 수 없다.

그래도 움직이지 못하는 건 마찬가지다.

어둠이 만정을 뒤덮는 순간, 싸움이 일어난다.

이것도 직감이다. 어둠 속에서 번뜩이는 광기 어린 눈동자들은 결단코 자신들을 내버려 두지 않을 것이다.

그때가 되면 묵혈도는 가장 연약한 인간으로 전락한다. 혼절한 채로 죽은 듯이 누워 있는 당우와 한 치도 다르지 않다.

추포조두는 치검령을 쳐다봤다. 마침 치검령도 그를 쳐다보는 중이었다.

그들은 완전한 몸이 아니다. 한두 시진 사이로 완벽해질 가능성도 없다.

만정의 금제는 잔혹하다.

숱한 마인들이 만정의 금제를 벗어나지 못했다. 그들 대부분이 중원을 발칵 뒤집어놓은 마인 중의 마인들인데도 무식하게 질러대는 요혈 파괴는 감당하지 못했다.

만정의 금제는 어떤 무공도 파해시킨다. 어떤 내공도 무용지물로 만든다. 쇠로 만든 근골도 허수아비로 전락시켜 버린다. 두 번 다시 무공을 떠올릴 수조차 없게 만든다.

아무리 준비를 하고 들어왔다지만 만정의 금제를 아침 먹듯이 가볍게 받아낼 수 있는 건 아니다.

추포조두든 치검령이든 예전 상태로 돌아가려면 상당한 기간이 필요하다. 아니, 영원히 돌아갈 수 없을지도 모른다. 몸에 막대한 타격을 받았기 때문에 어디가 잘못되었을 수도 있다. 지금은 깨닫지 못하지만 말이다.

그런데…… 주위에 흐르는 공기가 심상치 않다.
어둠 속에서 안광이 번뜩인다. 살기가 흉흉하다. 짙은 피 냄새를 예감케 한다.
이런 눈동자는 흉포한 심성에서 우러나온 게 아니다. 이것은 강렬한 마공을 수련한 자만이 펼쳐 낼 수 있는 마안(魔眼)이다. 마인들이 자연스럽게 내뿜는 마기(魔氣)다.
마기와 살기가 같을 수 없다.
무공을 모르는 사람은 단지 몸서리쳐지는 기운쯤으로 느끼겠지만, 치검령 같은 무인에게는 사과와 배를 구분하는 것처럼 뚜렷하게 구분된다.
추포조두든 치검령이든 각기 제 살길을 모색한다면 오래 버티지 못한다.
이 난관을 벗어나려면 합심해야 한다. 연수해야 한다.
두 사람은 마주 보는 눈길 속에서 서로의 마음을 읽었다.
적이지만, 당우를 놓고 서로 견주어야 하는 입장이지만 지금은 연수한다.
시한부 연수. 좋은가? 좋다.

"몸은 좀 어떤가?"
"이 정도면."
추포조두가 두 팔을 활짝 펼쳐 보였다.
쇠사슬에 묶여서 떨어졌을 때에 비하면 많이 좋아졌다.
분명히 그에게도 이혈대법 같은 비기가 있다. 혈도를 누르는 것이 아니라 쇠꼬챙이로 들쑤셔도 견뎌낼 수 있는 방법이 있다. 풍천소옥에 존재하는 것이면 적성비가에도 존재한다. 실제로는 아닐지라도 그렇게 생각하는 게 속 편하다.
"목석(木石)이 둘."
치검령은 당우를 어깨에 들쳐 멨다.
당우를 지금 죽이지는 않는다. 하지만 남의 손에 넘길 수도 없다. 그럴 바에는 차라리 죽여 버리고 말겠다.
당우를 업는 모습에서 그의 의지가 여실히 읽혔다.
추포조두는 묵혈도를 등에 업었다. 그리고 허리띠를 풀어서 서로를 묶었다.
풍천소옥은 일수무공(一手武功)이 많다.
치검령이 주로 사용하는 낙화검법이나 낙화산접수, 일촌비도 같은 무공들도 한쪽 팔만 사용한다. 육신이 꼼짝하지 못하는 처지에 떨어졌어도 한쪽 팔만 무사하면 전개할 수 있다.
적성비가는 주로 양팔을 사용한다.
물론 무공을 펼쳐 낼 때는 한쪽 팔만 사용한다. 하지만 다른 팔의 움직임이 경맥의 흐름을 원활하게, 혹은 강력하게 해주기 때문에 양팔을 사용한다고 말하는 게다.
적성비가의 무공을 풍천소옥 무인들이 쓰는 것처럼 한쪽 팔만 사용해서 전개하면 위력이 절반 이하로 급감한다.
어느 쪽이 좋다고는 할 수 없다.
낙화검법은 빠르다. 하지만 일섬겹화는 더욱 빠르다. 한 팔을 쓰는 것보다 두 팔을 사용하여 진기를 조절하기 때문에 훨씬 빠른 검을 펼칠 수 있다.

　한 팔로 원을 그리는 것보다 두 팔로 원을 그리면 훨씬 안정되면서도 빨리 돌 수 있다. 반대쪽 팔이 균형을 잡아주면서 가속도 붙여주기 때문이다.

　이는 이미 증명된 무론(武論)이다.

　같은 검법을 사용해도 외팔이보다 양팔을 쓰는 사람이 더 강력하고 빠르게 펼쳐 낼 수 있다.

　습관대로 치검령은 당우를 어깨에 걸쳐 멨다.

　여차하면 당우를 빨리 처리할 수 있고, 무공을 쓰는 데도 불편함이 없다.

　추포조두도 습관대로 등에 업었다.

　부상자가 생겼을 경우, 적성비가 무인들은 등에 업고 싸운다.

　두 팔이 자유로울 뿐만 아니라 냉정한 말이지만 등에 업힌 자가 방패 역할도 해준다. 두 명 다 빠져나가지 못할 경우가 생기면 부상자는 기꺼이 방패 역할을 해준다.

　그렇게 하는 것으로 이미 합의되어 있다. 그렇게 알고 그렇게 수련했다.

　"저놈들…… 무공이 전폐되었을 텐데."

　치검령이 만정에 떨어지는 순간부터 치민 의혹을 말했다.

　"밖에서 사용하던 무공이 아닐 게야."

　추포조두가 허리띠를 단단히 옥죄며 말했다.

　"그럼 여기 들어와서 새로 수련을?"

"자생적으로 탄생한 무공이 아닌가 싶은데."

"자생적으로 탄생했다……. 흠! 일리있는 말이군. 하나 그런 무공치고는 너무 강해 보이지 않나? 들끓는 마기 때문에 숨을 쉴 수가 없잖아. 이런 마기라면 밖에서도 상당한 수준 아닌가?"

"……."

이번에는 추포조두가 말문이 막혔다.

대답을 피한 것이 아니라 알지 못해서 하지 못했다.

마기가 정말 대단하다.

몸이 성했더라도 승리를 장담할 수 없을 정도로 강하다.

혈이 망가졌다고 해서 싸우지 못하는 것은 아니다. 무공을 일초반식조차 배우지 못한 어린아이도 싸움질은 한다. 사람이 모인 곳이면 반드시 대장질을 하는 자가 나타날 것이고, 그러기 위해서는 머리가 좋다거나 주먹이 강해야 한다.

이것이 자생 무공이다.

인간이 지닌 가장 원초적인 힘, 근원적인 힘이라고 할 수 있다.

이런 싸움이라면 산음초의도 할 수 있다. 당우나 묵혈도도 정신만 차리면 한다.

하나 그런 싸움질로는 결단코 무인을 이길 수 없다.

추포조두와 치검령은 내공이 삼 할에서 사 할 정도밖에 회복하지 못했다. 그래도 자신한다. 혈이 망가진 마인들 정도는 백 명이 아니라 이백 명이 달려들어도 처낼 수 있다.

그런데…… 이들이 발산하는 마기를 헤아려 보니 간단히 생각할 게 아니다.

기기기기깅!

입구가 거의 닫혔다.

빛무리라고 해봐야 바늘만 한 구멍을 통해서 쏟아지고 있는지라 무시해도 좋을 정도다.

그래도 광기 어린 눈동자들은 움직이지 않는다.

여유를 가지고 천천히 즐기고 있다.

추포조두가 두 손을 깍지 껴 우두둑 소리가 나게 꺾었다.

"뭐야, 이놈들은!"

옆에서 치검령이 낮게 중얼거리는 소리가 들렸다.

2

기기깅! 툭!

기묘한 음향을 끝으로 소리가 뚝 그쳤다. 그리고 세상이 그야말로 빛 한 점 없는 새까만 암흑으로 뒤덮였다.

한 치 앞도 볼 수 없다. 아무것도 안 보인다.

눈을 감아도 완전한 어둠은 아니다. 어둡기는 하지만 빛인지 섬광인지 모를 것들이 떠돈다. 그래서 눈동자는 점멸을 따라서 끊임없이 움직인다.

만정 속의 어둠은 눈을 감은 것보다 더 어둡다.

눈을 뜨고 있는데 초점을 어디에 두어야 할지 모르겠다. 눈으로 무엇인가는 보아야 하는데, 볼 것이 전혀 없다.
 두 사람도 어둠에는 익숙하다.
 눈을 감는 것 같은 인위적인 어둠부터, 천지자연이 만들어 낸 진정한 어둠까지 모든 어둠을 경험해 봤다. 하지만 만정 같은 어둠은 처음이다.
 너무 어두우면 몸이 마치 허공에 떠 있는 느낌이 든다. 머리 위, 발밑, 손으로 허우적거리는 모든 것이 허공처럼 느껴진다. 그래서 몸이 둥실 떠오른다. 그런 느낌이 든다.
 어둠에 적응하면 될까?
 보통은 그렇다. 눈은 곧 어둠에 익숙해진다. 제한된 시각을 감각으로 보충하면서 사물의 윤곽을 구분해 낸다.
 하나 지금처럼 절대적인 어둠이 깔리면 감각조차도 죽어버린다.
 아무 느낌이 없다. 아무것도 보이지 않는다.
 그런 점은 만정에 갇힌 마인들도 마찬가지인 모양이다.
 빛이 사라지는 순간, 엄청난 공격이 있을 것이라고 생각했다. 마인들의 흉포한 눈길을 보다 보면 그런 생각이 자연스럽게 든다. 하지만 정작 어둠이 깔리자 이들은 고요하다.
 '왜 공격하지 않는 거야?'
 오히려 당하는 쪽에서 의구심이 치민다.
 조용하다. 침묵이 세상을 지배한다.
 순간, 두 사람의 머릿속에 퍼뜩 스쳐 가는 생각이 있었다.
 시력이 퇴화하면 청각이 발달한다.

이는 인간을 비롯해서 세상에 존재하는 모든 동물이 가지고 있는 진화의 능력이다.

눈이 보이지 않으면 다른 감각을 발달시킨다.

마인들이 그렇다. 그들도 보이지 않는 것은 마찬가지다. 특별하게 어둠 속에서 볼 수 있는 안공을 창안한 게 아니다. 대신, 눈을 대신할 수 있는 다른 감각을 구비했다.

청각, 귀!

마인들은 소리를 듣고 있다. 옷자락 부비는 소리, 발걸음 소리, 숨 쉬는 소리까지 듣는다.

그리고 다가온다. 천천히, 서둘지 않고 다가온다.

이들은 소리를 들을 줄 아는 만큼 죽일 줄도 안다. 세상을 지배하는 침묵 속에 완전히 동화되었다. 이들은 경험을 통해서 침묵을 깨뜨리는 자가 죽게 된다는 사실을 인지하고 있다.

만정에서는 그런 식으로 살아야 한다.

고요한가? 아니다. 이 속에 움직임이 있다. 공격은 이미 시작되었다. 다만 부딪침이 늦을 뿐이다.

'후우우우……'

치검령은 가늘고 긴 숨을 내뱉었다.

지금 현재, 마인들의 주공격 목표는 딱 두 사람이다.

자신과 추포조두는 아니다. 이미 돌아가는 상황을 파악했고, 즉시 적응했고, 그에 맞춰서 소리를 흘리지 않고 싸움을 준비하는 사람은 공격 대상이 될 수 없다.

산음초의가 끊임없이 부스럭거린다.

손등 위로 기어가는 개미를 핥아 먹기도 하고, 지렁이를 씹어 먹기도 한다.
 살기 위해서 입에 넣을 수 있는 것은 모두 넣고 있지만, 그것이 오히려 그의 목숨을 단축시킬 것이다.
 또 한 사람, 당우도 공격 목표다.
 당우는 묵혈도처럼 움직이지 못한다. 아니, 바윗덩어리나 다름없으니 이 자리에 있는 사람들 중에서 가장 안전해야 한다. 한데 냄새를 풍긴다. 정말 징그러울 정도로 심한 냄새를 풍긴다.
 인분 냄새도 아니고 시궁창 냄새도 아니고 생선 썩는 냄새도 아니다. 그보다 훨씬 지독하다.
 냄새는 시간이 지날수록 더 지독해진다. 오뉴월에 푹푹 썩은 쓰레기 더미를 메고 있는 것 같은 기분마저 든다.
 감기에 걸려서 코가 막힌 자라도 이런 냄새는 맡을 게다.
 치검령은 그런 당우를 어깨에 걸쳐 메고 있다.
 당우를 향해 날아드는 공격을 그가 온전히 막아내야 할 처지.
 '후후후!'
 치검령은 실소를 터뜨리며 추포조두가 했던 것처럼 당우를 등에 업고, 허리띠로 단단히 묶었다.
 아무래도 두 손을 모두 사용해야 할 것 같다.
 마인들은 무공을 쓰지 못한다. 그것만은 확실하다. 무공을 알고 있으니 초식 흉내는 내겠지만 내공이 없으니 제 위력이

나올 리 없다. 또한 반드시 내공이 뒷받침되어야만 펼칠 수 있는 상승 초식은 엄두도 내지 못한다.
 이런 자들과의 싸움이라면 얼마든지 자신있다.
 다만 마인들의 수가 얼마나 되고, 어둠이라는 지리적인 이점을 빼앗겼기 때문에 긴장을 늦추지 않는 것뿐이다. 더군다나 냄새 때문에 집중 표적을 피할 수 없게 되었으니.
 '후후후!'
 왜 그럴까? 힘든 싸움이 예상되면 자신도 모르게 실소부터 새어나온다.

 동남동녀 백 명의 금강진력(金剛眞力)은 산악도 뭉개 버릴 정도로 막강하다.
 어린아이들은 순수하다.
 세파에 물들지 않았다. 때 묻지 않았다.
 동남동녀의 원정지기는 어른의 원정지기에 비해서 두 배, 세 배의 가치가 있다. 힘으로 논하면 그만큼 위력이 더 강하고, 영약에 견주면 그만큼 더 효험이 있다.
 백 명의 금강진력…… 인간의 자그마한 육신에 담을 수 없는 엄청난 힘이다.
 이 힘은 네 가지로 분류된다.
 양중양(陽中陽)이 있으며, 양중음(陽中陰)이 있다. 음중양(陰中陽)이 있고, 음중음(陰中陰)이 있다.
 사내라고 해서 양의 기운만 있는 것은 아니다. 그럴 수는 없다. 인간인 이상 음양의 기운이 조화롭게 퍼져 있어야 한다. 다만 양의 기운이 더 클 뿐이다.

한데 이게 또 반드시 그렇지가 않다.

사내로 태어났지만 성품이 계집처럼 야리야리한 경우도 주위에서 쉽게 찾아볼 수 있다.

담대하지 못한 대신 섬세하다.

활기차게 움직이는 것을 싫어하지만 차분하게 깊이 몰입하는 일은 좋아한다.

이런 경우는 여자도 있다.

여자라고 반드시 다소분한 것은 아니다. 사내처럼 활기차고 기운 넘치고 성질이 드센 여자도 쉽게 찾는다.

남자라고 반드시 양의 기운이 강한 것이 아니며, 여자라고 음의 정화(精華)만 깃들어 있는 게 아니다.

백 명의 금강진력은 성질에 따라서 나뉘고 분류된다. 그리고 다시 같은 무리끼리 통합된다.

양중양과 음중음이 양극단이 되어 음양이기를 형성한다. 양중음과 음중양은 음양이기를 보좌한다.

백 명의 금강진력은 커다란 음양환(陰陽環)이 되어서 꼬리에 꼬리를 물고 빙글빙글 돈다.

그 중심에 본인의 원정지기가 있다.

본인 또한 음양이기(陰陽二氣)가 있다.

음은 양을 찾아서, 양은 음을 찾아서 끊임없이 순환한다.

이 음양이기는 태극(太極)이 되어서 백 명의 금강진력이 만들어놓은 태풍의 핵에 머문다. 맹렬하게 휘도는 태풍의 한가운데서 굳건하게 중심을 잡아준다.

이 모든 것이 단전이란 곳에서 벌어지고 있다.

동남동녀의 금강진력은 세상을 모두 집어삼킬 듯이 맹렬하게 맴돌았다.

한데 어느 순간부터 회전하는 속도가 약해졌다.

밀가루로 풀을 쑤어보면 처음에는 물이 많아서 잘 휘저을 수 있다. 하나 시간이 지나면 수분이 증발하고 풀기가 강해져서 젓는 데 힘이 들어간다.

금강진력은 풀이라도 된 듯 걸쭉해졌다.

양중양, 양중음, 음중양, 음중음……. 구분이 명확하던 진력들이 한 몸이 된 듯 뒤엉켰다. 그뿐만이 아니다. 풀이 되어버린 금강진력은 정중앙에 있던 본인의 원정지기까지 풀로 만들어 버렸다.

움직임이 둔해진다.

점점…… 점점…… 움직임을 잃어간다. 그리고 끝내 멈춰버렸다.

풀은 딱딱하게 굳어간다. 돌이 된다. 어느 것이 동남의 금강진력이고 어느 것이 동녀의 원정지기인지 알 수가 없다. 자신의 원정지기조차도 찾을 수 없다.

모두 하나가 되어 굳어간다.

'훗!'

치검령은 깜짝 놀라 뒤를 쳐다봤다.

당우의 숨결을 느낄 수가 없다. 생기가 소멸된 느낌, 죽은 자를 업고 있는 느낌이 든다.

'이놈……'

당우는 살아 있다.

숨이 코끝으로 들락거린다. 아주 미약해져서 거의 감지할 수 없는 지경이지만 살아 있기는 하다.

'골치 아픈 놈이군.'

치검령의 신경이 바짝 곤두섰다.

방금 전까지만 해도 멀쩡했는데 갑자기 기식이 엄엄해졌다. 몸에 무슨 탈이 났거나, 투골조가 발광을 하고 있거나…… 어쨌든 몸에 이상이 생겼다.

당우는 죽어가고 있다.

마인들만 아니라면, 이곳이 만정만 아니라면 당장 내려놓고 맥부터 살펴보아야 한다. 그때,

쒜엑!

느닷없이 등 뒤에서 칼바람이 불었다.

"훗!"

치검령은 급히 움직여 좌로 두 걸음이나 비켜섰다.

쒜에에엑!

그가 서 있던 자리로 차갑고 묵직한 기운이 스쳐 갔다.

'석도(石刀)!'

치검령은 병기가 일으킨 바람으로 상대의 무기를 알아냈다.

갑자기 긴장이 물결처럼 일어난다. 머리끝에서부터 발끝까지 짜르르 전율이 인다.

이놈들을 경시해서는 안 된다. 무공을 펼칠 수 없는 놈들이라고는 하지만 어둠에 익숙해져 있고, 병기를 쓸 정도로 무기술에도 숙달되어 있다.

석도가 흘려내는 바람 소리만 들어도 능숙함을 엿볼 수 있다.

이들은 철저한 사냥꾼으로 변모했다. 만정에서 가장 필요로 하고, 가장 적합한 형태로 탈바꿈했다.

이들에 비하면 오히려 자신이나 추포조두가 한 수 뒤질 수 있다.

사실이 그렇다. 바깥세상에서라면 이들 중 상당수가 자신들을 능가한다. 지금이라도 이들의 내공만 복구시켜 놓으면 자신들 정도는 눈 아래로 깔아볼 마인들이 상당하다.

그만큼 무공이 고절했던 자들이라면 무슨 수라도 냈을 게다. 어떻게든 옛 무공을 찾기 위해 발악했을 것이다.

쒜에엑! 쒜엑!

좌측과 뒤쪽에서 칼바람이 매섭게 몰아친다.

누구든 이런 공격을 당하면 얼핏 오른쪽으로 몸을 빼기 십상이다.

그것이 함정이다. 오른쪽과 전면에서 무형의 살기가 감지된다. 다른 사람은 속일 수 있을지 몰라도 풍천소옥의 초령신술만은 속이지 못한다.

양방향에서 사슴을 쫓고, 다른 두 방향에서 기다리는 형국이다.

스읏!

치검령은 신형을 앞으로 쏘아냈다. 그와 동시에 오른손을 떨쳐 풍천소옥의 독문절기인 낙화산접수를 펼쳐 냈다.

파라라라락!

꽃잎이 분분히 떨어진다. 바람도 없는데 하늘하늘 휘날린다.

"헛!"

앞에서 급박한 외침이 터졌다.

눈으로 본 듯 정확한 위치에 강력한 타격이 터졌다. 허공을 가득 메운 수영(手影)은 움직일 수 있는 모든 방향을 차단한다. 더군다나 상대가 보이지 않는다.

연무혼기, 은형비술!

"에잇!"

상대는 이를 꽉 깨물었다. 그리고 이판사판이라는 식으로 석도를 휘둘렀다.

그것이 실수다. 풍천소옥의 무공은 치밀한 계산하에 전개된다. 결코 막무가내 식으로 아무렇게나 휘둘러서 막거나 공격할 수 없는 무공이다.

퍼억!

석도는 어둠을 훑었고, 낙화산접수는 머리뼈를 으스러뜨렸다. 그리고 정적이다.

휘이이이잉!

바람이 부는 것 같다.

지하 깊은 암동 속이라서 바람이 일어날 리 없는데…… 그래도 바람이 부는 느낌이 든다.

여러 사람이 움직이고 있다.

질질질……!

아! 공격하던 무리들이 방금 죽은 자를 끌고 가고 있다.

그래서 움직임이 감지된 것이고, 바람이 부는 것 같은 착각을 느낀 것이다.

저들은 단지 움직이고 있다.

살기는 이미 걷혔다. 공격할 의사가 없다. 아니, 아직도 광기로 번뜩이는 눈동자가 사방에서 번뜩이고 있으니 싸움이 잠시 미뤄졌다고 보는 게 맞을 게다.

어쨌든 급박했던 공격은 멈췄다. 한데,

우드득! 으적! 으적!

"크크크!"

"카카카!"

기성과 괴성이 어울리는가 싶더니 갑자기 피 냄새가 확 풍겼다.

'식인(食人)!'

치검령의 미간이 확 구겨졌다.

사람을…… 먹고 있다. 죽은 자를 먹는다. 그러기 위해서 잠시 공격을 멈춘 것이다.

"살려면 부지런히 죽여야겠군."

추포조두가 옆으로 다가서며 말했다.

"어쩌면…… 우리도 살기 위해서는 저들과 같은 짓을 벌여야 할지도 모르지. 산음초의, 이놈 좀 봐주쇼. 뭔가 이상해. 숨을 쉬지 않는 것 같은데……."

치검령은 등에 멘 당우를 내려놓으며 말했다.

밭일을 할 때, 논일을 할 때…… 배가 고프면 들불을 피워놓고 고구마를 구워 먹곤 했다.

노릇노릇하게 익은 고구마를 아주 맛있게 먹은 기억이 새롭다. 그때는 뭐가 그리 급했는지 입천장이 데이는 줄도 모르고 정신없이 먹곤 했다.

하나 잠시 한눈을 팔아서 새까맣게 타버린 숯덩이만 건진 경험도 있다.

'이걸 어떻게 할까? 버려?'

너무 타서 숯덩이가 되었다고 무작정 냅다 내던지는 사람은 없을 게다. 혹여 안에는 괜찮지 않을까 싶어서, 그냥 버리기에는 너무 아까워서 숯덩이를 조심스럽게 부숴본다.

재가 부서져 나간다.

시커먼 숯덩이가 바스슥, 바스슥 떨어져 나간다.

혹여 안에 타지 않은 부분이 남아 있으면, 타지 않은 부분이 얼마 되지 않는다고 해도 아주 행복한 마음으로 먹는다. 아주 조금밖에 남지 않아서 버려야 할 정도라고 해도 혀로 핥아보기라도 한다.
 지금이 꼭 그렇다.
 투투툭! 투둑!
 살짝만 건드려도 검게 타버린 잿더미들이 우수수 떨어져 나간다.
 풀죽이 되어버린 진기 덩어리는 완전히 움직임을 멈춘 후 굳게 굳었다. 그리고 숨 몇 번 들이쉴 정도의 아주 짧은 순간에 단단한 돌덩이가 되었다.
 동남동녀들의 진기와 내 진기가 한데 섞였다. 양중양, 음중음으로 갈렸던 진기들도 하나로 뭉쳐져서 돌덩이가 되어버리니 애써서 구분한 의미가 없다.
 모두 하나가 되었다.
 한데 변화는 그것으로 그친 게 아니다.
 돌덩이 안에서 아주 강렬한 열기가 터져 나왔다.
 무엇인지 채 알아보기도 전에 안에서부터 솟구친 열기가 진기 덩어리, 돌덩이를 순식간에 새까만 잿더미로 만들어 버렸다.
 동남동녀의 진기 덩어리는 장작더미 속에 던져진 고구마가 되었다. 꺼낼 시간을 놓쳐서 완전히 숯덩이가 되어버린 고구마와 똑같은 모습이다.
 부스스스……!
 툭툭 떨어진 숯덩이가 나풀나풀 휘날린다.
 너무 썩어서 자연스럽게 떨어져 나가는 나무껍질처럼 조그만 흔들림에도 투두둑 떨어진다.
 떨어진 숯가루는 경맥을 타고 흐른다.
 느리게 흐르는 강물 위로 숯덩이들이 둥실둥실 떠다닌다.
 강물은 흘러 흘러 십지(十指)에 도달한다. 단전에서 일어나 전신을 휘돈 흐름이 십지에서 일시 멈춘다.
 그곳에 폭포가 있다.
 쏴아아아아!
 유유히 흐르던 강물이 십지에 이르러 굉음을 토해낸다.
 숯덩이들이 폭포 아래로 떨어진다. 십지를 통해 몸 밖으로 배출된다. 완전히…… 몸에서 빠져나간다.

"크윽!"
 산음초의가 코를 움켜쥐고 물러섰다.
 이제 어지간한 냄새쯤에는 숙달될 대로 숙달되었다고 자신했건만 당우가 뿜어내는 냄새만은 도저히 참을 수 없었다.
 "욱!"
 "휴우!"
 추포조두와 치검령도 인상을 찌푸렸다.
 이건 지독한 정도가 아니다. 아예 천하의 모든 악취를 한꺼번에 쓸어 모은 것 같다.
 "이건 도저히……."
 산음초의가 기어이 손을 놓고 물러섰다.
 치검령도 할 말이 없었다.

맨 정신으로 당우가 내뿜는 악취를 맡을 수 있는 사람은 천하에 없으리라.

송장 썩는 냄새, 구린내, 시궁창 냄새…… 어떤 말을 갖다 붙여도 이 냄새를 설명하기에는 부족하다.

산음초의 같은 사람이 냄새 때문에 치료를 포기하고 물러설 정도이니 말 다 했지 않나.

아니, 산음초의만의 문제가 아니다. 가까이 다가서 있던 추포조두가 두어 걸음 정도 물러섰다. 치검령도 물러섰다. 그 정도 물러선다고 해서 냄새가 가시는 것도 아닌데 본능적으로 물러서고 말았다.

모두들 당우 곁에서 한 걸음이라도 더 떨어지려고 눈치를 살피는 기묘한 일이 벌어진 것이다.

냄새는 만정 마인들에게까지 영향을 미쳤다.

"아이쿠! 이게 웬 썩은 냄새야!"

"미치겠네. 어디서 쓰레기 끓이냐?"

"저 새끼가 풍기는 냄새 같은데…… 이거 입맛 버렸네. 냄새가 이렇게 지독해서야 어디 처먹겠어?"

마인들이 중구난방 떠들면서 일제히 뒤로 쑥 빠졌다.

"덕분에 싸움 걱정은 덜게 되었군."

추포조두가 등에 멘 묵혈도를 내려놓으며 중얼거렸다.

숯덩이가 모두 떨어져 나간 자리에 한 알의 씨앗이 남았다.

어떤 씨앗일까? 얼핏 보면 복숭아 씨앗처럼 보이기도 하는

데…… 몸속에 복숭아 씨앗이 들어올 리 없으니 그건 아닐 것이고…… 좌우지간 씨앗인 것만은 분명하다.

씨앗이 보인다.

단단한 형상이 두 눈 가득히 들어온다.

안에 무엇이 들었는지는 모르지만 겉껍질은 단단하기 이를 데 없다. 이 역시 느낌이지만…… 너무 단단해서 금강저(金剛杵)로 두들겨도 부서지지 않을 것 같다.

쿠쿠쿠쿠쿵!

마지막 숯덩이 찌꺼기가 십지를 통해 빠져나갔다. 그리고 폭포 또한 사라졌다.

전신에 고요한 물결만 흐른다.

막힘이 없는 흐름이다. 십지로 몰려드는 현상도 사라졌다. 진기라는 게 흐르는 것 같기는 한데, 종잡을 수 없다. 아니, 진기가 흐르고 있는지 파악조차 되지 않는다.

투골조를 받아들이기 전과 다를 바 없다.

다만 그때는 몸속을 관조할 수 없었지만 지금은 경맥의 흐름을 살필 수 있다는 게 달라졌을 뿐이다.

경맥이 잔잔하게 가라앉았다. 흐름도 잔잔하다. 요동치는 것은 아무것도 없다. 특별히 강맹하다고 느껴지는 요혈도 없다. 모두가 황금빛 가을 들녘처럼 평온하다.

'편안해……'

당우의 입이 살짝 비틀렸다.

빛이 있어서 그의 얼굴을 살필 수 있다면 세상에서 가장 편안한 웃음을 볼 수 있을 것이다.
 당우는 깊은 휴식을 취했다.

 "뭐야!"
 "훗!"
 쒜엑! 쒜엑!
 추포조두와 치검령이 거의 동시에 신형을 쏘아냈다.
 당우의 기운이 읽히지 않는다. 방금 전까지만 해도 징그러울 정도로 독한 냄새를 풍기던 놈이 순식간에 사라져 버렸다.
 하늘로 솟았나, 땅으로 꺼졌나? 놈이 없다!
 터덕! 턱!
 추포조두와 치검령이 당우의 팔과 다리를 움켜잡았다.
 당우는 그 자리에 그대로 있었다. 한 걸음도 움직이지 않고, 미동도 하지 않은 채 제자리에 누워 있었다.
 추포조두와 치검령은 서로를 쳐다봤다.
 추포조두는 당우의 다리를 움켜잡고 있다. 치검령은 오른손을 틀어쥐었다.
 당우가 사라졌다고 느낀 것…… 이건 착각이 아니다.
 두 사람이 동시에 당우의 기척을 놓쳤다. 그래서 당우를 찾기 위해 움직였다. 당우라고 생각되는 물체가 있기에 생각할 것도 없이 움켜잡았다.
 적성비가의 이목과 풍천소옥의 초령신술이 동시에 착각을 했다?

이런 일은 있을 수 없다.
"뭐야, 이건."
추포조두가 당우를 움켜잡은 채 중얼거렸다.
당우는 냄새를 풍기지 않았다. 아무런 일도 없었던 것처럼…… 평범한 아이처럼 깊은 잠에 빠져 있을 뿐이다.

第二十三章
ㄴㅎ(老狐)

1.

눈을 떴다.

빛 한 점 스며 있지 않은 원초적인 어둠이 스멀거린다.

하늘이 어디이고, 땅이 어딘가. 어느 쪽이 왼쪽이고, 어느 쪽이 오른쪽인가.

발로 딛고 있는 곳이 땅이다.

사람이 거꾸로 서 있을 수 없으니, 땅을 딛고 섰을 때 땅을 딛고 있는 쪽이 아래이고 머리 있는 쪽이 위다.

스읏!

상체를 일으켰다.

움직일 수 없는 몸인지라 꼼짝하지 못했지만 귀까지 닫혀 있었던 것은 아니다. 느낌마저 죽은 것은 아니다. 주위에서 벌어지는 일은 모두 알아들었다. 몸으로 느꼈다. 그래서 지금 자신이 어떤 상황에 처해 있는지 잘 안다.

죽음이 눈앞에 있다.

가까이 있는 사람들 중에는 치검령을 조심해야 한다. 그는 자신의 목숨을 노린다. 당장 죽이지 않는 데는 어떤 이유가 있을 것이다. 하지만 그는 언제든 손을 써도 하등 이상할 게 없다.

주의해야 할 사람, 하지만 지금 당장 위협이 되지는 않는다.

아주 위험한 사람은, 아니, 사람들은 따로 있다.

만정의 주인들, 마인들, 죄수들, 이곳에 터를 잡고 사는 사람들, 빠져나가고 싶어도 나갈 수 없는 사람들, 사람을 생으로 찢어 먹는 식인 인간들…….

자신에게는 저들을 상대할 힘이 없다.

팔을 들어 올려 소리 나지 않도록 조심하면서 휘둘러 보았다.

움직이는 데는 지장이 없다. 칼을 크게 맞아서 많이 불편할 줄 알았는데 뜻밖에도 완전히 나았다.

목도 휘둘러 보았다.

우두둑!

굳은 뼈가 풀리면서 뼈마디 어긋나는 소리를 냈다.

당우는 급히 동작을 멈췄다. 아주 작은 소리에 불과했지만 깊은 침묵밖에 없는 곳에서는 천둥소리처럼 크게 울릴 것이다.

움직이는 사람이 없다.
 다행히 아무도 듣지 못했다. 너무 신경이 예민한 건가? 겨우 뼈마디 어긋나는 소리에 불과한데.
 어쨌든 목도 이상 없다.
 당우는 슬그머니 일어섰다.
 옷자락 부딪치는 소리가 부스럭 울렸다.
 한 번씩 소리가 날 때마다 머리칼이 쭈뼛쭈뼛 곤두선다. 부스럭 소리를 듣고 당장에라도 누군가가 달려올 것 같아서 가슴이 콩당콩당 뛴다.
 조심하려고 무진 애를 쓰는데, 그러면 그럴수록 소리는 더욱 크게 울린다.
 소리를 최대한 죽여가면서 몸을 폈다.
 단언하건대 일어서는 동작 하나를 가지고 이토록 공을 들인 적은 없었다.
 온몸이 자유롭다. 불편한 구석은 티끌만치도 없다. 주위에 식인 습관을 지닌 마인들이 깔려 있지 않았다면 거침없이 어둠 속으로 걸어갔을 게다.
 당우는 한 발, 한 발 조심스럽게 걸음을 떼었다.
 사방이 꽉 막힌 뇌옥이다. 한 발만 옆으로 삐끗 미끄러져도 마인들 틈바구니 속으로 굴러떨어진다. 그러니 도망가고 싶다고 해도 갈 곳이 없다.
 당우라고 그런 점을 모르는 게 아니다. 알면서도 움직인다. 자신이 가장 믿을 수 있고, 의지할 수 있는 사람…… 추포조두

곁으로 가야 한다.

그가 어디 있는지는 짐작하고 있다.

그렇다. 사방이 한 치 앞을 볼 수 없는 어둠으로 뒤덮여 있다. 두 눈이 있지만 보지 못한다. 다만 느낌으로 추포조두라고 짐작되는 사람 곁으로 살금살금 걸어가는 게다.

온 신경을 두 발 끝에 모으고 살금살금 깨금발로 걸었다.

시간이 얼마나 흘렀을까? 이마에 굵은 땀이 흘러내릴 무렵, 드디어 목적하던 추포조두의 등 뒤에 도착했다.

"휴우!"

당우는 부지불식간 깊은 숨을 토해냈다. 순간,

쒜엑!

사내가 갑자기 뒤돌아서며 매서운 광풍을 쏟아냈다. 사전 예고가 전혀 없이 급작스럽게 펼쳐진 급공이다.

"헉!"

턱!

당우가 헛바람을 토해내고, 사내의 손바닥이 정수리에 닿은 것은 거의 동시였다.

"으......."

사내가 신음을 토해냈다.

"네가...... 네가...... 어찌 움직이느냐!"

더듬더듬 말을 제대로 잇지 못하는 사내...... 추포조두의 음성이 경악으로 가득 차 있었다.

"이놈…… 내 곁에 있는 게 편한 모양인데 괜찮으면 놔두지."

"좋도록. 이런 곳에서는 짐이 적을수록 좋으니까."

추포조두와 치검령이 의미없는 말을 주고받았다.

당우에게는 안전을 보장받는 중요한 말이지만 그들에게는 정말 의미없는 말이다.

당우가 추포조두 곁에 있다고 하지만 치검령에게서 겨우 서너 걸음 떨어져 있을 뿐이다. 치검령이 돌멩이라도 주워서 던진다면 여지없이 격타당한다. 그리고 치검령 같은 사람이 던진 돌멩이는 비수의 위력을 지니고 있다.

이토록 가까운 거리라면 죽이기는 쉬워도 막기는 어렵다.

치검령은 언제든 마음만 먹으면 죽일 수 있지만, 추포조두는 여간해서는 막지 못한다.

당우는 그런 점을 모르고 있다.

단지 치검령에게서 멀리 떨어져 있으면 다행이라고 생각한다. 추포조두 곁에 찰싹 달라붙어 있으면 언제까지고 안전이 보장될 것이라고 생각한다.

그러니 당우가 누구 곁에 있든, 어디에 두든 의미없는 대화일 수밖에 없다.

당우가 기쁜 듯 활짝 웃었다.

두 사람은 그런 모습을 활활 불타는 눈으로 지켜봤다.

어디까지가 거짓이고, 어디서부터 진실인가. 숨긴 것이 무엇이고, 가지고 있는 것은 무엇인가.

'지나가는 것을 감지하지 못했다. 이런 말도 안 되는 일이 있나!'

'난 등 뒤로 다가서는 것을 알지 못했어. 한낱 꼬마 놈이 다가서는 것을. 자칫 살수를 전개할 뻔하지 않았나.'

'어떻게 이럴 수 있는 거지?'

두 사람은 말을 나누지 않았다. 하지만 말을 하지 않는다고 해서 무슨 생각을 하고 있는지 모르는 건 아니다. 안다. 알아도 너무 잘 알아서 물어볼 필요조차 없다.

그들이, 은가의 무공을 수련한 고수들이 한낱 어린아이의 움직임을 잡아내지 못했다.

치검령은 벌레가 기어가는 것으로 착각했다.

어린아이가 살금살금 걸어가고 있는데, 벌레가 기어가는 것으로 착각하다니 말이 되는가. 이러고도 풍천소옥의 무인이라고 말할 수 있는가.

내공이 삼사 할 정도밖에 회복되지 않았다는 것도 변명이 되지 못한다. 무인이라는 사람이 어린아이가 움직이는 것을 탐지하지 못해서 내공까지 들먹여야 한다면 얼마나 초라한가.

분명히 탐지하지 못했다.

내공이 손상되기 전이었다고 해도 같은 일이 벌어졌을 게다. 틀림없이 그럴 공산이 높다.

치검령은 그나마 다행이다. 추포조두 같은 경우에는 민망해서 낯을 들 수 없을 정도다.

그는 누가 공격해 오는 것으로 착각했다. 마인들 중 하나가

슬그머니 뒤로 다가와 급습했다고…… 심지어는 자신이 꼼짝 없이 걸려들었다고까지 생각했다.

암습자가 등 뒤로 다가오는 것을 감지하지 못했다. 그가 일부러 기척을 흘리기 전에는 까마득하게 모르고 있었다. 뭔가 부스럭거리는 소리가 울리기는 했지만 치검령처럼 벌레가 기어가는 정도로 치부해 버렸다.

이런 상황에서 급습을 당한 것이니 꼼짝없이 당했다고 생각하는 것도 무리는 아니다.

그는 전력을 다해 뒤돌아섰다. 그리고 끌어올릴 수 있는 모든 진력을 모아 수공(手功)을 쳐냈다.

말은 하지 않았지만, 당우에게는 상당히 위험한 순간이었다. 전력을 다해서 초식을 펼쳐 낸 만큼 목숨 하나 끊어지는 것은 실로 시간문제였다.

아슬아슬하게 손을 멈췄기에 망정이지, 혹여 손길을 늦추지 못했다면 무인으로서 낯을 들고 다닐 수 없었을 게다. 물론 당우는 죽어서 없을 터이고.

어떻게 이런 일이 생겼나? 어떻게 두 사람이 감쪽같이 속아 넘어갔나? 어떻게 어린아이가 지척에서 움직였는데도 아무런 기척을 감지하지 못했을까.

원인은 당우에게서 찾아볼 수 있다.

당우는 냄새를 풍기지 않는다. 두 눈에 흐르던 강맹한 기운도 사라졌다.

투골조가 사라졌다.

이것과 지극히 은밀하게 움직일 수 있었던 행동과 어떤 연관이 있는 건 아닐까?
 어떤 사정인지, 어떤 일이 벌어지고 있는지 확실하게 알아둘 필요가 있다. 정말 투골조가 사라졌다면…… 당우는 더 이상 이용 가치가 없다. 아무런 위협도 되지 못한다. 그를 전면에 내세워도 천검가를 핍박할 근거가 안 된다.
 "맥을 살펴봐도 되겠니?"
 "네."
 당우는 또렷이 대답했다.

 '흐른다!'
 추포조두는 당우의 완맥을 치검령에게 넘겼다.
 당우가 불안한 표정으로 추포조두를 쳐다봤다. 하지만 추포조두의 냉막한 얼굴을 대하자 이내 포기한 듯 손목을 내밀었다.
 "흠!"
 치검령이 큰 숨을 쉰 후, 완맥을 움켜잡았다.
 사실 이런 정도의 진맥은 추포조두 혼자서 해도 충분하다. 그런데도 치검령에게까지 맥을 넘겨준 것은 자신의 생각에 확신을 갖기 위해서다.
 "여전한데……."
 치검령이 고개를 갸웃거리며 말했다.
 당우의 경맥에는 투골조의 친기가 유유히 흐르고 있다. 무공을 모르는 경맥이 아니다. 진기가 깃들어 있어서 철심처럼 강건한 기운이 흐른다.

투골조는 분명히 존재한다. 한데 투골조의 주요 특징이 완벽하게 사라졌다.

냄새가 나지 않는다.

이건 좋다. 그 냄새…… 젓갈 속에 파묻혀 있는 것보다 더 지독한 그 냄새만 맡지 않아도 살 것 같다. 다른 건 일체 신경 쓰지 않는다. 냄새가 풍기기 때문에 마인들의 주의를 끌어당긴다는 따위는 거들떠보지도 않는다. 악취 중의 악취를 피할 수 있다는 아주 간단한 사실만으로도 가슴이 시원해진다.

진기는 흐르는데 냄새는 사라졌다.

추포조두는 주위를 더듬어서 주먹만 한 돌을 주워 당우의 손에 쥐어주었다.

"혈을 아느냐?"

"네."

"운기를 아느냐?"

"배웠어요."

추포조두가 치검령을 흘깃 쳐다봤다.

하나 그 눈길은 오래 머물지 않았다. 그는 이내 다시 당우를 보면서 차분히 말했다.

"상처는?"

"괜찮아요."

"지금 운기할 수 있느냐?"

"네."

"운용해 보거라."

당우는 투골조 구결을 떠올렸다.

검상을 입은 후, 하루 종일 하는 일이라고는 투골조를 운용하는 것뿐이었다. 몸을 움직일 수 없고, 정신은 차린 상태이고, 할 수 있는 것이라고는 오직 운기조식밖에 없으니 하루에도 수십 번씩 진기를 휘돌리곤 했다.

츠으으읏!

단전에서 진기를 끌어냈다. 한데!

"어?"

당우가 당혹한 표정을 지으며 다시 진기를 끌어냈다.

츠으으읏!

진기는 운집되지 않았다.

두 번, 세 번…… 진기를 모으려고 애써봤지만 텅 빈 단전은 아무것도 내주지 않았다.

"흠!"

치검령이 침음을 터뜨리며 명문혈에 손을 댔다.

"거부하지 말고 가만히 있어라."

"네."

당우는 움찔했지만 이런 경험이 몇 번 있던 터인지라 잠자코 받아들였다.

츠으으읏!

명문혈을 통해서 치검령의 진기가 밀려들어 왔다.

진기는 몸속 구석구석을 휘젓고 다닌다. 요혈을 두들겨 보기도 하고 어루만지기도 한다. 소주천(小周天)의 경로를 따라 휘도는가 싶더니 대주천(大周天)까지 휘돈다.

기이한 점이 있다. 치검령의 진기는 단전도 살폈다. 복숭아 씨앗 같은 결정체도 건드렸다. 그런데 무슨 일인지 씨앗을 그냥 통과한다. 씨앗의 존재 자체를 알지 못하는 듯 머뭇거림이 전혀 없이 스르륵 지나친다.

우회가 아니라 관통이다.

씨앗을 비켜가는 것이 아니다. 그물막을 통과하듯이 일직선으로 관통한다. 그런데도 알지 못한다.

스으웃!

명문혈을 통해서 밀려들어 왔던 진기가 썰물처럼 빠져나갔다.

치검령의 진기가 들어왔을 때는 전신이 가득 찬 듯 포만감을 만끽했다. 하나 진기가 빠져나간 후에는 텅 빈 공동(空洞)에 서 있는 듯 빈 울림만 가득하다.

이제 분명해졌다. 투골조의 진기가 사라졌다.

"이게……."

당우가 정말 영문을 모른다는 표정으로 추포조두를 쳐다봤다.

그는 추포조두가 왜 자신을 보호하려고 하는지 이유를 안다. 반대로 치검령이 살심을 품은 이유도 투골조 때문이라는 것을 안다. 그렇기 때문에 투골조의 내공이 사라졌다는 건 아

노호(老狐) 85

주 중대한 변화를 예고한다.

 내공이 사라진 것은 큰 충격이 아니다. 원래부터 자신의 것이 아니었으니 이제 사라진다고 해도 아까울 것이 없다. 하나 그로 인해서 추포조두의 보호막이 걷혔다.

 이제 그는 두 사람 모두에게 필요없는 존재가 되었다.

 추포조두가 염려 말라는 듯 당우의 손을 꼭 쥐었다.

 "어떤가?"

 "투골조는 그대로 있는데…… 단전이 비었어."

 "허!"

 추포조두가 기가 막힌다는 표정을 지었다.

 투골조는 그대로 있는데 단전이 비었다……. 이건 무인이 할 소리가 아니다. 무공은 그대로 있는데 어떻게 단전이 빌 수 있단 말인가. 이는 내공은 그대로 있는데 내공이 비었다는 말과도 같다.

 도대체가 말이 안 된다.

 다른 식으로 해석할 수도 있다.

 내공이 그대로 있고 단전이 비었다면 내공의 근원이 다른 곳으로 이동했다고 볼 수도 있다. 그런 일이 흔한 것은 아니지만 특이한 사공이나 마공 같은 경우에는 단전 이외의 곳에 내공 근원을 두는 경우도 있다.

 치검령은 그런 생각까지 차단했다.

 "전신 경맥을 샅샅이 뒤졌지만……."

 말은 중도에서 그쳤지만 이어지는 말은 쉽게 예상된다. 내공이 없다. 내공이 사라졌다. 거두고 내뿜는 장소, 내공 근원이 없이 경맥에 내공이 흐른다.

추포조두는 치검령의 설명을 듣고도 믿을 수 없어서 자신이 직접 명문혈에 손을 댔다.

츠으으읏!

잠시 정적이 이어졌다.

치검령은 자신의 말을 믿지 못하고 직접 타진하는 모습을 보면서도 불쾌한 빛을 떠올리지 않았다.

그는 자신의 타진을 믿을 수 없었다. 아니, 그 누구라도 이런 현상이 벌어질 수 있다고는 상상도 못할 것이다. 어떻게 내공이 있는데 내공이 사라진단 말인가.

잘못 타진한 건가? 두 번, 세 번 확인을 거듭했는데…… 그래도 잘못 안 건가? 내공의 근원을 숨겨 버렸다면…… 단전이 아닌 다른 곳으로 이동시켰다면…… 추포조두가 뭘 찾아내진 않을까?

그는 불쾌하다기보다는 기대에 찬 눈으로 추포조두를 지켜봤다.

스으읏!

추포조두가 손을 거뒀다.

두 사람의 눈길이 어둠 속에서 마주쳤다.

'내공이 비었다!'

'이런 일이…… 일어날 수 있는 거군.'

두 사람은 곤혹스러웠다.

그들의 무공은 결코 낮지 않다. 은가 무인들 중에는 상당히 고절한 편이다. 그런데도…… 그들이 지닌 상식으로는 당우의 몸에서 일어난 현상을 설명하지 못했다.

한 가지…… 명확해진 것은 있다.
내공이 존재하지만 내공이 비었다는 말은 모순의 극을 이룬다. 그런 것처럼 형체가 뚜렷하게 존재하지만 형체가 없다는 말도 모순의 절정이다.
당우가 그런 모습을 보인다.
당우는 분명히 형체가 있다. 눈으로 볼 수 있고, 손으로 잡을 수 있다. 숨 쉬는 모습까지 읽을 수 있다. 당우는 살아 있는 사람이다. 그러나 당우가 등 뒤로 돌아가면 말이 달라진다. 당우는 아무런 기운도 내뿜지 않는다. 인간이 지닌 기운, 그 자체가 없다.
사람이 살아 있으니 기운이 없을 리 없는데 없다.
내공이 있으나 없고, 형체가 있으나 없고, 기운이 있지만 없다.
단전 자체가 사라져 버리고 단전에 응축되어 있던 진기가 전신에 고루 퍼져 있는 것과 똑같은 상황이다.
하지만 이런 경우는 없다. 모든 힘에는 반드시 근원이라는 것이 있다. 팔의 힘은 팔의 근육에서 나온다. 허리 근육의 도움을 받으면 더욱 강해진다.
이렇게 힘을 쓸 수 있는 근원적인 자리가 있어야 한다.

항우장사라고 해서 항시 힘을 불끈 쥐고 살 수는 없다. 힘을 쓸 때는 쓰되 쓰지 않아도 될 때에는 편안하게 풀어놓아야 한다. 모음과 풀어짐이 있어야 한다.

힘을 쓰는 근원이 근육이든 진기이든 시작점이 있고 끝나는 점이 있어야 한다.

당우에게는 그런 자리가 없다.

그 때문에 당우의 기척이 감지되지 않는다. 투골조의 진기만 사라진 것이 아니라 당우의 원정진기마저 사라져 버려서 아무런 기운도 흘리지 못한다.

흘리지 않는 것이 아니라 없어서 흘리지 못하는 것이다.

추포조두가 그를 발견하지 못했고, 치검령이 벌레가 기어가는 것으로 착각한 원인도 여기에 있다.

당우는 인간이라면 누구나 지니는 원기(元氣)조차 없다.

완전한 무기(無氣)다.

원래 이런 상태라면 죽었어야 한다. 오직 죽은 자만이 무기 상태를 유지할 수 있다. 살아 있는 자가, 멀쩡하게 걸어 다니면서 아무런 기운도 내뿜지 않는다는 것은 기문(奇聞) 중의 기문이다.

"허! 이런 경우는 난생처음인지라……."

산음초의가 혀를 내둘렀다.

그는 당우의 몸에 펼쳐진 의술을 정확히 살펴왔다.

경근속생술, 초향교, 구각교피…… 모든 면을 살펴봐도 지금 현재 당우의 몸에서 벌어지는 일을 설명할 수 없다.

당우의 경우는 의학적인 견지에서 볼 때, 불가해(不可解)라는 판정이 나왔다.

의술로는 당우를 설명하지 못한다. 또 그는 당우에게만 집중할 시간도 없다.

당우는 산 자가 되었다. 투골조가 어떻게 되었든 살아서 움직이니 육체적으로는 걱정할 필요가 없게 되었다. 정작 보살펴야 할 사람은 따로 있다. 묵혈도다.

"약초가 있어야 하는데……."

산음초의는 같은 소리만 반복했다.

그가 할 수 있는 일이라고는 추궁과혈이 고작이었지만, 바로 그게 목숨을 이어주고 있으니 손을 멈출 수 없었다.

추포조두와 치검령은 장고에 몰입했다.

주위에 마인들이 얼씬거리고 있으니 제일 먼저 그들에게 촉각을 곤두세워야 한다.

어찌 된 일인지 그들은 잠잠하다. 첫 번째 희생자가 나온 이후 근 하루는 지난 것 같은데 공격할 기미가 없다. 공격하지 않으면 다행이지 않나.

막간의 짬을 내서 당우를 지켜보았다.

살예(殺藝)가 절정에 이른 초급 살수는 일시간 자신의 기운을 죽일 수 있다. 존재는 머물고 있지만 머물지 않은 것처럼 모든 기운을 잠재운다.

적성비가의 암행류나 풍천소옥의 은형비술이 그런 종류의

절기다.

 당우는 무기 상태, 웃으면서 태연하게 걸어 다니지만 은가의 절정비기를 펼치고 있는 것과 같다.

 늘 무기 상태를 유지할 수 있다는 것은 은가 무인들에게는 굉장한 축복이다. 반대로 죽여야 하거나 감시해야 할 자가 무기 상태를 유지한다면 상당히 피곤해진다.

 눈을 감고 당우를 찾아본다.

 자신이 수련한 모든 절기를 총동원해서 현재의 위치를 탐지해 낸다.

 물론 탐지가 된다. 당우는 발걸음 소리를 죽이지 못한다. 조심스럽게 걷기는 하지만 은가 무인들의 이목을 속이지는 못한다.

 그가 치검령의 이목을 속일 수 있었던 것은 방심 때문이다. 혼절해 있는 놈이 일어나 걸을 리 없다는 방심, 깨금발로 조심스럽게 걸을 리 없다는 방심이 그를 놓치게 만들었다.

 긴장한 상태에서 주의 깊게 들으면 대번에 찾아낸다.

 만약 당우가 보법이나 신법을 익히는 날에는 사태가 달라진다. 그때는 아무리 치검령이라고 해도 찾아내지 못할 것이다. 찾아낼 수 있을지는 몰라도 굉장히 힘들 게다.

 "무공을 일초반식이라도 전수하면…… 불문곡직 죽인다."

 누구에게 한 말인지는 듣는 사람이 안다. 그가 왜 이런 말을 하는지도 안다.

 "후후! 걱정 마라. 나도 후환거리를 만들기는 싫다. 류명을 개집에서 끌어내는 도구, 그 이상으로 크는 것은 나도 바라지 않는다. 그리고…… 이런 곳에서 네가 죽이고자 해서 죽이지 못할 자가 어디 있겠나. 널 격동시킬 생각 없다."

"후후후!"

"후후!"

두 사람은 서로의 생각을 읽었다.

2

"이 냄새…… 투골조다."

"흐흐흐! 투골조를 수련한 놈이 들어왔군. 그것도 내공을 온전히 보전한 채 말이야."

"그런데 냄새가 너무 지독하지 않아?"

"설익어서 그래."

"크크큭! 겨우 일성이나 이성 수준이야."

"어떤 놈이 수련한 건지 알아와!"

그들의 명은 곧바로 수행되었다.

명을 건넨 지 촌각도 지나지 않아서 즉시 보고가 들어왔다.

"꼬마 놈이란 말이지. 카카카카! 꼬마 놈이 투골조를 수련했단 말이지. 카카카! 백 명의 어린것들을 쏙싹 먹어치웠단 말이지, 꼬마 놈이. 젖비린내 풀풀 날리는 놈이 말이야. 카카카카!"

"꼬마 놈이 했겠나. 사부란 놈이 해줬겠지."

"어쨌든 먹어치운 건 꼬마 놈 아냐!"

"크크크크! 성질 내지 마라. 그러다가 죽는 수 있다."
"네깟 놈이 할 말은 아니지. 카카카!"
"뭐가 이렇게 시끄러!"
중구난방으로 떠들던 몇몇 사람이 괴노파(怪老婆)의 일갈에 말문을 뚝 닫았다.
"다투지 마라. 오랜만에 재미있는 일이 벌어졌는데 흥취 떨어진다. 히히히히!"
"흥미가 생기셨습니까?"
"히히히! 요즘 세상에 투골조라니. 아직도 이런 냄새나는 무공을 수련하는 인간이 있다니 정말 어떻게 생긴 낯짝인지 꼭 한 번 봐야겠습니다. 카카카!"
"공격을 중단해."
"네? 그게 무슨 말씀……."
"새로 온 새끼들을 잡아먹지 말란 말이야, 새끼야! 히히! 사람이 됐질 때가 되면 말귀가 어두워진다는데 네가 그러냐? 어찌 하는 짓이 며칠 못 넘길 것 같다?"
"네? 아이구! 그게 무슨 말씀을……. 아닙니다. 아닙죠. 카카! 당장 공격 중단시키겠습니다."
노파의 명령은 즉시 실행에 옮겨졌다.
"하! 저 새끼들 배고파서 환장할 텐데 어쩌냐?"
"카카! 뭘 걱정해. 한두 놈 골을 빠개 버리면 되잖아. 카카카! 평소에 끝내 버리고 싶은 새끼 없었어?"
"있긴 있는데 내 소관이 아니다."

"네 소관에서 찾아, 새끼야."

"너 자꾸 그따위로 이죽거리면 죽는다."

"병신. 가만히 보면 손도 쓰지 못하는 놈들이 꼭 주둥이만 살았어요. 마! 그런 건 말로 하는 게 아니야. 그것도 모르냐? 자신있으면 손을 써, 병신아. 크크큭!"

"카카카! 언젠가 내 꼭 네놈 골을 빠개주마."

"역시 주둥이만 살았다니까."

노괴(老怪)들의 음성이 점점 멀어져 갔다.

'투골조······.'

노파의 눈에 흉광(兇光)이 맴돌았다.

살광이라는 말로는 부족하다. 뜨거운 불길이 솟구쳐 나오는 것 같다. 염라대왕이 죄 많은 영혼을 화염지옥에 떨어뜨리기 직전에 마지막으로 쏘아보는 증오의 눈길 같다.

"투골조······ 히히히! 드디어 이렇게 만나는구나, 조마. 히히히! 히히히히!"

괴노파는 실성한 듯 웃어 제꼈다.

"끄악!"

"까악!"

외마디 비명이 만정을 쩌렁 울렸다. 그리고 게걸스럽게 먹어치우는 소리가 섬뜩하게 들렸다.

두 명이 죽고, 먹혔다.

만정에 마인들이 얼마나 갇혀 있는지 모르지만 이런 식으로 뜯겨 먹히다가는 한 달도 되지 않아서 멸절하고 말 것이다.

그 점이 회한하다.

만정의 역사는 검련의 역사와 궤를 같이한다.

검련이 시작되면서 만정도 만들어졌다. 그러니…… 어림잡아도 오십여 년은 훌쩍 넘겼다.

그동안 검련은 참 많은 사람을 처단했다.

현장에서 즉결 처단한 마인들이 생포한 마인보다 훨씬 많다. 마인들 대부분이 마지막 순간에는 목숨을 도외시하는 경향이 있어서 사로잡으려면 그야말로 진득하게 공을 들여야 한다.

그런 의미에서 보면 솔직히 만정에 갇힌 마인들은 극악(極惡)은 아닌 셈이다.

극악은 현장에서 척결당했고, 차악(次惡)이 만정에 갇혔다.

만정에 가둘 정도도 되지 않는 마인들은 일반 뇌옥에 수감된다. 마공을 없애고, 인성을 개조시켜서 마기가 씻겼다 싶으면 다시 사회로 돌려보낸다.

만정에 갇힌 마인들은 극악은 아니지만 개선의 기미가 전혀 없다고 판정된 자들이다.

어지간하면 일반 뇌옥으로 보내지고, 정말 안 되겠다 싶으면 죽이고…… 하니 만정에 감금되는 것도 취사선택(取捨選擇)을 잘 받아야 한다.

인원이 많을 리는 없다.

세월이 오십 년이다 보니 상당수가 갇혀 있겠지만 지금처럼 하루에 한 명씩 요절낼 정도로 많지는 않다. 이런 식으로 배고픔을 해소해 왔다면 만정 마인들은 벌써 씨가 말랐어야 한다.

"두 명이 죽었군."

추포조두가 말했다.

"이삼 일은 공격당할 걱정을 하지 않아도 되는 건가?"

치검령이 맞받았다.

사람이 죽으면 마인들은 식량을 아낀다.

방금 전까지만 해도 죽으려고 이를 갈던 사람들이 언제 그랬냐 싶게 물러선다.

이들은 싸우는 게 목적이 아니다. 먹는 게 목적이다.

"상처는 좀 어떤가?"

추포조두가 산음초의에게 물었다.

으적!

산음초의가 무엇인가를 잡아서 입안에 넣고 잘끈 깨물었다.

"약초 없이는 불가능하오."

"그 정도인가?"

"당신도 알 것 아니오."

산음초의가 퉁명스럽게 말했다.

그의 말이 맞다. 무인도 절반은 의원이다. 내공을 수련한 무인이라면 의원(醫院) 깃발을 달아도 될 정도다. 그중에서도 특히 은가 무인들의 의술은 뛰어나다. 그들은 어설픈 의원 정도는 뺨싸대기 때릴 정도로 응급 처방을 깊이 배운다.

묵혈도를 산음초의에게 맡기기 전에 자신이 먼저 진맥을

했다.

영약이 필요하다. 영단이 있어야 한다. 보통 영단, 영약은 무용지물이다. 약효가 무척 뛰어나서 기사회생(起死回生)할 수 있을 정도가 되어야 한다.

묵혈도의 상처는 침이나 뜸으로 치료할 수 있는 게 아니다.

더군다나 만정에는 침도 없고 뜸도 없다. 아무것도 없다. 있는 것이라고는 두 손으로 행하는 지압(指壓)밖에 없다.

그런 상황을 파악하고 난 후에야 산음초의에게 넘겼다.

은가의 지압보다 산음초의의 추궁과혈이 훨씬 뛰어나 보인다. 실제로 묵혈도의 생명이 이어지고 있다.

그것 외에는 기대할 것이 없다.

천하에 산음초의라고 해도 영약이나 영단의 도움을 받지 않고는 묵혈도를 회생시킬 수 없다.

"휴우!"

추포조두는 한숨만 내쉬었다.

일이 어떻게 이렇게 됐지? 당우를 만나고, 낚아챈 후에 빠져나가면 그만인데…… 정말 앉은자리에서 꼼짝도 못하게 될 줄은 꿈에도 짐작지 못했다.

살아남은 마인이 거의 없을 것이라고 생각했다. 생존자가 있어도 거의 폐인 수준이라서 거들떠볼 일이 없을 것이라고 여겼다. 설혹 팔팔 날뛰는 자들이 있더라도 내공을 보존한 채 뛰어든 이상 무풍지대를 거닐듯이 유유히 빠져나올 수 있지 않겠나.

마인들은 문제가 아니다. 만정이 문제다.

아무도 빠져나오지 못한다는 만정을 어떻게 빠져나올까. 무슨 수단이 있을까.

앉아서는 해결할 방도가 없다. 뛰어들어 가보면 알게 되리라. 정 빠져나올 길이 없다고 여겨지면 앉아서 기다리는 방법도 있다.

천검가는 당우가 필요하다.

류명에게 투골조를 전수한 자, 백 명의 동남동녀를 납치하고 정혈을 갈취하게 만든 자…… 그를 징치하려면 투골조의 흔적이 남아 있어야 한다.

천검가는 당우를 빼낼 것이다.

그때까지 운공조식이나 즐기면서 유유히 기다리면 된다.

너무 안일한 생각이었나? 그렇다. 안일했다. 안일해도 어린아이가 웃을 정도로 안일했다.

마인들은 무공을 안다.

사실 이것도 어느 정도는 예상했다.

자신이 내공을 금제당했다면 어떻게 할까? 육체를 단련한다. 내공을 버리고 외공으로 돌아선다. 몸을 움직이는 게 불편하겠지만 그래도 악착같이 싸울 힘을 되찾는다.

자신이 이럴진대 마인들이야 오죽하랴.

저들이 어느 정도 외공을 쓸 것이라는 생각은 했다. 다만 그것이 상상 이상으로 강했다.

옥졸들이 너무 지나치게 금제를 가한 탓에 내공 회복이 더다는 것도 큰 변수다.

예상하지 못한 일이 너무 많이 벌어졌다.

그 결과, 그들은 앉은자리에서 한 발짝도 움직이지 못하는 처지가 되어버렸다.

자신은 그렇다 치고 치검령은?

그는 편안하다. 그는 당우만 죽이면 된다. 그러면 풍천소옥의 전설은 지속된다.

그가 당우를 당장 죽이지 않는 것은…… 그 역시 천검가주에 대한 보복을 생각하고 있다는 뜻이다.

하달받은 명령은 완수한다. 이것을 절대 명제다. 그러니 어떤 변화가 일어나면 제일 먼저 당우부터 죽인다. 자신이 기대하는 대로 천검가에서 당우를 꺼내기 위해 일을 벌이면, 그 순간 당우는 죽는다. 천검가가 당우를 필요로 해도 죽인다. 왜? 그가 받은 명령은 당우를 죽이는 것이었으니까.

그의 보복은 당우를 죽인 후에 시작된다.

일단 천검가주의 명령을 이행하고, 풍천소옥의 명예를 지키고, 그 후에야 사적인 보복을 시작한다.

그에게도 지금 당장은 당우를 죽이는 것보다 살려두는 것이 좋은 것이다.

당분간 마인들만 신경 쓰면 된다.

추포조두는 대범하게 운공조식을 취했다.

마인들이 공격해 오면 꼼짝없이 당할 터이지만…… 그래도 내공을 회복하는 게 선급하다고 생각했다. 저들 중에 죽은 자가 생겨서 허기를 달래기 바쁜 지금이야말로 가장 안전한 시간이지 않겠나.

'웃기는 놈이군.'
치검령은 추포조두를 힐끔 쳐다본 후, 자신도 편안하게 앉아서 쉬려고 했다. 그 순간.
'제길!'
자신도 모르게 욕지거리가 튀어나왔다.
마인 놈들 중에도 병법을 아는 놈이 있나? 성동격서(聲東擊西)라도 쓰는 겐가? 한쪽에서는 사람을 죽여서 방심을 유도해 놓고 다른 쪽에서는 급습을 가한다?
치검령은 추포조두를 힐끔 쳐다봤다.
추포조두도 예상치 못한 변화를 읽었다. 주위 공기가 싸늘하게 굳어가는 것을 감지했다.
그의 미간이 찌푸려진다.
억지로라도 운공조식을 풀려는 게다. 하지만 이제 막 시작한 것을…… 일주천(一週天)도 하지 않은 진기를 억지로 되돌렸다가는 주화입마(走火入魔)당하기 십상인 것을.
'제길!'
치검령은 속으로 투덜거리면서 두 손을 날카롭게 곤두세웠다.
"천천히 해라. 막는 데까지 막아보지. 안 되면 어쩔 수 없고. 그래도 일촌(一寸)이 세 개이니 좋지 않나."

치검령은 알아듣기 힘든 말을 했다.

일촌이란 일촌비도를 줄인 말이다. 일촌비도라고 하면 알아들을 사람이 많기 때문에 일촌이라고만 말했다.

물론 수중에 비도는 없다. 하지만 비도를 대신할 석편(石片)이 있다. 가늘고 길며, 끝이 날카로운 석편을 부지런히 구한 덕에 세 개나 준비했다.

추포조두의 안색이 한결 편안해졌다.

칠흑 같은 어둠 속이라서 표정 변화를 읽는다는 건 불가능하다. 하지만 공기를 타고 전해지는 느낌만으로도 고마움이 담긴 감정을 읽을 수 있다.

스슷! 스스슷!

저들이 움직인다. 사방에서 쾌속하고, 은밀하고, 날카롭고, 사납게 달려든다.

'이놈들!'

치검령은 깜짝 놀랐다.

이들은 먼저 공격해 왔던 마인들과는 차원이 다르다. 저들이 단순한 외공에 의존한 상태라면 이들은 내공까지 가미했다. 그것도 상당히 높은 경지다.

쒜엑! 쒜에엑!

치검령은 일촌비도 두 개를 연달아 펼쳤다.

두 발은 본능적으로 연무혼기를 밟았다. 풍천소옥 최대 은신술인 연무혼기로 자신을 감췄다.

불행히도 이곳은 어둠밖에 없다. 시선을 빼앗을 나무도, 바위도 없다. 시력이 불필요한 곳이다. 눈으로 보느니 차라리 귀로 듣고 감각으로 느끼는 편이 낫다.
 그런 면에서 마인들은 익숙해져 있다.
 쒜엑!
 치검령의 퇴로가 간단하게 막혔다.
 그가 펼쳐 낸 일촌비도는 오간 데 없이 사라져 버렸다. 아마도 만정 어딘가로 날아가 버린 듯하다. 하지만 지금은 급공을 피하기에 급급해서 어디에 떨어졌는지 신경 쓸 겨를이 없다.
 "흐흐흐! 풍천소옥의 애송이였더냐!"
 "밖에서는 팔팔 뛰었겠군. 크크크!"
 "아휴! 이 새끼, 팔다리 콱 꺾어서 와드득 씹어 먹고 싶은데. 싱싱한 육질 냄새가 사람 미치게 만드네."
 "참아라."
 "참는다, 참아!"
 쒜에에엑! 타악! 쒜에엑! 타악!
 밑에서 위로 후려친 석도에 엉덩이를 격타당했다. 위에서 아래로 떨어진 석도가 허벅지를 가격했다.
 "크윽!"
 치검령은 단 일 합 만에 비명을 토하며 주저앉았다.
 무공의 싸움이라기보다는 어둠의 싸움에서 졌다. 마인들이 무척 강한 건 인정한다. 하지만 싸움이란 무공만으로 자웅을 결하는 것은 아닌 것. 바깥에서라면 이토록 쉽게 당하지 않았을 것이다.

"나흘 동안 꼼짝하지 마라."

마인이 기묘한 말을 했다.

"우린 식인 습관에 길들여져서 손가락 하나라도 먹지 않고는 배기지 못해. 크크크! 나흘 후면 저게 열리고 두 명이 떨어질 게다. 그때까지 꼼짝하지 마. 괜히 움직였다가 뒈지면 우리 잘못 아니다. 알아들었어?"

"다른 죄수가 들어올 걸 어찌 알고……."

"새끼가 한마디 하면 두 마디 해달래요. 요즘 애새끼들은 완전히 간이 배 밖으로 튀어나왔다니까."

"그럼 안 되지. 공자님이 그랬나? 그런 놈은 처음부터 단단히 길들여 놓으라고?"

"그랬어?"

"그렇게 말했다니까. 카카카!"

"그럼 길들여야지."

쒜에엑! 퍼억! 쒜에엑! 퍼억! 쒜에에에엑! 퍼억!

석도가 무자비하게 날아들었다. 그리고 그때마다 뼈가 부러지는 충격을 받았다.

석도가 날아올 것을 예감했다. 길들여야 한다는 말이 자신을 타작한다는 말이라는 것도 알아들었다. 그래서 다시 한 번 일전을 겨뤄보고자 만반의 준비를 갖췄다.

오른손으로 낙화검법을 펼치자. 왼손으로는 낙화산접수를 펼치고……. 은형비술이나 연무혼기는 무용지물이니 차라리 다른 보법을 펼치는 게 낫다.

'대연구공신법(大衍九空身法)!'

대연구공신법은 장거리 질주용이다. 결투 같은 근접전에서 사용하기에는 무리가 따른다. 하지만 이곳은 어둠뿐…… 반드시 근접전으로 승부를 내라는 보장이 어디 있나!

치고 빠진다. 치는가 하면 빠지고, 빠지는가 하면 친다. 멀리서 가까이로 가장 빨리 다가갈 수 있는 신법이라면 장거리용이면 어떻고 근거리용이면 어떤가.

쐐에엑!

뒤로 물러났다가 다시 파고들었다.

그런데 그 순간, 기가 막히게도 석도가 날아들었다.

퍼억!

어깨 쇄골이 부서진 느낌이다. 아니, 부서지지는 않았다. 강도를 절묘하게 조절해서 극심한 타격만 가했을 뿐, 부러뜨리지는 않았다. 자신을 부술 목적이 아니라 말 그대로 길들일 목적이다.

"뭐 이런!"

쐐엑! 따악!

석도가 가슴팍을 후려쳤다.

이런 타격은…… 상대가 자신을 비켜 지나가면서 수평으로 석도를 전개했을 때만 가능하다.

신법, 도법에서 완전히 졌다.

"크윽!"

치검령은 신음을 터뜨렸다.

이자들은 누구이며, 어떻게 해서 이토록 고절한 무공을 사용하는가. 내공은 어떻게 되살렸고, 그럼에도 왜 만정을 빠져나가지 않는 것인가.

따악!

정수리에서 또 한 번 일격이 터졌다.

치검령은 온갖 생각을 떠올리며 푹 고개를 떨궜다.

혼절하고 만 것이다.

第二十四章
난흘(難吃)

1

  은가의 무공은 어둠 속에서 가장 빛을 발한다.

  세상에 강자는 많다. 은가 정도는 단숨에 쓸어버릴 수 있는 거대 문파가 많다. 하지만 그들 모두가 은가 무인들을 두려워한다. 부지불식간에 어둠 속에서 튀쳐나오는 칼날은 막기 힘들다.

  무림의 초강자들이 일대일의 승부라면 도저히 상대가 안 될 자들에게 죽는다.

  살인에는 정도가 없다.

  살인을 하기 위해서라면 모든 수단 방법이 강구된다.

  은가 무인들에게 무공이란 사람을 죽이는 도구에 불과하다. 그 이상도 이하도 아니다. 무공이 높다는 것은 살인에 나설 때

선택할 수 있는 도구가 많아졌다는 의미 외에는 없다.

사람을 죽이는 데는 독심(毒心), 냉심(冷心)을 가다듬는 것이 절정비급 한 권을 깨우치는 것보다 낫다.

어둠에 익숙해진다는 것…… 은가 무인들에게는 필수 항목이다.

은가 무인들은 살인 시기로 칠 할 이상을 야밤을 선택한다.

그만큼 어둠에 익숙해져 있고, 자신도 있다. 야밤이라면 자신보다 두어 수 윗길의 무인도 거꾸러뜨릴 수 있다.

세상에 존재하는 칼 중 가장 무서운 칼이 소리장도(笑裏藏刀)다.

웃으면서 등 뒤를 찌르는 칼은 정말 막기 어렵다. 위험을 깨달았을 때는 이미 당한 후일 가능성이 매우 높다. 그렇지 않더라도 당할 수밖에 없는 처지에 놓여 있으리라.

소리장도에 보호막을 한 겹 더 씌워서 어둠까지 깃들이면 그야말로 금상첨화(錦上添花)다.

살인은 이루어진다. 실패는 없다.

그런데 형편없이 무너졌다. 처음에는 합공을 당했지만 두 번째부터는 일대일의 승부였다. 거기서 철저하게 무너졌다. 옷깃도 스쳐 보지 못하고 맞기만 했다.

모든 조건은 완벽했다. 은가 무공을 가장 이상적으로 펼칠 수 있는 상태였다.

그런데 어처구니없게도 저들은 은가 무공을 뒤집어 버렸다.

저들의 장기로 은가의 장기를 덮어 눌렀다.

살인 이야기가 나왔으니 한마디 더 할 게 있다.

살인 청부는 주로 살수 집단에 의해 행해진다.

살막(殺幕), 사림(死林), 망혼부(亡魂府), 오명촌(五命村) 같은 곳이 주로 알려져 있다.

은가도 살인 청부를 받기는 한다. 하나 이런 일들은 주로 하수(下手)가 수행한다.

중수(中手)는 아무런 일도 맡지 않고 오로지 수련에만 매진한다.

그들을 살행에 쓰기는 너무 아깝다. 도살이나 다름없는 작업을 떠나서 좀 더 복잡한 일을 해야 한다.

그러기 위해서 많은 것을 수련한다.

학문에서부터 온갖 잡기에 이르기까지 세상의 모든 것을 섭렵한다.

상수(上手)!

어떤 일을 맡겨도 능히 해낼 수 있는 일인전사(一人戰士)!

치검령이 상수다. 추포조두가 상수다. 묵혈도와 벽사혈이 상수다.

그들은 어떤 일이라도 해낼 수 있다. 살인은 일도 아닌 축에 속한다. 그보다는 훨씬 고단한 일, 복잡한 일, 난감한 일을 맡겨도 완벽하게 처리해 낸다.

그런 사람들이 구겨진 종잇조각처럼 형편없이 나뒹군다.

치검령은 눈을 떴다.

머리가 아프다. 다른 곳도 많이 맞았는데, 유독 머리가 깨어질 듯 아프다.

　손을 들어 이마를 만져 보니 진득한 진액이 묻어 있다.

　머리가 깨져서 피가 흘렸던 모양이다.

　"크크크! 이놈들…… 무공을 찾았군."

　"어둠과 하나가 된 무공이었다. 아니…… 어둠, 그 자체였어."

　추포조두가 침착하게 말했다.

　"봤나?"

　"봤다."

　"그런데도 구경만 한 거야?"

　"일촌비도가 너무 형편없이 빗나갔어. 난 그토록 쉽게 일촌비도를 받아내지 못한다. 네가 썼던 수를 내게 쓰면 구멍이 한두 개 정도는 뚫렸을 게다."

　"세 개 중 한두 개라. 좋군."

　"네 무공은 좋다."

　"끄응!"

　치검령이 머리를 감싸 쥐며 일어섰다. 그런 그의 귀에 추포조두의 냉정한 음성이 들렸다.

　"당우를 데려갔다."

　"……!"

　아무 말도 나오지 않는다.

　놈들이 당우를 데려가는 것은 그들 자유다. 당우를 죽이고 살리는 권한은 저들에게 있다.

약육강식(弱肉强食)의 세계에서 약자가 할 수 있는 일은 소리 지르는 것 말고는 없다.

추포조두는 무인의 체면상 소리도 지르지 못했을 게다. 산음초의는 기가 질려서 입이 얼어붙었을 것이고.

저들이 당우를 데려가는 건 길에 떨어진 나무 막대기를 집어가는 것보다 쉬웠을 게다.

누구에게 뭐라고 말할 것인가.

"끄응! 가는 방향은?"

"어두워서 방향을 알 수가 있나. 그래서 밭밑에 선을 그어놨다."

"그놈들한테 가기 위해서는 저놈들부터 뚫어야겠지?"

광기로 번들거리는 마안(魔眼), 귀안(鬼眼), 혈안(血眼)들.

"잠자코 있으랬잖아."

"당장 움직이자는 건 아냐. 내가 이 몸으로 움직일 것 같은가?"

분함을 삭이지 못하고 당장 움직이는 것은 필부지용(匹夫之勇)이다. 온몸이 갈기갈기 찢어질 것 같은 아픔이 찾아와도 완벽한 준비를 갖출 때까지 기다릴 줄 알아야 한다.

은가 무인들은 이런 일을 할 줄 안다.

그들은 귀안이 번들거리건 말건 가부좌를 틀고 앉아서 운공조식을 취했다.

내공을 찾아야 한다.

예전 내공을 고스란히 찾아도 저들을 상대할 수 있을지 의문이다. 하지만 찾고자 하면 길은 보이는 법이지 않나.
 스으으웃!
 그들은 깊은 어둠과 하나가 되었다.

 닭발처럼 깡마른 손이 다짜고짜 완맥을 움켜잡았다.
 "아, 아파!"
 정말 아프다. 노파의 손아귀 힘이 얼마나 센지, 그리고 무슨 맥을 이따위로 잡는지 손목이 끊어질 것 같다.
 "히히! 히히히! 재미있군. 조마, 그 늙은이…… 애새끼 하나는 잘 골랐어."
 어둠 속에서 흰자위가 번뜩인다.
 당우는 눈을 찔끔 감았다.
 노파의 눈동자에는 진한 마력이 깃들어 있다. 눈동자를 쳐다보기만 하면 정신이 몽롱해진다. 속에 있는 말이 무엇이든 사실대로 말해야 할 것 같다.
 그뿐만이 아니다. 눈을 계속 쳐다보고 있자면 끝에는 영혼까지 빨려 나갈 것 같다는 생각이 든다.
 "눈을…… 감아? 히히히! 히히히히!"
 노파는 괴이하게 웃어 제쳤다.
 "손, 손목 좀…… 손목이 아파요."
 "아파? 이게 아파? 그럼 이건 어떠냐?"
 노파의 깡마른 손이 배를 움켜잡았다. 배꼽 밑부분을 다섯 손가락으로 꽉 쥐었다.

"아아악!"

당우는 비명을 고래고래 질렀다.

한 손 완맥이 잡혀 있어서 몸을 크게 움직일 수 없는데다가, 아랫배는 살점이 떨어져 나갈 듯이 집어 짠다. 아니, 그 이상이다. 뭐를 어떻게 했는지 모르겠지만 살점에서 시작된 통증이 뼈를 울리고 뇌를 뒤흔든다.

"아아아아악!"

당우는 목젖이 터지도록 비명을 질렀다.

"육편과질(肉片過桎)이라는 거다. 히히히! 아프냐?"

"아파요! 아파요! 아파……."

당우는 사정사정했다. 정신을 잃을 정도로 극한의 통증이 치미는 건 아니다. 하지만 정신을 차릴 수 없을 정도로 아프다. 산 위에서 굴러떨어지는 바윗돌에 발등이 짓찧는 것 같다. 그만한 통증이 끊임없이 계속 밀려온다.

나중에는 비명도 지르지 못하고 식은땀을 줄줄 흘렸다.

"아프냐?"

대답조차 나오지 않는다. 그저 두 눈에 간절한 애원을 담고 고개만 끄덕일 뿐이다.

그제야 손목이 풀렸다. 배를 움켜잡고 있던 손도 떨어져 나갔다.

노파의 웃음소리가 다시 들렸다.

"히히히! 히히히히! 그럼 조마를 만난 이야기부터 들어볼까? 조마를 언제 만났어?"

난홀(難吃) 115

"조마요?"

"이놈의 새끼가……."

"저, 정말이에요! 조마라는 분을 만난 적은 없습니다. 아! 이 투골조 때문에 물으시는 것 같은데……."

당우는 급히 손을 저으며 투골조를 얻게 된 사연을 이야기했다.

노파가 왜 투골조에 연연하는지는 모른다. 알고 싶지도 않다. 다만 배를 움켜쥐는 고통만은 당하고 싶지 않다. 웬만한 아픔 정도는 참아 넘길 수 있다고 생각했는데, 아니었다.

이실직고가 끝났을 때, 노파의 얼굴은 기괴하게 일그러져 있었다.

"그 말이…… 정말이냐!"

"정말, 정말입니다."

대답이 끝나기 무섭게 명문혈에 깡마른 손이 밀착되었다.

"경주흔(傾注痕)!"

경주흔이 무엇인지 모른다. 짐작하건대 류명에게서 투골조 진기를 받아들일 때 생긴 흔적이 아닌가 싶다. 내공전이에도 흔적이 남는다면 말이다.

"히히히! 히히! 넌 재미있는 놈이구나. 히히! 네 이름이 당우라고? 히히히! 딱 이용당하기 좋은 놈이구나. 히히!"

노파의 괴소가 귓가에서 울렸다.

"요리해 올릴까요? 어린놈이라 살이 야들야들할 겁니다."

"끌고 오면서 살을 만져 봤는데 어찌나 맛있게 보이는지. 카카카!"

"심장이 특히 맛있을 겁니다. 따끈한 심장을 한입 콱 베어 물 때의 그 맛이란…… 카아!"

"시끄러."

잡담이 뚝 멎었다.

"저놈…… 일성을 끝마쳤다."

"네? 일성을 끝마치다뇨? 연성(練成)에 끝마치는 것도 있습니까? 하다 보면 일성이고, 또 하다 보면 이성인 게지 끝마치고 자시고 하는 건 뭡니까?"

"무식한 새끼들."

"아! 그래, 저희 무식합니다. 무식하죠. 암, 무식하고말고요. 그러니 유식한…… 에쿠!"

말을 하던 노인이 급히 손으로 입을 가렸다.

"투골조의 일성은 자실(子實)이라고 하는데, 전신의 모든 기운을 뭉쳐서 한 개의 씨앗으로 만드는 거야. 저놈이 그걸 마쳤어."

"……."

이번에는 조용했다. 잡담은 고사하고 숨소리 하나 흘러나오지 않았다. 그야말로 물 떨어지는 소리도 들릴 정도다.

"무기지신(無氣之身). 히히히! 저놈이 일초식이라도 배우면 네놈들은 밤에 잠도 자지 못할걸?"

그 말이 사실이라면 죽음의 사신이 따로 없다.

난흘(難吃)

어둠 속에서 불쑥 죽음의 마수가 뻗친다. 심장에 돌칼이 틀어박힌 후에야 탈이 났다는 걸 감지한다.

어둠 속에서는 그야말로 무적이다.

자신의 기운을 씨앗으로 만든다.

백 명의 동남동녀에게서 얻은 원정과 자신의 원정을 한데 묶은 후, 단단한 껍질로 밀봉한다.

그 자체가 하나의 생명체다.

씨앗은 적당한 토양과 수분과 온기와 움직일 수 있는 바람, 지수화풍(地水火風)만 공급해 주면 발아한다.

백 명의 동남동녀로부터 원정을 공급받아서 토양을 만들고 물을 만들며, 불을 피운다. 그리고 자유롭게 발아할 수 있도록 바람까지 일으킨다.

그러면 씨앗은 껍질을 깨고 나와 줄기를 뻗는다.

이것이 제이단공(第二段功)이다.

당우가 이단공으로 들어서지 않는 한, 그는 영원히 자신의 진기가 밀봉된 무기지신으로 살아야 한다.

진기가 없는 것은 아니다. 씨앗의 형태로 유지하고 있기에 생명을 유지하는 데는 지장이 없다. 다만 씨앗 형태의 진기를 무공으로 운용할 수는 없다.

이단공으로 들어서지 않는 한, 내공을 쓰지 못한다.

하지만 지금 이 자체만으로도 만정 같은 짙은 어둠 속에서는 공포의 화신으로 군림할 수 있다.

꼬마가 신법이나 보법을 배워서 발걸음 소리만 죽일 줄 안다면 누구든 죽일 수 있는 위치에 선다.

빛이 조금이라도 있다면 일초지적도 안 되는 놈이지만 어둠 속에서는 무적이다.

이것이 무기지신의 특징이다.

살수의 검은 막기가 어렵다. 은가 무인들의 검도 막기가 난감하다. 그들은 앞에서 찔러오지 않는다. 늘 배후를 노린다. 그것도 이런 무기지신의 형태를 취하면서 공격해 온다.

살수나 은가 무인들이 애써서 이루고자 하는 무기지신을 꼬마는 자연스럽게 습득해 버렸다.

다만 진기를 자유롭게 쓰느냐 못 쓰느냐의 차이는 있지만 만정에서는 그런 것이 크게 유용하지 않다.

놈은 지금 이 순간 살수다.

놈이 옆에 있어도 일부러 찾지 않는 한은 눈치채지 못한다.

유령인간…… 그렇다. 놈은 유령인간이다. 있어도 없고, 없어도 있는 그런 인간이다.

"지, 지금 죽여 버리면 안 될까요? 저런 놈은 화근이 되기 전에 잡아먹어 버리는 편이 낫지 않을까 싶은데요. 크크!"

"히히히! 겁먹었냐?"

"겁을 먹어요? 아휴! 저런 꼬마 놈에게요!"

"왜 이렇게 소리를 지르고 지랄이야! 귀 안 먹었어!"

"누가 귀 먹었다고…… 이크! 실수! 죄송요."

노괴가 급히 머리를 조아렸다.

"투골조를 일단공이나 마친 놈이야. 이 미친 곳을 빠져나가려면 이런 놈 저런 놈 다 필요해. 재주가 있는 놈은 무조건 살려놔야 해. 어떤 놈이 어디 필요할지 누가 알아. 여기서 저만한 놈이 어디 있어? 일단 살려놔."

"그래도 저놈은……."

"한마디만 더 하면 죽인다."

"합!"

노괴가 입을 앙다물었다.

"여기서 백 명의 동남동녀를 구할 수 있냐? 히히! 저놈이 이단공으로 넘어갈 일은 영원히 없어. 또 저놈은 그런 기회를 줘도 못할 놈이야. 운 좋게 남에게 전이받아서 일단공은 이뤘지만 심성이 여려 빠져서 그마저도 못할 놈이었어."

"그래도 무공을 배우면……."

"어떻게 배워?"

"저 같으면 훔쳐서라도……."

"너 말 잘했다. 그러니 놈이 무공을 훔쳐 배우지 못하도록 두 눈 똑바로 뜨고 살펴. 오래, 오오래, 오오오래 살고 싶으면 말이야."

"아, 알겠습니다. 일단 살려놓기는 하겠는데…… 하면 무슨 일을 시킬까요?"

"내 발이나 씻기게 해."

"옆에 두시게요?"

"나도 늙어서 안마해 줄 놈이 필요해."

"그런 거라면 제가…… 키키키!"

"아니, 안마는 제가 더 잘합죠. 크크크!"
"히히! 죽을래?"
"안마를 해드린다고 해도 난리시네. 쩝! 싫으시면 말고요."
노괴들이 투덜거리며 물러섰다.

"죽이는 게 나은데. 쩝!"
"투골조를 보니 괜히 옛 생각이 나신 게지."
"옛 생각이긴 하지만 그때가 좋았잖아. 누님이 채찍만 들었다 하면 천지가 나가떨어졌는데. 쩝!"
"좋은 날이 또 오겠지."
"그럴까? 나도 이제 늙었나? 난 아무래도 이곳 귀신이 될 것 같단 말이야."
"키키키! 그러니까 네가 바보라는 거야."
"뭐! 이 새끼가 정말 죽으려고! 너 내 뱃속 구경 한번 해볼래!"
"씩씩거리지 말고 잘 들어. 누님이 옛 생각이 나서 저놈을 옆에 붙여놓는 것 같아? 응? 에라이, 바보 멍청이들아!"
"크크크! 아무래도 오늘 이놈 회를 떠야겠다."
"키키! 그래야겠어. 이 새끼 또 바보 멍청이라고 했어. 너, 오늘 좀 죽어줘야겠다."
"어휴! 멍청한 데는 약도 없다더니…… 이 바보 멍청이들아, 귀 씻고 똑바로 들어!"
"키키키! 이 새끼, 또 바보 멍청이라고 했어. 키키키!"

난흘(難吃)

"안 들을래!"

"우리가 안 듣겠다고 해도 넌 말해야 될걸? 말하지 않으면 지금 당장 횟감이 될 거야. 키키키!"

"어휴! 이 바보들하고는……. 저놈하고 같이 있었던 놈들 있지? 그놈들은 은가 놈들이야."

"키키키! 그 정도도 모를 줄 알아? 키키키!"

"적성비가, 풍천소옥. 그놈들이 어떤 놈들인지 알지? 목표를 탁 찍으면 지옥 끝까지라도 따라간단 말이야. 그래서 그놈들이 여기까지 온 거야. 저 애새끼를 쫓아왔단 말이야. 죄를 지어서 이곳에 들어온 게 아니라 자진해서 왔단 말이야."

"그러고 보니…… 그러네."

옥졸들의 금제는 아무도 풀지 못한다.

편마(鞭魔) 고룡매(顧龍梅)조차도 금제를 푸는 데 이십 년의 세월을 보냈다.

한데 은가 놈들은 오자마자 무공을 회복했다.

만정에 들어설 때부터 모종의 수단을 부렸다는 뜻이다. 그렇지 않고는…… 정상적으로 옥졸들의 금제를 당하면 백 년 내공을 지녔던 자라도 일어나 앉을 힘조차 없다.

놈들은 자진해서 따라 들어왔다.

노괴들의 눈가에 이채가 일렁거렸다.

놈들이 자진해서 들어왔다는 것은 빠져나갈 계산도 마쳤다는 뜻이지 않나.

빠져나갈 수 있다!

"한 가지 의문점은…… 은가는 같이 일하지 않아, 절대로. 특히 적성비가와 풍천소옥은 앙숙 중의 앙숙인데 이 두 은가의 무인들이 손을 합치고 있어? 이상하지 않아?"

"……?"

노괴들은 이상하다는 뜻으로 고개만 끄덕였다.

"에구! 이런 바보 멍청이들에게 뭘 묻나. 앙숙…… 앙숙은 반대되는 개념인데…… 그렇다면 한 놈은 저놈을 죽이러 왔고, 다른 놈은 저놈을 살리러 왔다는 뜻이 되잖아. 후후후! 그렇군. 그래서 누님께서 저놈을 데려온 거야. 그놈들 손에서 떼어놓은 거야. 카카카카!"

수수께끼를 풀어낸 노괴가 신나게 웃었다.

다른 노괴들의 눈가에도 광기가 일렁거렸다.

이 말은 뭔가? 은가 무인들을 지켜보기만 하면 탈출로가 저절로 생긴다는 뜻이지 않나.

놈들을 잡아서 족치고 싶다. 지금 당장에라도 머리끄덩이를 움켜잡고 탈출로가 어디냐며 캐묻고 싶다.

하지만 참아야 한다.

은가 무인들은 절대 억압에 눌리지 않는다. 고문에 져서 비밀을 토설한 위인도 없다. 놈들은 아주 지독한 독종들이다.

"크크크! 오늘은 두 발 쭉 뻗고 자겠다."

"카카! 너 오늘 회 떠지는 것 면한 줄 알아. 한 번만 더 바보 멍청이라고 말하면 돼져."

"에휴! 이 바보 멍청이들!"

"또!"
노괴들이 티격태격했다.

2

편마 고룡매는 칠마 중의 일인이다.
투골조의 주인인 조마와 같은 반열에 섰던 여마두다.
그녀는 검련의 칠마 소탕 작전에 걸려들어 유명을 달리한 것으로 소문났다.
한데 그녀가 여기에 있다.
칠마 모두 척살당한 것으로 알려졌는데, 버젓이 살아 있다.
그녀만 살아 있는 게 아니다. 그녀의 평생 노예가 될 것을 하늘에 천명한 노괴 네 명도 살아 있다.
무림을 횡행할 때 쓰던 별호가 사구작서(四口炸鼠)였던가?
풀이하면 주둥이 네 개가 팡 터진 쥐들이란 뜻이니 한마디로 주둥이만 나불거리는 쥐 떼라는 말이다.
그들에게 사구작서라는 별호를 안겨준 사람은 편마다.
그런데도 그들은 그런 별호를 감지덕지 받아들였다. 뿐만 아니라 편마를 위해서 충성을 다했다.
그런 자들이 편마 곁에 살아 있으니…… 이곳이 만정일망정, 그리고 거두효마(巨頭梟魔)들이 운집해 있을망정 편마가 주도권을 쥐는 것은 일도 아니다.
원래 편마 같은 거물은 현장에서 척살하는 것이 원칙이다.

검련은 왜 그녀를 현장에서 척살하지 않고 만정에 떨어뜨린 것일까? 사구작서까지 한 묶음으로 던져 놓아두면 당장 거센 힘이 될 것을 예상하지 못했단 말인가.
 금제를 철저히 가했다면 그럴 수도 있다.
 먼저 떨어져 있던 마두들이나 편마나 똑같은 입장이다. 사구작서까지 들여보내도 겨우 다섯 명에 불과하다. 무공을 모르는 사람이 다섯 명이다. 그리고 만정에는 역시 무공을 모르는 사람들이 고유의 영역을 확보한 채 득실거린다.
 똑같은 입장이라고 하면 무심히 내던질 수도 있다.
 이게 옥졸들의 실수다.
 편마는 무공을 회복했다.
 한참 때에 비하면 많이 부족하지만 그래도 은가 무인들을 장난감처럼 다룰 정도는 된다.
 그녀의 무공을 보지는 못했다. 그래도 사구작서의 무공을 봤으니 그녀의 무공도 짐작할 수 있다.
 '가까이 다가서지도 못하겠군.'
 추포조두는 미간을 찡그렸다.
 저들이 왜 당우를 빼앗아갔을까?
 이 의문에 대답할 말은 많다. 그중에서도 제일 먼저 드는 생각은 조마의 투골조는 편마의 관심을 끌기에 충분하다는 것이다. 당우가 내뿜은 악취는 죽은 귀신도 일깨울 정도로 지독했으니 편마가 알아채지 못할 리 없다.
 추포조두는 마음을 편안하게 가졌다.

편마는 당우를 죽일 생각이 없다. 당우를 만정에 집어넣은 천검가주도 당분간은 당우를 잊고 지낼 것이다. 사정이 이런 줄은 모르고 만정에서 어련히 알아서 잘 보호하고 있겠지 하고 편안하게 생각할 게다.

당분간은 이 상태로 간다.

그동안 자신은 탈출로를 알아봐야 한다. 묵혈도의 상처를 치료할 방법도 찾아야 한다.

'편마와 사구작서라니. 후후! 엎친 데 덮친 격인가. 기껏 만정에 들어왔더니 저런 자들이 기다려? 후후후!'

추포조두는 쓰게 웃었다.

'어림도 없어.'

치검령도 편마와 사구작서를 알아봤다.

당우는 폭풍의 핵이 되었다.

자신과 추포조두가 당우를 노린다. 그런데 편마가 뜻밖의 곳에서 불쑥 나타나 당우를 빼앗아갔다.

당우를 찾아야 한다.

찾지 못하면 죽일 수 있는 위치라도 확보해 놔야 한다.

잠입? 방금 그것을 생각했다. 한데 어림도 없다.

"크크크!"

"키키키키!"

사구작서 중 두 명이 그를 노려보며 웃는다.

그들이 웃자, 주위를 에워싼 마인들의 눈동자가 광기로 번

들거리기 시작했다.
스스슥!
몇몇 마인들은 벌써 몸을 일으키기까지 했다.
사구작서가 마인들을 조종한다. 공격 명령에서부터 제지까지 모든 행동을 통제한다. 그들이 눈만 부라리면 식인 광마들이 벌 떼처럼 들고일어선다.
치검령은 경거망동하지 못했다.
이곳에서는 풍천소옥의 그 어떤 비기도 통하지 않는다.
어둠의 도움을 많이 받아야 하는 풍천소옥의 비기가 절정에 이른 암흑 속에서는 오히려 가치를 잃어버린다.
그의 무공은 어둠을 모르는 자들에게나 통한다. 어둠을 아는 정도가 아니라 어둠과 함께 사는 마인들에게는 어린아이 장난질이나 다름없게 보일 게다.
'한 걸음, 두 걸음 내딛고 치고 옆으로 돌아서……'
틈을 파내야 한다. 어떻게든 사구작서를 뚫고 들어가야 한다.
치검령은 자신이 할 수 있는 것을 찾기 위해 부심했다.

만정에서 살아남으려면 가장 기본적으로 알아야 할 것이 있다.
의식주(衣食住) 일체를 자신 스스로 해결한다. 결코 누가 도와주지 않는다.
사실 거처와 옷은 염려할 게 없다.

만정은 늘 기온이 일정하다. 땀이 줄줄 흘러내릴 정도로 덥다. 땅속 깊은 곳이라 습기도 많다. 아무 곳이나 땅이 마른 곳에 몸을 뉘면 거처가 된다.

어둠 속이라서 아무것도 보이지 않는다. 옷을 전부 벗어 던지고 나신으로 살아도 무방하다.

가장 곤란한 것은 먹는 것이다.

검련은 죄수들을 가둬놓고 식사도 제공하지 않는 것인가? 그렇다. 그런 것은 일체 없다. 그러니 마인들 스스로 아무것이나 먹을 수 있는 것을 찾아야 한다.

간단하다. 벌레라도 먹으면 산다. 먹지 못하면 죽는다.

먹을 것에 대한 쟁탈전은 그야말로 치열하다. 옆에서 굶어 죽어도 벌레 한 마리 입에 넣어주지 않는다. 정 먹을 것이 없으면 옆에 있는 자를 죽여서라도 배고픔을 달랜다.

기기기깅!

만정 뇌옥 문이 열렸다. 그리고 죄수로 보이는 자들이 세 명이나 뚝 떨어졌다.

그들은 금제를 당했는지 꼼짝도 하지 못한다.

"또 어떤 불쌍한 인간이……."

산음초의가 그들에게 다가서려고 했다. 그런데,

그그그긍!

천장 동문(洞門)이 닫힌다.

동문은 치검령이나 추포조두가 들어왔을 때와는 비교가 안 될 만큼 빨리 닫히고 있다.

그그긍!

빛이 사라진다. 희끄무레한 빛이 어둠에 갉아 먹힌다. 그리고 피에 전 혈광(血光)들이 어기적거리면서 방금 만정에 던져진 자들을 향해 다가선다.

산음초의는 몸을 움찔거리며 한쪽으로 물러섰다.

추포조두가 그의 허리춤을 잡고 뒤로 끌어당겼기 때문이기도 하지만, 그렇지 않다고 해도 그 스스로 물러섰을 게다.

혈광을 보니 숨이 막힌다.

그들이 무슨 짓을 할지 예상되니 몸이 떨린다.

추포조두는 산음초의뿐만이 아니라 죽은 듯이 누워 있는 묵혈도까지 질질 끌어 뒤로 빼냈다.

방금 떨어진 자들은 먹이다.

사람에게 살아 있는 사람을 먹이로 던져 주고 있다.

저들과 조금이라도 뒤엉켰다가는 한 무리로 취급받아서 여지없이 공격당할 것이다.

그그그그긍!

동문이 완전히 닫혔다.

떨어진 사람들이 몸을 추스르지도 못했다. 아직까지 정신을 차리지 못하고 혼절 상태에 있는 사람도 있다. 하지만 빛은 이미 사라져 버렸다.

카카! 카각!

사방에서 괴성이 폭발적으로 터져 나왔다. 동굴 전체가 괴성으로 뒤덮였다.

우둑! 뚜욱! 픽!

뼈가 부러진다. 살점이 찢긴다. 피 냄새가 진하게 풍겨난다.

늑대들이 죽은 고기를 씹어 먹는다. 말없이…… 그저 묵묵하게 먹을 것이 있으니 부지런히 먹는다.

'으으…….'

추포조두가 산음초의 입을 틀어막았다.

이미 알고는 있었지만 바로 지척에서 너무도 담담하게 벌어지는 식육 모습을 보니 토악질이 치민다.

참아야 한다. 지금은 숨소리 같은 약간의 자극조차도 사태를 최악으로 몰고 갈 수 있다.

마인들은 사구작서의 지휘를 따른다.

사구작서가 먹으라면 먹고, 먹지 말라면 물러선다.

마인들을 어떻게 했기에 이토록 순종적으로 길들였는지 모르지만 아무리 배가 고파도, 굶어 죽기 일보 직전이라도 명령만큼은 천명처럼 따른다.

이번에는 먹어도 좋다는 명령이 하달되었다. 그래서 동문이 닫히자마자 득달같이 달려들어 먹어치운 게다. 말을 나누는 것조차 시간이 아까워서 아귀처럼 먹어대기만 한다.

마인들은 먹을 것에 취해 버린 동물이 되었다.

사구작서의 장악력이 어디까지 미칠지 모르지만 지금은 무척 위험한 상황이다. 툭 건드리기만 하면 터진다. 살짝 건드리기만 하면 콰콰쾅 터진다.

"키키!"

"호호호!"
 마인들이 포식을 마쳤는지 만족한 웃음을 흘리며 물러섰다.

 사람이 뜯어 먹히는 모습을 벌써 두 번째 목격한다. 그리고 이런 일은 앞으로 몇 번이고 반복될 것이다.
 추포조두는 침묵했다.
 치검령 역시 방관자가 되었다.
 그럴 수밖에 없다. 그렇지 않으면 오히려 그들이 죽는다.
 '우……!'
 당우는 몸을 부르르 떨었다.
 사람이 잡아먹혔기 때문에 격동한 것은 아니다. 예전이나 지금이나 사람이 먹히는 모습은 보지 못했다. 전에는 눈을 감고 있었고, 지금은 어두워서 안 보인다.
 단지 소리만 듣는다.
 우둑! 꿀꺽! 으적!
 살이 씹히고 뼈가 발라지는 소리를 듣는다.
 사람이 어떻게 먹히고 있는지는 소리만 들어도 상상할 수 있다.
 당우가 격동한 이유는 따로 있다.
 그가 알고 있는 한 세상에서 가장 강한 무인은 추포조두와 치검령이다. 천검가주가 가장 강할 것 같은데, 가주의 무공은 본 적이 없으니 말할 수 없다.
 눈으로 본 사람 중에서는 두 사람이 단연 강하다.

한데 적수가 없을 것이라고 생각했던 사람들이 오히려 숨을 죽이고 있다. 나서서 제지하면 같이 당할 처지이다. 그래서 불의인 줄 알면서도 멀거니 지켜보고 있다.
 이것은 상당한 충격이다.
 추포조두와 치검령을 능가하는 무인이 있다.
 그들이 만정을 지배한다. 어둠과 목숨을 좌지우지한다. 모든 사람의 생살여탈권을 몇몇 사람이 거머쥐었다.
 이런 틀 속에서 추포조두나 치검령은 아무것도 하지 못한다.
 편마와 사구작서가 자신을 죽이고자 하면 죽는다. 추포조두는 대항할 수 없다. 이들이 살리고자 하면 산다. 치검령은 살심을 안으로 감춰야 한다.
 당우는 자신의 목숨이 누구에게 달렸는가를 명확하게 알았다.
 지금까지는 추포조두나 치검령에게 연연하며 지내왔지만 이 순간부터는 편마…… 괴팍한 노파의 눈치를 살펴야 한다.
 절망만 있는 건 아니다. 불행 중 다행이라고 희망도 엿봤다.
 그는 노파의 말을 들었다. 사구작서가 농담처럼 흘리는 말들도 귀담아들었다.
 저들은 한낱 어린아이에 불과한 자신을 두고 두렵다느니 무섭다느니 하는 얼토당토않은 말을 늘어놓았다.
 무기지신, 그리고 일초반식의 무공.
 앞으로 가져야 할 것들이다.

무기지신은 가진다고 가져지는 것이 아니다. 자신이 이미 가진 것 같은데, 쓰는 방법을 모른다. 솔직하게 말하면 어디에 있는지조차 모른다.

모두들 무기지신, 무기지신 하니 무기지신이라는 게 있는가 보다 할 뿐이다.

어쨌든 무기지신은 있는 것 같다.

그걸 찾아야 한다. 그게 무엇인지 알아야 한다. 그러면 추포조두나 치검령조차도 두렵게 만드는 사구작서를 오히려 자신이 공포에 떨도록 만들 수 있다.

물론 꿈만 같은 일이라는 건 안다. 허파에 바람이 들어간 소리라는 것도 안다. 하지만 어차피 할 일도 없지 않나.

한 가지 더…… 일초반식의 무공을 어떻게든 얻어야 한다.

이들의 말을 들어봤을 때, 무기지신만으로는 아무런 쓸모가 없는 것 같다. 일초반식의 무공을 덧붙여야만 비로소 공포스러운 존재로 부각된다.

그러면 어떤 무공을 어떻게 배워야 하나?

괴노파는 사구작서에게 죽기 싫으면 무공을 훔쳐 배우지 못하도록 잘 감시하라고 했다.

거기에 해답이 있다. 노파가 해답을 알려줬다.

훔쳐 배운다!

방법은 오직 하나뿐이다. 이곳에서 살아남으려면 수단 방법을 가리지 말고 무공을 배워야 한다. 무공 한두 수 배워서 살 수 있을 것 같으면 팔 한 짝을 내놓는 한이 있어도 배워야 한다.

그는 이미 많은 무공을 알고 있다.

치검령의 무공을 훔쳐 배웠다. 일촌비도 같은 경우에는 들짐승, 날짐승을 대상으로 수련까지 했다. 추포조두와 묵혈도, 벽사혈의 무공도 머릿속에 각인되어 있다. 벽사혈의 일흔두 매듭 포승법은 아직도 선명하게 기억한다.

모두 훔쳐 배운 것들이다.

그런 것들을 남몰래 수련한다.

많이 아는 게 중요한 게 아니다. 하나를 알더라도 실전에서 쓸 수 있는 무공을 터득하는 게 중요하다.

당우는 아랫입술을 잘끈 깨물었다.

아버지는 밀마를 가르쳐 준 적이 없다.

밀마해자의 기본이라고 할 수 있는 학문도 배운 적이 없다. 하다못해 동네 글방 한 번 가보지 못했다. 꼬마들이 노랫가락처럼 읊조리는 천자문조차 배우지 못했다.

그래도 글을 안다. 어깨너머로 훔쳐 배웠다.

천축어(天竺語)는 물론이고 각종 고대어(古代語)까지 배울 수 있는 것은 모두 훔쳐 배웠다.

어떤 사람은 학문이란 훔쳐서 배울 수 있는 게 아니라고 한다.

맞는 말이다. 학문은 절대로 훔쳐서 배울 수 없다. 학문과 함께 전수되는 품위와 성품을 어떻게 훔쳐서 배운단 말인가.

하지만 단순한 지식 습득의 경우는 다르다. 머릿속으로 글을 익히는 것은 얼마든지 배울 수 있다. 그런 정도의 알음알이라면 서당 옆에만 살아도 배운다. 그래서 서당 개 삼 년이면 풍월을 읊는다는 말도 있지 않은가.

훔친 것은 단편이다. 지극히 적은 일부분이다.

수많은 말 중에 단지 몇 마디만 귀동냥으로 듣는다. 수많은 글귀 중에 몇 부분만 흘끔 훔쳐본다.

전체를 엿볼 수는 없다.

작은 일부분을 취했으면 우선 취한 것을 확실하게 안다. 그래야 자신이 취한 것이 무엇인지를 알 수 있다. 계속 탐구할 것인지 관심 밖의 것인지 판단할 수 있다.

계속 탐구해야 한다는 판단이 서면 선후(先後)를 짜 맞춘다.

앞에는 무엇이 있을 것 같고, 뒤에는 어떤 내용이 이어질 것이다. 그리고 전체적으로는 어떤 내용일 게다.

이 정도는 사전에 알아두는 것이 좋다.

훔쳐 배운다는 것은 한가하게 서적을 읽고 있을 시간이 없다는 뜻도 된다. 읽고 싶은 책이 눈앞에 있어도 손도 대지 못하는 경우가 이에 해당된다.

당우는 책을 읽지 못했다.

아버지의 책에 손을 대는 날에는 정말 친아버지가 맞나 싶을 정도로 두들겨 맞았다.

아버지는 술에 취한 날이 많았다.

그 덕분에 슬쩍슬쩍 훔쳐볼 수 있는 기회가 많았다. 편한 마음으로 차분하게 책을 읽을 시간은 없었지만 궁금한 부분을 찾아서 급히 읽고 외울 정도는 되었다.

그럴 때 어느 정도 선후를 짐작하고 있으면 많은 도움이 된다. 읽고 외우는 속도가 배는 빨라진다. 한 장 정도밖에 읽을 수 없는 것을 두 장, 세 장 읽게 된다.

우선 머릿속에 담고 나중에 시간이 날 때마다 풀이한다.

소가 되새김질을 하는 것처럼…… 학문을 되새김질한다.

당우에게 학문을 익힌다는 것은 밀마를 푸는 것과 진배없었다.

어렸을 때부터 그런 습관에 길들여져서인지…… 무공을 훔쳐 배우는 것도 어렵지 않다.

사사사사삿!

사구작서가 어둠 속을 움직인다.

그들의 움직임을 보지는 못한다. 너무 어둡고 너무 빠르다. 하지만 느낌으로 안다.

터엉!

단전 깊숙이에 묻힌 씨앗이 자그마한 울림을 토해낸다.

'온다!'

쒜엑! 따악!

"윽!"

당우는 뒤통수를 움켜쥐고 털썩 주저앉았다.

"키키키! 요 새끼를 빨리 잡아먹어야 되는데. 키키키!"

사구작서가 이유없이 때리고 간다.

이게 일상이다. 하루에도 몇 번씩 두들겨 팬다. 주는 것 없이 밉다는 게 그들 말이지만…… 한 대씩 얻어맞을 때마다 눈에서 불똥이 튀는 걸 보면 감정이 단단히 섞여 있다.

그래도 괜찮다. 이번에도 단편 한 조각을 취했다.

'오른발을 내딛으며 때렸고, 때리는 순간에 왼쪽 발을 옆으로 뺐어. 후려칠 때부터 옆으로 빠질 생각을 한 거야.'

사구작서 같은 사람들이 한낱 어린아이를 후려치면서 몸을 피할 생각부터 한다는 건 말도 안 된다. 당우가 그럴 만큼 위험한 인물도 아니다.

그들은 그저 몰래 다가와 한 대 후려치고 갔다. 그것뿐이다. 심심풀이로 머리를 쥐어박는 행위에 지나지 않는다.

하지만 그들은 무인이다. 무공이 일상 의복처럼 몸에 딱 달라붙어 있다. 본인들이 의식하는지 하지 않는지 알 필요는 없지만, 그들의 일거수일투족(一擧手一投足)에서 무공의 진신 요결이 자연스럽게 흘러나온다.

당우가 본 것은 그것이다.

이것은 전체적인 무공에 비하면 아주 작은 부분에 지나지 않는다. 수십 초로 이루어진 보법(步法) 중에서 일초도 안 되는 겨우 반식에 불과한지도 모른다.

그것으로 사구작서의 무공을 추론하기 시작한다.

왼쪽 발을 옆으로 내디딘 다음에는 어떤 움직임을 보일까? 왼발 다음에는 오른발이 움직이게 되어 있다. 왼발에서 왼발로 이어지는 보법은 극히 없다.

　보법은 자연스러움이다. 물 흐르듯 흘러야 한다. 그래야 빠르고 유연하다.

　스읏!

　발을 내딛어 똑같은 자세를 취해봤다.

　다행히 사방이 어둡다. 자신이 어떤 행동을 하건 알아보지 못한다. 소리만 내지 않으면…… 은밀히 행동하면…… 그리고 수십 번에 걸쳐서 움직임을 일으켰지만 사구작서는 알아채지 못했다.

　터엉!

　씨앗이 작은 울림을 흘렸다.

　움직임을 멈출 때다. 사구작서 중의 한 명이 또 장난을 친다. 하니 아무 짓도 하지 않은 양, 멍하니 서 있으면 된다.

　따악!

　여지없이 뒤통수에서 불이 번쩍 일어났다.

第二十五章
사제(師弟)

1

'요 앙큼한 자식!'

편마의 눈길에 독기가 번졌다.

당우는 무공을 훔쳐 배우고 있다. 그리고 미련하게도 사구작서는 때리는 즐거움에 눈이 멀어서 자신들 스스로 무공을 전수해 주고 있다는 사실을 깨닫지 못한다.

만정에는 사람이 살지 않는다. 겉모습은 사람이지만 인성(人性)이 완전히 말살된 짐승만 산다.

이들은 사는 목적이 없다.

하루를 살기 위해서는 몇 년을 같이 보낸 친구라도 기꺼이 찔러 죽일 수 있다.

이들의 정점에 사구작서가 있다.

사구작서의 마음은 꽁꽁 얼어붙어서 동토(凍土)가 된 지 오래다.

이들 앞에서 마인들은 한 마리 벌레보다도 못하다. 그 누구든 비위를 건드리면 가차없이 목줄을 따낸다.

그들의 독기는 편마에게도 향한다.

편마의 독기가 사구작서의 독기를 짓누르고 있기에 발작하지 못할 뿐이다.

그들에게 아직도 주종 간의 의리가 남아 있을까?

만정에 들어올 때까지만 해도 충실한 충복이었다. 그들 스스로 무명(武名)을 버리고 사구작서, 쥐새끼가 되었다. 그때는 정말 주인을 위해 목숨을 아끼지 않았다. 기꺼이 악인이 되었고, 온몸에 핏칠을 하고도 웃었다.

그런 충복들조차 믿을 수 없는 상황이 되었다.

밖에서 목숨을 아끼지 않았으면 지옥에서도 그래야 하는데 그게 그렇지 않다.

이권이나 영리 같은 것을 따지자면 바깥세상이 훨씬 많다. 그때는 충성을 바칠 이유가 있었다. 잘하면 일확천금(一攫千金)도 가능했다. 잠시 동안 자존심이고 뭐고 다 팽개치고 치마폭 아래 충성을 바치면 자손만대에 걸쳐서 떵떵거리며 살 만한 은자를 벌 수 있었다.

모든 게 가능했다.

하나 사구작서는 은자 한 푼 취하지 않았다. 오직 그녀를 위해 목숨을 바치는 것만이 삶의 길이라고 생각했다.

한데 이곳에 와서는 가치관이 변한 것 같다.

정작 만정은 아무것도 얻을 게 없는데…… 등을 돌려봤자 찬바람만 횅 하니 부는데…… 틈이 생기면 언제든지 칼자루를 바꿔 잡을 인물들로 비친다.

그럴 수도 있고, 아닐 수도 있다.

그들은 예나 지금이나 똑같이 변하지 않았는데 자신이 괜히 의심하고 있는지도 모른다.

어쨌든 사구작서는 머리끝부터 발끝까지 악으로 똘똘 뭉쳐진 악마가 되었다.

예전에는 충성심으로 무공을 썼지만 지금은 살기 위해서, 또 죽이는 쾌락을 위해서 무공을 쓴다.

그런 그들에게 당우를 던져 주었다.

때리는 즐거움? 장난질?

목을 비틀어 버리는 일도 무덤덤해진 그들인데 뒤통수를 때리는 별것 아닌 장난이 뭐가 재미있을까. 뼈를 부러뜨리는 것도 아니고 한두 대 툭툭 때리는 짓을 뭐 하러 할까.

사실 재미없다. 일부러 때리라고 하면 재미없어서 하지 못한다. 그러느니 차라리 죽여 버리자고 이빨을 곤두세울 게다.

그냥 오고 가면서 눈에 띄기에 건드리는 게다.

일부러 찾아서 장난을 치는 것이 아니라 오가는 길목에 어떤 놈이 서 있기에 두들겨 팬 것이다.

잠자는 강아지를 발로 차고 가는 것과 같은 행동이다.

전혀 특별할 것이 없다.

한데 그 속에서 한 놈이 무공을 익힌다.

조마에게서 직접 전수받은 무공은 아니라지만…… 그래도 조마의 무공을 수련한 놈이 사구작서의 유혼신법(幽魂身法)을 제법 그럴싸하게 시전해 낸다.

당장 때려죽여도 시원치 않을 행동이다. 그토록 무공을 수련하면 뒈진다고 엄포를 놨는데 귓등으로 흘려 버리다니. 정녕 매운 맛을 보아야 정신을 차릴 놈인가.

놈이 유혼신법을 어떻게 배웠을까?

만정에 떨어지기 전부터 알고 있었다고 말하면 당장 혓바닥을 뽑아버릴 게다.

유혼신법은 만정에 들어와서 창안되었다.

내공을 회복할 수 없기에 극에 이른 감각을 활용하여 침묵의 신법을 만들어냈다.

놈은 이것을 따라서 한다.

어떻게 하면 발걸음 소리를 죽일 수 있는지 알고 행한다. 소리없이 다가갔다가 은밀히 물러나는 일을 반복한다.

단순히 신법만 배운 게 아니다. 침묵의 움직임까지 배웠다.

그런데 이게 말이 안 된다.

만정에서 두 눈을 활용하는 사람은 아무도 없다. 어둠에 익숙해질 수 있는 게 눈이라지만 만정의 어둠에 익숙해진 사람은 아무도 없다. 만정의 어둠은 칠흑 그 자체다. 이곳의 본질이 바로 흑(黑)이다. 희끄무레한 그림자조차 볼 수 없다.

만정에 있는 사람은 모두 장님이다.

사구작서는 무엇을 보면서 움직이는 게 아니다. 감각을 최대한으로 활용한다. 눈이 퇴화되고 대신 더듬이가 발달한 동굴 벌레들처럼 감각이 눈의 역할을 대신한다.

놈이 유혼신법을 익혔다면 사구작서에 필적할 만한 감각 또한 가지고 있어야 한다.

만정에서 그런 사람은 없다.

사구작서가 마인들을 조종할 수 있는 것은 그들의 감각이 단연 최고이기 때문이다. 마인들 모두가 살아남기 위해 필사적으로 어둠의 무공을 수련했지만 그 누구도 사구작서를 따라오지 못했다.

대항하는 자는 죽는다. 복종하는 자는 산다.

아주 간단한 통치 방법이다. 너무 간단하지만 절대적으로 따를 수밖에 없는 강력한 통치법이다.

마인들이 하나를 느낄 때, 사구작서는 둘, 셋을 느낀다.

이만한 감각을 바탕으로 전개하는 게 유혼신법이다.

유혼신법은 소리를 흘리지 않는다. 절대 침묵 속에서 죽음의 손길만 고요히 흐른다.

치검령까지 속아 넘어간 절대 침묵이다.

놈은 유혼신법의 정수(精髓)를 깨달았다.

은밀히 다가가고, 소리없이 물러간다. 그런 방법을 사구작서에게까지 사용한다.

사구작서는 놈의 접근을 알아채지 못했다. 놈이 유혼신법을 펼치고 있는데다가 진기로 씨앗을 만들어 무기지신이 되어버렸기 때문에 아무 기척도 느끼지 못한다.

놈은 유령이 되어가고 있다.

어린놈이 어떻게 마인들도 깨닫지 못한 절정 감각을 익혔을까?

이 부분은 대단히 중요하다. 심각하다.

사구작서의 감각은 아무나 익히는 것이 아니다. 만정에 있는 숱한 마인들이 도전했다가 실패했다. 물론 실패한 자들은 이미 뱃속에서 소화가 되고 말았다.

사구작서의 아무것도 아닌 것 같은 감각은 그런 것이다.

당우가 그런 감각을 배웠다? 이걸 어떻게 설명할 수 있을까?

편마는 그때부터 주의 깊게 놈을 관찰했다.

놈이 무기지신이라는 것을 알기 때문에 항시 감각의 끈을 놓지 않았다. 놈이 뒤척거리는 가벼운 행동만 보여도 온 신경이 놈을 따라 움직였다.

그 결과, 확실히 알았다.

놈은 무공을 훔쳐서 배운다. 사구작서가 놈의 사부다. 사구작서에게서 직접 유혼신법을 전수받는다.

사구작서가 들으면 귀에서 김이 날 소리겠지만 사실이 그렇다.

놈은 작은 조각들을 줍는다. 한 대 맞을 때마다 한 개씩 신법의 조각을 모은다. 그리고 어느 정도 조각이 모아지면 일련의 신법으로 짜 맞춘다.

놈은 그런 식으로 유혼신법을 배웠다.

이런 식으로 무공을 훔쳐 배우는 인간은 없다.

무공이란 것이 깨진 사발을 맞추는 것도 아니고…… 조각조각난 단편들을 모아서 체계적인 무공으로 재구성한다는 것은 어지간한 무공광(武功狂)이라도 하기 힘들다.

놈은 천재인가?

천재인 것 같지는 않다. 근골도 썩 훌륭한 편이 아니다. 제 나이 또래에 비해서 몸집은 큰 편이긴 하다. 하지만 섬세해야 할 근육이 막일을 많이 한 탓에 많이 뭉개졌다. 뼈마디도 굵어져서 키도 클 것 같지 않다.

이런 체형은 잘 가르쳐 봐야 본전이다.

물론 어둠 속에서 그것도 슬쩍 더듬어본 것이기에 정확한 판단과는 차이가 많이 나겠지만 하는 행동이나 말하는 어투로 보아서 천재와는 거리가 멀다.

그런데 하는 짓은 천재다.

편마는 점점 더 흥미가 생겼다. 그리고 무공을 훔쳐 배우는 것보다 더욱 기묘한 점을 찾아냈다.

놈은 사구작서가 오는 것을 정확하게 알아챈다. 신법을 수련하다가도 누가 나타나면 즉시 멈추고 멍청한 척한다. 아무것도 안 한 척, 벽에 기어가는 벌레를 잡아먹는 척한다.

사구작서의 움직임을 눈으로 보듯이 정확하게 알아챈다. 그런 면에서는 오히려 사구작서보다 더 정확하다. 단순히 느낌으로 아는 것이 아니라 눈으로 보고 행동한다.

'투골조…… 이것도 무기지신의 조화인가…….'

그렇게밖에 생각할 수 없다. 예외를 두지 않는 만정의 어둠이 놈에게만 예외를 두고 있다. 모두들 어두워서 엉금엉금 기어가는 판에 놈만은 똑바로 걷는다.
'요놈의 앙큼한 자식……'
편마는 고민했다.
당우는 터지기 일보 직전의 화약이다. 놈을 이대로 방치할 경우, 자칫 만정에 대사건이 터지는 수가 있다. 아니, 틀림없이 그런 일이 벌어진다.
놈이 유혼신법을 완성하는 것은 시간문제다.
그러잖아도 기척을 감지할 수 없는데 인위적인 소리까지 죽일 수 있다면…… 상상만 해도 골치 아프다.
놈을 어떻게 할까?

"두 놈 다 앉아라."
만정에서 편마의 말 한마디는 염라대왕의 명령을 능가한다.
추포조두와 치검령은 아무것도 보이지 않는 어둠 속에서 음성의 방향을 살펴서 마주 앉았다.
"히히히! 자고로 은가들은 골칫거리를 잘 맡지. 너희 두 놈이 저놈에게 주목하는 이유를 상세히 토설해야겠다."
추포조두와 치검령은 바싹 긴장했다.
편마의 음성은 차분하다. 조용한 편이다. 하나 그 속에 묻어 있는 살기는 너무 진해서 금방이라도 피를 부를 것 같다.
단순히 미워하는 감정과 정말 죽이겠다는 살심은 분명히 다르다. 죽일 정도로 미운 감정 속에는 들뜬 마음이 내포되지만 지금 바로 손을 쓰겠다는 살심에는 기분 나쁠 정도로 차분함이 깔린다.

두 사람은 이런 구분을 하는 데 능숙하다.

'살기!'

보통 살기가 아니다. 오늘 이 자리에서 누군가는 피를 뿌려야 할 살기다.

"내가 먼저 이야기하겠소."

"히히히! 대가리에 피도 안 마른 놈이……."

"하겠습니다."

치검령은 말을 최대한의 경어로 바꿨다.

침묵이 말을 재촉했다.

"전 저 아이를 죽이고자 왔습니다."

"넌 죽일 기회가 있었어."

"……."

"은가 놈이 꼬마 놈을 죽이려고 만정까지 뛰어들었는데, 정작 꼬마를 손에 넣고는 죽이지 않았어. 히히히히! 왜 그랬니?"

"……."

치검령은 침묵했다. 아니, 후회스러워서 미칠 지경이다.

편마 말처럼 당우를 손에 넣었을 때 망설이지 말고 끝냈어야 한다. 일단 천검가에게 의뢰받은 사건을 끝내놓고 복수를 하든지 말든지 생각했어야 한다.

자신의 복수에 당우를 이용한다는 건 은가 무인답지 않다.

풍천소옥 무인답지 않은 발상이다.

 너무 많은 것을 생각하면 꼭 탈이 난다.

 치검령의 눈가에 살기가 번뜩였다.

 당우는 어디 있는가! 근처 어디엔가 있을 터인데…… 놈을 발견하면 이제는 정말 앞뒤 가리지 않고 죽이기부터 할 텐데…… 어디에 있느냐!

 "키키키키!"

 "크크크!"

 사구작서들이 치검령의 살기를 읽고 말았다.

 어느새 치검령 주위로 칙칙한 냄새가 흘렀다.

 "히히히! 넌 알겠다. 네가 천검가와 연관있다는 사실은 알고 있다만 캐묻지 않으마. 물어봤자 대답도 하지 않을 것이고 괜히 곤란하기만 하잖아. 그렇지?"

 "……."

 "넌?"

 편마의 질문이 추포조두에게 향했다.

 "난 검련의 추포조두입니다."

 "알아."

 "검련의 명을 받고 투골조를 조사하기 위해 천검가로 갔습니다."

 추포조두는 비교적 상세하게 자신의 역할과 입장을 설명했다.

 어차피 당우가 말해서 개략적인 내용은 알고 있을 터이다.

그러니 숨겨서 좋은 게 없다. 아니, 오히려 탁 터놓고 협조를 얻는 편이 낫다. 이들도 이곳에서 늙어 죽을 생각은 없을 것이다. 이곳을 빠져나갈 기회가 생긴다면 백 번이고 그렇게 할 사람들이다.

천검가는 반드시 당우를 찾기 위해 온다. 옥주에게 당우를 맡길 때부터 그런 조건이 붙어 있었다. 그러니 우리는 당우를 얌전히 잘 보살피기만 하면 된다.

천검가 무인이 되었든 만정 옥졸이 되었든 누군가는 이곳으로 들어올 것이고, 그 점을 이용하면 빠져나갈 수 있다.

추포조두는 확신있게 말했다.

"그게 네 입장이냐?"

편마는 이미 알고 있다는 듯 담담하게 말했다.

살기는 여전했다. 아직도 누군가는 피를 뿌려야 할 것 같다는 예감이 진하게 든다.

"그렇습니다."

"히히히! 히히히히!"

편마가 괴이하게 웃었다.

추포조두와 치검령, 그리고 산음초의와 묵혈도는 사구작서가 이끄는 대로 질질 끌려갔다.

'제길! 소리가 안 나!'

'이걸 깨야 하는데······.'

두 사람은 어디로 가는지도 모른 채 어둠 속을 걸었다.

무작정 걷기만 한 것은 아니다. 걷는 내내 사구작서의 움직임을 살폈다. 어떤 보법을 쓰고, 내공은 어느 정도이고, 일상적인 경계 거리는 얼마나 두고 있는지 세심하게 파악했다.

하나 아무것도 찾지 못했다.

다른 것은 어두워서 볼 수가 없다. 사구작서의 보법은 소리가 일체 들리지 않으니 짐작조차 하지 못한다.

어둠에 익숙할 대로 익숙한 은가 무인들이 어둠 때문에 쩔쩔매고 있다.

"키키키! 걸어오면서 발밑을 살펴라. 깊은 골이 패어 있을 거야. 찾았으면 말해."

"찾았소."

"차, 찾았습니다."

치검령에 이어 산음초의가 말했다.

"찾았소."

추포조두도 발끝으로 깊게 패인 골을 찾아냈다.

골은 인위적인 것이다. 누군가가 날카로운 것으로 길고 깊게 경계선을 그어놨다.

"키키키! 이 밖으로 나오지 마라, 절대로! 안에서 무엇을 하든, 뭘 처먹든 상관하지 않겠는데…… 키키키! 이 줄 밖으로 나오면 당장 모가지를 따낼 게야. 키키키!"

사구작서가 징그럽게 웃어 제쳤다.

한쪽은 벽이다. 벽에서부터 골이 파인 곳까지는 네 걸음이다. 좌우측을 살펴보니 그것도 약 네 걸음 정도 된다.

담은 없지만 사방이 꽉 막힌 뇌옥이다.

경계선을 벗어날 수 없다면…… 사방 네 걸음이 고작인 작은 공간에서 먹고, 배설하고, 잠자는 모든 행위를 다 해야 한다.

당장 먹는 것부터가 문제다. 무엇을 먹어야 하나.

"흠! 여기 이끼가 있는데…… 흐음! 독성이 약간 있는 것 같소이다. 설사를 심하게 할 수 있고, 탈수도 일으킬 것이고…… 물도 없는데…… 그래도 이것밖에는 먹을 게 없으니."

산음초의가 중얼거렸다.

기적은 바로 그날부터 일어났다.

툭!

무엇인가가 산음초의의 발밑에 떨어졌다.

'응?'

산음초의는 축축한 느낌을 받자마자 벌떡 일어나 떨어진 물건을 주웠다.

옷이다. 작은 옷이다. 어린아이가 입었음 직한 옷에 축축한 물기가 잔뜩 묻어 있다.

"물!"

산음초의는 엉겁결에 소리를 빽 지르려고 했다. 하나 그 순간, 어느새 다가온 추포조두가 그의 입을 틀어막았다.

"쉿!"

산음초의는 알겠다는 듯 고개를 끄덕였다.

입을 단단히 틀어막았던 손이 풀렸다.

산음초의는 옷을 쭉 짜려고 했다. 한데 두 손으로 옷을 잡자마자 무엇인가가 손아귀에서 꿈틀거린다.
그게 무엇인지 모를 리 없다. 동구 근처 바위에 서식하는 벌레들이다.
동구 근처에는 그래도 빛이 스며든다.
사나흘 혹은 네댓새에 한 번씩 동구가 열리면서 희끄무레한 빛이 스민다.
벌레들은 그 빛을 보기 위해 동구 아래에 있는 바위로 꼬인다.
지금에서야 안 일이지만 그곳은 식량의 보고다. 물까지 쉽게 구할 수 있는 곳이었다.
"이, 이것…… 와서 식사들 합시다."
산음초의가 옷을 활짝 펼쳤다.

"느꼈나?"
"전혀."
"흐음!"
추포조두가 깊은 한숨을 내쉬었다.
두 사람은 당우가 왔다 가는 것을 전혀 감지하지 못했다.
만정 마인들처럼 내공을 사용하지 못하는 것도 아니다. 이제는 거의 절반 가까이 회복되었다. 그런데도 그들은 사구작서를 예측해 내지 못한다.
그들은 당대의 거마들이다. 그러니 그럴 수 있다고 치자. 당우는? 그가 왔다 간 사실을 전혀 알지 못했다. 내공을 십분 끌어올려 만반의 경계를 취하고 있었는데도 당하고 말았다.
"이대로 일 년만 지나면 우리 손을 벗어날 것 같군."
"……."
치검령은 침묵했다.
추포조두의 말이 맞다. 이런 식으로 일 년만 지나면, 아니, 반년만 지나도 당우를 잡을 길은 요원해진다.
물론 지상 위로 올라서면 당우가 익힌 것은 종잇조각이 된다. 그저 소리없이 움직일 수 있다는 한 가지 장점이 있지만 내공이 없으니 병든 닭이나 마찬가지다.
하지만 이곳에서는…….
'그래도 일촌비도면…… 한 번만 걸리면…….'
치검령은 조그만 돌멩이를 주워서 날을 갈기 시작했다.
두 번 다시 같은 후회를 하지 않는다. 이번에 잡히면, 눈에 띄면 정말 두 눈 꼭 감고 죽이련다.

2

편마는 마음의 결정을 내렸다.
당우를 살려준다.
우선 하는 짓이 귀엽다. 영악하리만큼 삶과 죽음에 대해서 민감하다. 살 길과 죽을 길을 정확히 짚어냈고, 살 수 있는 기회를 최대한으로 넓혀간다.

그것이면 됐다. 그런 태도라면 지옥에 떨어져도 살아갈 수 있다.

두 번째로 놈에게는 천재적인 요소가 있다.

보통 아이들 같으면 기가 질려 주저앉았을 상황이다. 육체와 정신 모두 무너진다.

놈은 무너지지 않는다.

현 상황을 아이라고 생각할 수 없을 만큼 담담하게 받아들인다.

빈촌(貧村)에서 농사만 짓고 살았다는 말이 곧이곧대로 들리지 않는다. 그보다는 훨씬 복잡한 환경 속에서 살아왔을 것이다. 또 무공에 대한 집착이 굉장한 것을 보면 자라오면서 한 번쯤은 호기심 많은 일에 몰두한 적이 있을 게다.

놈에게는 무공 수련에 필요한 인내가 있다.

마음에 든다.

마지막으로 놈이 있어야만 이곳을 빠져나가기가 용이하다. 놈을 죽여도 만정 옥졸들은 죽은 사실을 모를 테니 사람을 내려보낼 게 틀림없다.

자신들이 만만치 않다는 것을 알고 있으니 그 빌어먹을 화약부터 들이대면서 떼거리로 몰려올 게다.

그들을 당해내기가 힘들다.

어둠 속에서는 무적으로 통한다. 추포조두나 치검령처럼 내공을 잃지 않고 들어선 놈들까지 두 손을 들 정도로 강하다. 하지만 횃불이 한 자루라도 있는 날에는 내공 잃고 몰골 망가진 인간벌레들의 허우적거림에 지나지 않는다.

이곳에서 창안한 자생 무공은 한계가 있다.

솔직히 만정의 무공은 옥주만 뛰어났지 나머지는 형편없다. 거의 쓰레기 수준이다. 만정에 갇힌 마인들이 옛 무공만 회복한다면 어느 한 명을 집어내도 옥졸들 정도는 쓸어버릴 수 있다.

한데 지금은 아니다. 그들이 밀고 들어서면 사구작서까지 당하는 입장이다.

횃불! 횃불 한 자루의 위력이 그만큼 크다.

그래서 원하는 순간이 와도 이쪽에서는 암계(暗計)를 쓰는 수밖에 없다. 정식으로 맞받아칠 수 없는 입장이니 부득불 몰래 빠져나가는 방법을 써야 한다.

추포조두와 치검령은 다르다.

횃불 한 자루가 사방을 밝히는 순간, 그들은 만정 제일의 무인으로 등극한다. 만정 마인들은 낄 자리가 없고, 옥졸들까지 모두 베어 넘길 수 있다.

그럴 수 있는 놈이 또 한 놈 있다.

당우는 지극히 정상이다. 금제를 당하지 않고 만정에 떨어진 유일한 사람이다. 들어설 때부터 혼수상태라는 희귀한 상태로 들어왔고, 또 들어온 다음에 깨어났으니 절대 평범한 놈은 아니다.

하지만 금제를 당한 건 아니다.

놈은 내공이 살아 있다. 무기지신이 된 것은 씨앗 형태로 숨겨진 것일 뿐, 사라진 것은 아니다. 언제고 백 명의 동남동녀를 구해서 원정을 흡취하면 씨앗이 발아한다.

그때부터 숨겨진 내공이 본격적으로 드러난다.

그때까지 내공을 쓸 수 없다는 점이 안타깝기는 하지만 금제를 당한 것은 아니니 혈을 마음대로 쓸 수는 있다.

내공은 없지만 무공은 배울 수 있다.

놈을 잘 키우면 된다. 놈을 이쪽 편이 되도록 살살 구슬러서 결정적인 순간에 앞을 막아주는 방패로 사용한다.

추포조두나 치검령은 그럴 인간들이 아니다. 하지만 당우는 아직 어리다. 깊이 생각하지 못한다. 그러니 여린 마음을 잘 이용하면 원하는 대로 써먹을 수 있다.

'놈이 조마의 무공을 지녔다는 게 구역질나지만…… 히히히! 어쩔 수 없지. 좋아, 키워주마. 이렇게 결정한 이상 아주 강하게 키워주마. 히히히!'

놈은 결정적인 순간에 아주 큰 힘을 발휘해야 한다. 만정 옥졸은 물론이고 추포조두나 치검령까지 누를 수 있어야 한다. 내공없이 초식만으로 그만한 위력을 발휘할 수 있을까? 있다. 그럴 수 있는 무공이 있다. 더군다나 그 무공은 강한 사슬이 되어서 당우의 영혼까지 칭칭 옭아맬 게다.

"히히히!"

편마는 이를 드러내며 웃었다.

편마는 당우를 불러 맞은편에 앉혔다.

무릎 하나 사이를 두고 서로가 내뱉는 숨결까지 들릴 정도로 가까이 앉았다.
　"무공을 가르쳐 주마."
　"네."
　"경계하지 마라."
　"네."
　"마음을 비워라."
　"네."
　"히히히! 고놈 대답 하나는 헤헤거리며 잘하는구나."
　편마가 손을 불쑥 내밀었다. 그러자 당우는 화들짝 놀라서 뒤로 쭉 물러섰다.
　'확실히 보고 있어!'
　놀라지 않을 수 없다.
　짐작은 하고 있었지만 당우는 정말 암흑 속에서도 사물을 볼 수 있다. 볼 수 있는 게 꼭 눈일 필요는 없다. 감각이 되었든 뭐가 되었든 원하는 순간에 하고 싶은 행동을 일으킬 수 있으면 된다.
　"히히히! 마음을 비우라고 했지?"
　"갑자기 공격하시니까 깜짝 놀랐잖아요."
　"무공을 가르쳐 준다고 했잖아."
　"네."
　"안 믿는구나?"
　"믿어요."

"히히히! 꼬마 놈이 거짓말까지 하네? 히히히! 정말로 무공을 가르쳐 줄 생각이니 마음을 편히 가지거라."

편마는 자신도 믿기 어려울 정도로 자상하게 말했다. 너무 자상해서 친할머니가 손자에게 하는 말처럼 들렸다. 당우가 듣기에는 어땠을지 모르지만 자신은 그렇게 들었다.

"웩!"

멀리서 사구작서가 생으로 토악질을 했다. 편마의 자상한 말에 오돌오돌 닭살이 돋는 모양이다.

'저놈의 자식들을!'

편마의 인상이 확 구겨졌지만, 당우에게 말을 건넬 때는 자신이 생각해도 기름칠을 너무 한 듯한 목소리로 변했다.

"네가 가진 건 조마의 투골조다."

"네."

"나도 투골조 비슷한 걸 가지고 있는데 사십사편혈(四十四鞭血)이라고 부른다. 그걸 전수해 주마."

"헉! 사십사편혈을!"

"키키키! 드디어 누님이 미쳤구나."

사구작서가 거의 동시에 경악성을 토해냈다.

사십사편혈이 얼마나 대단한 무공인지는 알 수 없지만 사구작서의 반응으로 보면 평범한 무공은 절대 아닌 것 같다.

그러나 당우의 반응은 시큰둥했다.

"그것도 백 명을 죽여야 하는 거예요?"

"아니, 열두 명이면 된다."

"싫어요."

"뭐…… 뭣!"

"사람을 죽이는 건 싫어요."

"히히히!"

분기를 억지로 누르는 듯한 웃음이 흘러나왔다.

감히 사십사편혈을 거부하는 놈이 있다니! 그것도 사람을 죽이는 게 싫다는 이유 때문에.

편마는 살심이 크게 들끓었지만 분기를 꾹 눌러 참았다. 대신 이번에는 당근 대신에 채찍을 들었다.

"꼬마야…… 히히히! 네 생각에는 내 도움 없이도 무공을 익힐 수 있다고 생각하는 모양이다만…… 저 병신 같은 놈들한테서 훔쳐 배운 알량한 신법 나부랭이를 믿고 이렇게 건방을 떠는 거라면…… 히히히! 널 먹어버릴 수도 있단다."

"킥! 후, 훔쳐 배워?"

"벼, 병신 같은…… 놈…… 들?"

사구작서가 한편으로는 경악하고 한편으로는 어리둥절해할 때,

쉐엑!

편마의 우수(右手)가 갈고리가 되어 날았다.

터엉!

씨앗이 흔들린다. 아주 강한 진동을 토해낸다. 사구작서가 나타날 때는 슬쩍 건드린 듯한 울림이었는데, 이번에는 망치로 두들겨 팬 것 같은 울림을 토해낸다.

씨앗은 진심을 읽는다.
진심이라고 해서 사람의 마음을 훔쳐본다는 것은 아니다.
새가 날아간다. 어디로 가는가? 모른다. 그저 날아간다. 바람이 분다. 어디에서 불어오는가. 모른다. 그저 불어온다. 나무가 자란다. 어떻게 자라는가. 모른다. 그저 자란다.
씨앗은 천지만물의 현상을 있는 그대로 본다. 그리고 있는 그대로 반응한다.
커다란 폭풍이 밀려오면 크게 흔들린다. 큰 물살에 휩쓸려 정신없이 휘청거린다. 뿌리가 뽑혀 나가는 것은 아니다. 그렇다고 물살을 거부하거나 반항하지도 않는다.
씨앗의 반응이라는 것은 지극히 수동적이다. 능동적으로 행동을 일으키는 것이 전혀 없다. 움직임을 멈춰 버린 씨앗이기에 세파에 흔들리기만 한다.

—무형(無形) 부삼부사(不三不四) 무개무폐(無開無閉) 일무소유(一無所有).

투골조 구결인데 무슨 뜻인지 알지 못했다.
치검령이 무조건 외우라고 해서 외우기는 했지만 오의(奧義)를 깨달을 생각도, 그만한 준비도 되어 있지 않았다.
사구작서가 올 때마다 씨앗이 진동을 일으킨다.
그런 일이 반복되면서 이게 어째서 이런 현상이 일어나는가 하는 궁금증에 휩싸였다.

씨앗을 알기 위해서는 투골조 구결로 들어가야 한다. 그 길 밖에 다른 길은 없다.

구결을 세심하게 살폈다.

살핀다는 말은 가닥가닥 찢는다는 말이다. 전체를 보는 것이 아니라 찢을 만큼 찢어놓고 조각이 되어버린 편린(片鱗)들을 요모조모 뜯어보는 행위다.

구결을 찢었다.

단어별로 찢고 글자까지 찢었다.

그러자 일단공 마지막 부분에 숨어 있던 몇 글자가 확 들어왔다.

너무 의미가 없어서 그냥 지나쳤던 글귀들이다. 무슨 뜻인지 알 수도 없고, 지니고 있는 의미가 너무 하찮아서 생각해 볼 고민거리도 되지 않았던 글들이다.

형체가 없다. 특징도 없다. 열리지도 닫히지도 않는다. 아무것도 없다.

이것이 씨앗이다.

씨앗의 특징을 단적으로 말해놓은 부분이다.

그럼 이단공의 첫 부분을 보자.

―충자개시발아(種子開始發芽).

'씨앗이 발아하기 시작했다'라는 말로 시작된다.

백 명의 동남동녀로부터 원정지기를 흡수하면 단단하게 밀봉된 씨앗이 발아라는 형태로 다시 살아난다.

예전의 내공은 온데간데없고 전혀 다른 형태의 내공이 전신을 휘어 감는다.

즉, 백 명을 죽여서 그들의 원정을 빼앗아 먹지 않는 한 내공을 되살릴 길은 없다.

하지만 씨앗은 살아 있다. 그리고 사물에 대한 반응을 표현함으로써 자신이 살아 있다는 것을 끊임없이 말해준다. 그것이 진동의 형태로 나타나는 것이다.

터엉!

울림이 강하다. 아주 강하다.

밀어 쳐오는 힘이 아주 강하다. 여기서 강하다는 말은 빠르다는 의미도 되고 강력하다는 뜻도 된다.

씨앗은 이 둘을 분간하지 못한다.

빠르게 밀려오면 빨리 오는 만큼 진동수가 급해진다. 강력하게 밀어오면 강함에 휘둘러서 빠르게 진동한다. 빠른 것과 강한 것에 대해서 각기 다르게 반응한 것이지만 진동이 빠르다는 점에서는 구분이 없다.

편마의 우수는 빠른 것인가, 강력한 것인가.

그 판단은 당우가 해야 한다. 씨앗은 알려줄 만큼 알려줬으니 나머지는 당우 스스로 헤쳐 나가야 한다.

쉬이잇!

당우는 사구작서에게서 훔쳐 배운 유혼신법을 펼쳤다.

순간, 그는 어둠 속에서 또 다른 어둠이 되었다. 형체가 없는 무형의 인간이 되었다. 더군다나 무기지신이라는 보호막까지 갖춘 상태이니 그야말로 완벽한 어둠이다. 한데,

턱! 쫘악!

갈고리가 어깨를 찍었다. 아니, 그 순간에 벌써 뺨을 후려갈기고 지나간다.

"히히히! 말했지? 알량한 신법을 믿지 말라고!"

"저놈이 유혼신법을! 키키키! 저놈을 죽이고 말겠어!"

"크크크크! 크크크! 기가 막힐 노릇이군. 언제 훔쳐 배운 거야? 거의 완벽하잖아."

"완벽? 개뿔이 완벽!"

여기저기서 수많은 말들이 한꺼번에 쏟아져 나왔다.

"히히히! 조용."

편마가 나직이 말했다. 그러자 거짓말처럼 조용해졌다. 바늘 떨어지는 소리도 들릴 정도로 고요함에 휩싸였다.

"히히히! 또 해볼래?"

"아뇨."

당우는 급하게 손을 내저었다.

씨앗의 울림은 위기를 알려준다. 경미한 위기와 급한 위기까지 구분해 준다. 하지만 당우 스스로 헤쳐 나갈 능력이 없다.

사구작서가 가까이 다가올 때 씨앗은 터엉! 울린다. 경미한 위기다. 그럴 때는 생각이란 것을 할 수 있다. 어떻게 행동해야 하는지 즉시 생각난다.

터엉! 터엉! 터엉!

급한 울림이 온몸을 일깨울 때는 생각이란 것을 할 수가 없다. 마음에서 '어떻게?'라는 생각이 떠오를 즈음에는 이미 위기가 온몸을 휘젓고 지나간 후다.

유혼신법만으로는 할 수 있는 게 없다.

"히히히! 그럼 사십사편혈을 배울래?"

"네."

"다른 목적은 없다. 네놈이 조마의 무공을 익혔으니…… 히히! 조마와 노부가 칠마(七魔)라고 불렸다는 건 알지?"

"네."

"어떤 사연이 되었든 조마와 인연을 맺었고…… 또 이런 곳에서 노부와 만난 것도 기이한 인연이고…… 노부가 살면 얼마나 살까. 노부는 이곳에서 빠져나가기 틀렸고…… 휴우! 그렇다고 노부의 절학이 사장(死藏)되는 것도 원하지 않아. 노부의 절학은…… 히히히! 장담하건대 천하를 울릴 수 있는 절정무학이다. 암! 절정무학이고 말고! 히히히! 노부의 뜻을 알겠니?"

"네."

"다른 뜻은 없다. 네가 노부의 절학만 이어주면 돼. 사제지연(師弟之緣)을 맺자는 것도 아니다. 만정에 갇힌 죄인의 제자가 되어서 어디 써먹으라고. 단지 한 가지 약속만 해주면 된다."

"어떤 약속요?"

당우는 어떤 약속이라도 하겠다는 듯 천연덕스럽게 물었다.

치검령이 목숨을 노린다. 추포조두가 노린 적도 있다. 천검가의 검수들 덕분에 지옥 문턱까지 갔다 오기도 했다.

이런 여러 가지 일들 덕분에 사는 방법을 확실히 알았다.

지금은 굉장히 위험한 상태다.

사구작서에게서 신법을 훔쳐 배웠는데…… 그것이 그만 발각되고 말았다.

사구작서가 가만히 있을 리 없다.

지금은 편마와 말을 나누고 있는 중이라서 발작을 못하고 있지만 편마에게서 떨어지는 순간부터 그야말로 피똥을 쌀 정도로 두들겨 맞을 것이다.

자칫 죽을 수도 있다.

당우는 자신의 목숨이 얼마나 귀한 것인지, 자신의 쓰임새가 얼마나 귀한 것인지 알지 못했다.

죽이면 죽고 살려주면 사는 것으로 안다.

너무 어린데다가 조마의 무학을 수련했기 때문에 편마가 옆에 두고 있는 것으로 안다.

선택의 여지가 없었다.

편마가 한숨을 쉬면서 처연한 음성으로 말했다.

"휴우! 네가 노부의 무학을 사용하고 싶지 않으면 쓰지 않아도 된다. 하지만 노부의 대(代)에서 절학이 끊기게 할 수는 없어. 네가 쓰고 싶지 않다면 후인을 정해서 전해주거라. 그건 할 수 있겠지? 아니, 반드시 해야 된다. 약속할 수 있겠니?"

"네, 그런 건 걱정 마세요. 이걸 왜 후인에게 전해요? 제가 사용할래요. 저도 이 세상에 원한이 많다고요! 제가 만천하에 가장 강한 무공이 사십사편혈이라고 알릴게요."

당우는 강하게 대답했다.

조마도 그렇고 편마도 그렇고…… 모두 마음에 들지 않는다.

투골조는 일단공을 수련할 때마다 백 명씩 동남동녀를 죽여야 한다. 이게 말이 무공이지…… 위력이 얼마나 강할지는 모르겠는데 천하를 뒤집는 무공이라고 해도 배울 생각이 없다.

아니, 이런 무공은 사장시켜야 한다. 이 세상에서 지워 버려야 한다. 이런 무공을 수련하는 인간들은 만정에 가둘 필요도 없다. 당장 목을 뎅겅 잘라 버려야 한다.

편마의 무공이란 것도 구역질이 치민다.

열두 명만 죽이면 된다고? 어떻게 그런 말이 그리 쉽게 나올까. 사람 목숨이 파리 목숨이라도 된단 말인가. 설령 파리 목숨이라고 해도 그렇게 함부로 죽일 수 있는 것인가.

무공이란 것을 잘은 모르지만 심신(心身)을 고양(高揚)시키는 것이라고 들었다.

스님이나 도인들은 무공을 통해서 궁극적인 해탈에까지 이른다는 말도 들었다. 무공을 사람을 죽이는 도구가 아니라 도를 깨닫는 도구로 사용한다는 뜻이다.

그런데 시작부터 사람을 죽이는 무공이라니.

'어림도 없어! 뭐? 후인에게 전해달라고? 흥! 어림도 없다,

어림도 없어! 이 쭈그렁 할망구야!'

당우의 마음을 아는지 모르는지 편마가 자상한 음성으로 말을 건네왔다.

"자, 시작하자. 이곳은 남는 게 시간이니 급하게 서둘 필요는 없지. 하지만 하기로 했으니 지금 당장 하는 게 낫겠지? 딱히 할 것도 없고 말이야."

"네."

"그래. 자, 마음을 편하게 풀어라."

"네."

"이놈! 아직도 긴장하고 있잖아!"

"그게…… 저는 마음을 편하게 푼다고 푸는데……."

당우가 머리를 긁적거렸다.

정말 이번에는 긴장하지 않았다. 무공을 배울 수밖에 없는 상황이고 정말 배울 생각이다.

마음을 편히 가졌다. 그런데 긴장하고 있다니…… 당우는 편마의 질책이 억지처럼 들렸다.

편마가 말했다.

"이심전심(以心傳心)이라는 말을 알고 있니?"

"네."

"그게 노부가 무공을 전수하는 방식이란다."

"네에."

대답은 했지만 잘 알지 못하겠다. 무슨 놈의 무공을 마음에서 마음으로 전한단 말인가.

사제(師弟) 169

"무공은 움직임이다. 동(動)! 어떤 무공이든 움직임이 일어나게 되어 있다. 진기를 움직이는 것, 초식을 쓰는 것. 전부 움직임이다. 구결도 움직임이다. 구결을 듣고, 외우고, 깨닫고, 행동에 반영하는 모든 것이 움직임이다."

"네."

알아들었다. 아주 쉬운 부분이다.

"하지만 그런 움직임은 아무나 배울 수 있다. 구결을 알려주고 시연(試演) 몇 번 해주면 딱히 옆에서 지켜볼 필요도 없다. 사람을 죽일 수 있는 수준까지는 금방 올라갈 게다."

또 죽인다는 소리! 그놈의 죽인다는 말 좀 하지 않으면 안 되나!

편마의 말뜻은 그런 식으로 무공을 배우면 절정에 이르기 힘들다는 뜻일 게다. 하지만 중원의 거의 모든 문파가 그런 식으로 무공을 배우는데? 그럼 그들이 잘못된 건가?

"먼저 정(靜)을 배워야 한다."

"네에."

역시 시큰둥한 대답이다. 도무지 알아듣지 못하는 소리라서 신나게 맞장구쳐 줄 수 없다.

"내가 있고, 네가 있다. 내가 여기 앉아 있고, 네가 거기 앉아 있다. 우린 서로의 숨결을 듣는다. 나는 내 것과 너의 것을, 너는 네 것과 내 것을. 하지만 조용히…… 오랫동안 앉아 있다 보면 내 숨소리와 네 숨소리의 구분이 없어질 게다. 나는 네가 되고 너는 내가 되는 게지. 고요함 속에서 우린 하나가 되는 것이야. 히히히! 그때가 되면 나는 너에게 모든 것을 전수해 줄 수 있을 게다. 네가 모든 걸 받아들일 준비가 끝났기 때문에. 우선 그것부터 하자."

당우는 퍼뜩 깨닫는 바가 있었다.

편마의 무공…… 사십사편혈……. 그것이 얼마나 지독한 무공인지는 모르겠다. 하지만 편마가 무공을 전수하는 방식만큼은 가장 정통적이다. 근원적이다.

"네, 마음을 비울게요."

이번에는 진심으로 대답했다.

第二十六章
분기(憤氣)

1

뜨겁던 여름이 지나갔다. 바람이 선선해지는가 싶더니 어느새 정원 가득히 흰 눈이 쌓였다.

짹! 째액!

잡새 몇 마리가 나무 위에서 짖어댄다.

세상은 조용하다. 어제도 조용했고 오늘도 조용하다. 그리고 내일도 별다른 일이 없을 것 같다.

"참 좋아. 그렇지?"

"네, 좋군요."

"춥지 않아? 추워 보여."

"춥지 않아요."

노부부는 양지에 의자를 내놓고 앉아서 따듯한 양광을 쬐었다.

휘이이잉!

바람이 불면서 가벼운 눈보라를 일으켰다.

겨울바람치고는 시원하다. 눈보라도 눈가루를 뿌린 것 같아서 입가에 미소를 배어 물게 한다.

평화로운 오후다.

"내 이번에 애들에게 일 좀 시킬 생각이야. 당신 생각은 어때?"

"일이요? 무슨 일을…… 애들은 지금 폐관수련 중이잖아요."

"다 빼내야지."

"전부 다요?"

"어느 놈은 남기고 어느 놈만 빼내고 할 수가 있나. 빼내려면 전부 빼내야지."

"훗!"

노부인이 피식 웃었다.

건장한 체격의 사내가 눈을 부라리며 쳐다봤다.

"왜 웃어?"

"당신도 이제 늙었구랴."

"그럼 내가 늙었지 젊나. 그런데 왜?"

"속이 다 보이는 소리를 하니까 말이에요. 예전 같으면 속을 단단히 숨겼을 텐데."

"속이 보였어?"

"다 보였죠."
"당신 생각은 어때?"
"시키세요, 일."
"시켜? 그래도 돼?"
"후후! 하고 싶은 대로 하시면서 살아오셨잖아요. 마음대로 하세요."
"큰 애들이 삐딱하지 않을까?"
"그게 걱정이셨수?"
"아니, 뭐 걱정이라기보다는……."
"애들 나오면 제가 몇 마디 해둘게요."
"그래 주겠소?"
"올 겨울은 많이 따뜻한 것 같죠?"
"그러게 말이야. 따뜻하니까 눈이 더 많이 내려."
그 말을 끝으로 노부부는 따뜻한 양광만 쬐었다.
조용하다. 잡새만 째짹 우짖는다. 그리고 얼마가 지났을까.
드르렁!
우렁찬 코골음이 정적을 깨웠다.
양광을 쬐던 노인이 어느새 깊은 단잠에 곯아떨어졌다.
"훗! 정말 천하태평이시라니까."
노부인은 살며시 일어나서 겉옷을 벗어 노인에게 덮어주었다.
"반 시진 정도만 주무시게 해라. 찬 곳에서 너무 많이 주무시면 건강에 안 좋아."

"넷!"
대답 소리도 속으로 잦아든다.
노부인은 발걸음 소리를 죽여 살며시 걸어갔다.

반 시진 후, 노인은 누가 깨우기 전에 눈을 떴다.
"응? 이 사람 언제 갔어?"
"반 시진 전에 들어가셨습니다."
호법을 서던 무인이 말했다.
"반 시진이나 됐어?"
"네."
"좀 일찍 깨우지 않고."
"너무 곤히 주무시는지라……."
"아함! 한숨 잘 잤네. 요즘은 통 잠이 깊게 들지 않아서 말이야. 깨어 있어도 머리가 아파."
노인이 몸을 일으켰다.
무림은 그에게 중장천검이라는 별호를 안겨주었다.
천유비비검이라는 절학을 탄생시켰고, 아직까지 꺾여본 적이 없는 무적의 검사다.
그는 기지개를 쭉 켜면서 말했다.
"아까 한 말 들었지?"
"네."
"모두 폐관 중지시켜."
"저……."

"왜? 뭐 할 말 있어?"

"류명 공자님도……."

"왜? 안 돼?"

"공자님께서 천검가의 무공에 자신을 가지셔야 할 것으로……."

"허허허! 또 이용당할까 봐?"

"……."

호법무인은 대답하지 못했다.

천검가의 공자로 태어난 사람이 마공에 관심을 쏟는 초유의 사건이 벌어졌다. 마공도 천하제일을 들먹거릴 수 있는 절정마공이라면 모른다. 겨우 칠마 중의 일인이 사용했던 마공이다.

투골조는 천유비비검의 상대가 안 된다.

십이성에 이른 투골조라고 해도 천유비비검 앞에서는 썩은 볏짚처럼 베어진다.

모든 무림인이 다 알고 있는 사실을 정작 천유비비검을 수련할 당사자만 모른다. 어떻게 천유비비검을 두고 투골조 같은 것에 정신을 팔 수 있단 말인가.

"됐어. 명이에 대해서는 생각해 둔 게 있어. 모두 폐관에서 끄집어내. 반년 동안 생고생했으면 됐어."

중장천검의 눈길이 심유(深幽)하게 가라앉았다.

냉정할 때, 아주 깊은 계산을 할 때 떠올리는 눈빛이다.

"알겠습니다. 오늘 안으로 폐관 중지 명령을 전하겠습니다."

호법무인은 깊게 읍했다.

천검가에는 천검십검(天劍十劍)이 있다.
가주의 이름을 걸고 문외출수(門外出手)를 할 수 있는 진정한 검사들이다.
그들이 한자리에 모였다.
칠남오녀에 이르는 가주의 혈육 중에서 천검십검에 포함된 자는 네 명뿐이다.
대부인의 소생인 류정(劉靖)과 류과(劉戈), 이부인의 소생인 류아(劉雅)와 류형(劉馨)이 그들이다.
이부인의 삼남은 천유비비검의 진수(眞髓)를 아직 깨닫지 못했다. 삼부인의 소생은 첫째가 수련 삼 년 차에 접어들었고, 막내인 류명은 이제 막 접하기 시작했다.
여인들은 천유비비검을 구경조차 하지 못한다. 대신 천유비비검에서 파생된 천유선검(天遊仙劍)을 수련한다.
"성과 좀 있었냐?"
"이제 막 시작하려는 참인데 불려 나왔습니다. 형님께서는 어떠셨습니까?"
"잠만 자다 나왔다."
"하하하!"
한자리에 모인 그들은 호쾌하게 웃었다.
대부인의 소생이면 어떻고 이부인의 소생이면 어떤가. 같은 핏줄을 이어받았으니 웃는 것도 함께 웃고, 우는 것도 함께 울어야 하지 않는가.

대부인과 이부인의 소생들은 격의없이 어울렸다. 다만 삼부인 소생과는 조금 거리가 있다. 같은 형제라고 해도 나이 차이가 워낙 많이 나다 보니 어쩔 수 없는 현상이다.

"우리는 이리저리 바쁘게 뛰어다녔는데 잠만 주무셨다는 겁니까? 아이구! 오늘 술 한잔 사셔야겠습니다."

오송패(吳松旆)가 말했다.

천검십검 중에는 장남인 류정과 동배분의 검사가 세 명이나 있다.

그들은 주준강(朱俊强), 두가환(杜佳歡), 강준룡(江俊龍)이며 천검일검은 대공자인 류정에게 양보하고 각기 천검이검, 삼검, 사검으로 칭해진다.

그래서 이들 네 명을 천검십검 중에서도 가장 뛰어난 네 명이라고 하여 천검사봉(天劍四峰)이라고 달리 칭하기도 한다.

오송패는 류과와 동배(同輩)다. 백패패(白佩佩)와 진지우(陳芝宇)는 류아와 동배이다.

이들 열 명이 한 무리가 되었을 때, 가주의 혈육 여부는 중요하지 않다. 검의 강약도 논하지 않는다. 천검십검에 포함되었다는 것은 가주께서 검을 인정했다는 뜻이다. 누가 감히 가주의 안목에 토를 달겠는가.

이들은 오직 입문 순서만 따진다.

선배(先輩)면 형이고, 후배(後輩)면 동생이다.

"바빴다고? 뭐 하느라고?"

"뭐 하긴 뭐 해요. 술 마시느라 바빴죠. 하하하!"
"넌 정말 술 마시느라 바빴을 것 같아."
"네에?"
"네가 술을 오죽 좋아하냐?"
"아이구! 이거 왜 이러십니까. 농담으로 한마디 한 것 가지고 꼬투리 잡깁니까!"

오송패는 짐짓 억울하다는 표정을 지었다.

"하하하! 이거 너무 부인하는 걸 보니까 수상한데. 어디 어여쁜 기녀라도 감춰두고 있는 것 아냐?"

주준강이 거들었다.

"형님까지 그러십니까! 노상 옆에 있었으면서."
"하하하!"

그들은 호쾌하게 웃었다. 그때,

덜컹!

전각(殿閣) 문이 열리며 두 사람이 들어섰다.

천검귀차의 귀주와 묵비의 비주다.

이들은 이 자리에 있는 이부인의 둘째 아들 류형과 동배다. 하지만 가는 길은 달리 정했다.

한 사람은 타 문파 형당에 해당하는 천검귀차의 수장이 되었다. 또 한 사람은 가주의 밀명을 수행하는 묵비의 수장이 되었다. 이들도 천유비비검을 수련했고, 높은 성취도 이뤘지만 이름을 날리는 공명(功名)보다는 그늘의 절대자가 되는 쪽을 택했다.

선택은 자유다. 그리고 이 두 사람은 자신의 선택에 대한 대가를 얻었다.

"이게 누구야? 이게 얼마 만이야!"

류형이 한달음에 달려가 두 사람의 손을 움켜잡았다.

두 사람은 눈인사로 반가움을 표시한 후, 곧 포권지례(抱拳之禮)를 취했다.

"오랜만에 뵙습니다."

"그래, 오랜만이다. 여전하구나."

류정의 눈빛이 날카롭게 변했다.

천검가주는 공식적으로 세 명의 수족을 데리고 있다.

한 명이 귀주요, 또 한 명이 비주다. 그리고 마지막 한 명은 옆에서 늘 곁을 지키는 호법이다.

창을 쓸 때는 귀주를 부르고, 암계를 펼칠 때는 비주를 부른다.

호법은 방패다. 늘 곁에서 일차 공격을 막아낸다. 검으로 막지 못하면 몸으로라도 막는다.

가주는 호법을 여러 사람에게 소개하지 않았다. 그의 존재는 천검가 내에서도 비밀이다. 그가 누구인지 아는 사람은 가주와 제일부인인 대부인뿐이다.

천검십검에 이어 귀주와 비주까지……. 가주…… 아버지가 신뢰하는 사람들은 모두 모였다.

"후후후! 귀주에 비주까지. 오늘 밤 심상치 않은데."

강준룡도 분위기를 읽었다.

느닷없는 폐관에 갑작스런 소집, 좋은 조짐은 아니다.
그렇다고 싫은 건 아니다. 이런 일은 늘 피를 부른다. 누군가는 베어 넘겨져야 한다.
너무 조용했다. 검이 녹슬고 있다.
덜컹!
문이 다시 열렸다. 그리고 거구의 노인이 생각에 잠긴 채 뚜벅뚜벅 걸어 들어왔다.

"나를 노린 놈이 있다!"
천검가주의 첫 번째 말이었다.
"어떤 놈이 날 노렸어!"
두 번째 말이다.
"류명을 이용해서 날 치려고 했어!"
세 번째 말은 전각을 찌렁 울리는 고함이다.
그리고는 침묵이다. 입을 굳게 다물고 좌중을 잡아먹을 듯이 노려보았다.
가주는 한참 만에…… 지독하게 지루하고 어색한 순간을 이끈 후에 다시 고성을 터뜨렸다.
"네놈들! 이런 놈들이었나!"
가주의 의사가 분명해졌다.
일명 '투골조 사건'이라고 불린 그 일이 있고 난 후 반년이 지나서야 속마음을 내비쳤다.
이런 놈들이었나!

가주가 개망신을 당했는데 너희는 뭐 하고 있는 게냐. 한가하게 잡담이나 늘어놓고 있었던 겐가!
　폭풍처럼 쏟아내는 질책보다 더 예리하게 가슴을 후벼 판다.
　지난 반년 동안 천검가의 핏줄들은 반강제로 폐관수련에 들어갔다. 나이가 많고 적음을 떠나서, 폐관수련의 필요성을 떠나서 무조건 세상과 담을 쌓아야만 했다.
　그 속에는 천검십검이라고 불리는 절정검수도 네 명이나 포함되었다. 천검가라는 울타리를 벗어나면 능히 일가를 세울 수 있는 검의 고수가 자신의 의지와는 상관없이 폐관에 들었다.
　밖에는 많은 사람이 남았다.
　조용히 검을 닦았다.
　투골조 사건은 암암리에 해결된 것으로 보았다. 천검가의 혈육을 일괄적으로 폐관수련에 들게 함으로써 세간에 대한 질책도 희석된 것이라고 봤다.
　그렇게 서너 달, 길게는 반년 정도 폐관에 들었다가 나오면 투골조 사건은 잊힌다.
　류명이 투골조를 수련했다.
　사건을 정리하기는 했지만 누구도 발뺌할 수 없는 이 명확한 사실 앞에서는 조용히 침묵하는 게 상책이다.
　그래서 모두들 검만 닦았다.
　한데 이제 가주의 질책이 떨어진다. 너희가 겨우 이 정도의 그릇이었던가. 이 정도밖에 안 되는 놈들이었나!

누구에 대한 질책이 아니다. 행동하지 않은 데 대한 실망도 아니다. 새로운 일, 앞으로 벌어질 일을 이런 식으로 표현하고 계시는 게다. 그리고 그것은……

'전쟁!'

'싸움이다!'

천검십검은 바짝 긴장했다.

질책은 아무래도 상관없다. 이제부터는 정말로 누가 죽고 누가 살지 모르는 싸움을 벌여야 한다.

누가 류명에게 투골조를 주었겠는가.

당금 중원에서 천검가를 건드릴 만한 문파를 찾기는 쉽지 않다.

천검가는 일개 문파가 아니다. 사십 개 검문이 똘똘 뭉친 검련의 일문이다. 천검가를 건드린다는 것은 사십 개 검문을 건드리는 것과도 같다.

더군다나 천검가는 검련십가에 포함된다.

검련에서 천검가주의 발언권은 꽤 강하다. 검련일가조차도 무시할 수 없는 입장이다.

여기서 두 가지 상황을 생각해야 한다.

첫 번째, 검련 내에서 천검가를 시기하는 자가 도발을 했을 경우다.

이런 일은 있을 수 있다. 천검가를 십가에서 끌어내리고 그 자리에 올라서고픈 검문은 많다. 삼십 검문이 모두 그런 생각을 가지고 있을 것이다.

검련십가 중에서도 천검가를 질시하는 가문이 있을 수 있다.

검련일가는 어떤가? 날이 갈수록 발언권이 강해지는 천검가가 눈엣가시는 아니었을까?

검련 내에서 천검가를 칠 이유는 많다. 그리고 사실 천검십검은 이 부분에 많은 의심을 두고 있다.

검련 밖의 상황은 어떤가?

구파일방(九派一幇)은 검련에 호의적이다. 검련에 소속된 검문들을 정통 검문으로 인정하고 있으며, 그들의 검학을 존중한다. 검련이 그들과 세(勢)를 다툰 적이 없으니 더욱 호의적일 게다.

그중에서도 천검가와는 아주 우호적이다.

천검가주는 검련을 떠나서 위대한 검사로 존경받는 위치에 있다.

그들이 천검가를 칠 이유는 없다.

오대문파(五大門派) 역시 마찬가지다.

그들은 자기의 영역을 고수할 뿐, 무림 판도에 크게 신경 쓰지 않는다. 자신들을 건드리지 않는 한은 가문의 존립을 걸고 싸우는 일이 거의 없다.

또 그들을 건드릴 문파도 없다.

오대세가의 힘은 크다.

일부 세가는 무공으로, 또 일부는 병법으로, 독으로, 암기로,

화약으로…… 각기 다른 부분을 추구하고 있다. 하지만 그들이 한을 품을 경우, 천지가 개벽할 것이라는 사실은 과거의 여러 사례로 이미 주지되었다.

천검가는 그들과 은원이 없다.

교류는 있는 편이지만 형식적인 것에 불과하고…… 서로 간에 감사할 만한 일이 없다. 또한 원한을 가질 만한 사건도 없다. 공식적인 자리에서도 아는 척만 할 뿐, 농담 한마디 건네기 껄끄러운 사람들과 무슨 은원이 있겠는가.

그들도 아니다.

도문(刀門)은 어떤가?

만병(萬兵)의 으뜸인 검과 최강 병기인 도는 말하기 좋아하는 호사가들의 주요 이야깃거리다.

무공을 모르는 사람들의 입장에서는 그렇다.

무인에게는 검이나 도나 똑같다.

손에 무엇을 들고 어떤 방편을 추구하느냐가 다를 뿐이지 검법과 도법에 구분을 두지 않는다.

그런 식으로 따지면 검 이외에 모든 병기가 적이 되어야 한다.

요즘은 도문들도 검련처럼 세를 형성하는 추세이기는 하다. 도가 검보다 강하고 빠르다는 생각을 가진 무인들도 존재한다. 그리고 또 그런 이유 때문에 실제로 도발하기도 한다.

그렇다고 천검가에 투골조라는 독을 먹인다?

마인들 쪽은 어떤가? 사마외도(邪魔外道)와의 은원은 어떤가?

악업(惡業)이 대단히 많다. 그들과 쌓은 원한을 글로 풀자면 그 어떠한 장경(長經)도 따라올 수 없다.

천검가의 검에 피를 뿌린 사마외도는 헤아릴 수 없이 많다.

그럼 그들이 이런 짓을 했나?

질문이 이 부분에 이르면 고개를 내젓게 된다.

천검가의 입장에서 투골조는 한 수 아래의 마공이지만 마인들 입장에서 투골조는 대단한 마공이다.

조마가 투골조로 칠마의 일인이 되었다. 투골조 하나만 가지고 무림을 거침없이 휘젓고 다녔다.

그런 무공 비급이 손에 들렸다고 치자. 더군다나 백 명의 동남동녀까지 확보해 놨다. 밥상은 차려졌고 이제 먹기만 하면 된다. 남에게 주겠는가?

욕심을 안 가질 수 없다. 쉽지 않은 일이다.

역시…… 검련 내부에서 벌어진 일일 가능성이 높다.

그렇다면, 이 사건의 뿌리를 파헤치다 보면 결국은 검련 중 어느 검가가 걸려들 게다.

그들과 전면전이다.

그게 검련일가가 될 수도 있는데, 정말 그들이라면 천검가는 옥쇄(玉碎)를 각오해야 한다.

가주가 묵비 비주를 쏘아보며 말했다.

"말해!"

2

세상에 비밀은 없다. 낮말은 새가 듣고 밤말은 쥐가 듣는다. 보는 사람이 없어도 하늘이 알고 땅이 아는 한, 숨겨진 일은 반드시 수면 위로 떠오른다.

그렇다고 해서 모든 일을 드러내 놓고 할 수만은 없다. 때로는 철저하게 은폐시킬 필요가 있다.

비밀스럽게 일을 진행시켰는데도 드러나는 건 어쩔 수 없고, 다행히 숨겨지게 되면 좋은 거다.

묵비는 그런 조건들을 염두에 두고 탄생되었다.

묵비는 항상 조용하다. 너무 조용해서 있는지 없는지조차 알 수 없다. 공적 같은 것은 다투지 않는다. 한 사람의 일은 묵비 전체의 일이다. 그러니 겉으로 드러나지도 않는다.

묵비는 투골조 사건에 개입하지 않았다.

비주가 당우를 만정까지 압송한 사실을 제외하면 침 한 방울 튀기지 않았다.

그래도 사람들은 묵비가 어떤 역할을 했을 것이라고 생각한다.

정녕코 아무것도 하지 않았다. 투골조 사건이 터지고 마무리될 때까지 잠자코 지켜보기만 했다. 검련일가에서 추포조두가 나서고, 치검령이 잔재주를 부리고…… 이런 모습을 모두 보면서도 묵묵히 자기 자리를 지켰다.

천검귀차는 정리 작업에 투입되었다.

그들이야 귀신처럼 나타났다가 확 쓸어버리고 잠적하는 사람들이니 언제 어디에 나타났다고 해도 하등 이상할 게 없다.

당우를 만정에 들여보내고 한 달쯤 지났을까?

묵비가 움직인 것은 그때부터다.

—투골조가 어느 놈의 손에서 나왔는지 알아봐.

알아보라는 말은 흉수를 찾아내라는 말이다. 어떤 놈이 류명 막내 공자를 꼬드겼는지 찾아내라는 소리다.
쌀죽은 팔팔 끓였을 때 먹어야 한다. 이놈 저놈이 와서 다 먹어치우고, 설거지까지 끝낸 마당에 한술 떠먹어보라는 것은 보통 억지스러운 게 아니다.
가주의 명이 그렇다.
투골조 사건이 완전히 묻혔다.
백곡은 금지(禁地)로 지정되었다. 하지만 딱히 금지로 지정하지 않아도 하등 문제될 게 없다. 백골들은 모두 수습되었고, 독기는 중화시켰다.
투골조를 손댔던 당사자들은 모두 손댈 수 없는 곳으로 들어갔다. 류명 공자는 폐관수련이라는 명목하에 하늘이 무너져도 죽을 수 없는 곳으로 숨었다. 당우는 말할 것도 없다. 만정 속으로 들어갔으니 얼굴 보기도 힘들다. 그들과 그래도 연관이 있었던 추포조두와 치검령까지 모두 만정에 있다.
투골조에 대한 흔적이 남아 있지 않다.
싸움이 벌어지고 피가 흘렀지만 폭풍우가 휘몰아쳐서 혈흔을 말끔히 씻어버렸다.
그런 상태다.

어디에서 무엇을 근거로 하여 어떤 흉수를 찾으란 말인가.

그래도 찾아야 한다. 명이 떨어졌으니 찾지 못하면 묵비라는 이름을 버려야 할 것이다.

—지난 반년 동안…… 이곳 임강부(臨江府)에 한 걸음이라도 내딛었던 무인들은 모두 조사해라. 정사마(正邪魔)를 불문하고, 어떤 선입견도 없이 냉정하게 사실 자체만 조사해라.

비주가 할 수 있는 건 그것이 고작이었다.

너무 광범위하다. 강서성(江西省) 임강부(臨江府)는 작은 땅이 아니다. 조그만 농촌이 아니다.

어림 추산으로 임강부에 적(籍)을 둔 무인만 삼천에 이른다. 그들과 은원이 있는 무인이 또 그만큼이다.

하루에도 수십, 수백 명이 임강부를 스쳐 간다.

한 달도 아니고 두 달도 아니고 장장 육 개월이라는 기간 동안 임강부를 거쳐 간 모든 무인을 조사하라.

여기에는 단서도 붙는다.

암암리에!

표면에 드러나서는 안 된다. 천검가가 누군가를 찾는다는 의도가 읽히면 안 된다. 묻고 찾고 뒤져야 하지만 의심의 눈초리를 받아서는 안 된다.

알려진 자, 이미 알고 있는 자는 지켜보면 된다.

투골조와 연관이 있는지를 조사할 수는 없다. 모든 사람을 그런 식으로 조사한다는 건 모래밭에 떨어진 바늘 찾기다. 그런 식의 조사는 성공하지 못한다.

살펴볼 사항은 의심할 여지가 있느냐이다.

뭔가 이상하다. 수상한 기미가 있다. 뭔가 있는 것 같다. 좀 더 깊이 살펴볼 필요가 있다. 느낌이 불길하다. 왜 저런 무공을 수련하지? 저 사람은 모르는 사람인데…… 왜 와 있는 거지?

뭐든 좋다. 의심할 여지가 있는 자부터 추려낸다.

몇만 명이 될지 모를 조사 대상을 계속 좁혀 나가야 한다.

그 와중에 진짜 흉수가 빠져나갈 공산이 크므로 범위를 줄여 나갈 때는 정말 하자가 없는 사항부터 정리한다.

외인이 오기는 했지만 친인척 간의 정기적인 방문이다.

제외한다.

녹옹신창(綠翁神槍)의 환갑(還甲)잔치가 있었다. 참석자가 근 육백 명에 이르고 천검가에서도 천검십검인 백패패가 가주의 대리 자격으로 참석했다.

제외하지 못한다.

이번 일은 한 사람이 한 일이 아니다. 백 명의 동남동녀를 감쪽같이 납치하여 백곡에 은신시키는 것은 쉽지 않다. 류명 공자가 원정을 갈취할 때까지 보살펴야 하는데, 한 사람이 징징 우는 아이들을 백 명씩이나 먹이고 입히고 통제한다는 건 불가능하다.

조직이 개입된 일이다.

환갑잔치 같은 경우는 조직에게 활동할 명분을 부여한다.

참석자들을 전원 조사하라.

청수어옹(淸水漁翁)은 여름 내내 청수에서 낚시를 하고 있다. 그가 일 년 열두 달 하루도 빠짐없이 낚시를 즐긴다는 사실은 널리 알려진 바다.

제외하지 못한다.

고정된 인상은 주의력을 분산시킨다. 늘 하던 일이기에 당연하다고 생각한다. 거기에 함정이 있다. 류명 공자에게 투골조를 전수할 정도로 대담한 자라면 준비도 철저히 했을 게다. 한적한 곳에서 낚시를 한다? 그러면 청수어옹이 청수에 있는 건 모두 당연하다는 것인가? 그가 거기서 누구를 만난다고 해도 모르지 않겠나.

다시 조사하라!

묵비는 거의 반년 가까이 움직였다.

투골조 사건을 기점으로 하면 그로부터 반년 전의 일을 조사하는 데 근 반년이 걸린 셈이다.

묵비 비주가 말했다.

"이번 사건은 개인이 벌인 게 아닙니다. 흑조(黑鳥)라는 조직이 벌인 일입니다."

"흑조?"

"흑조…… 금시초문인데……."

열두 명의 눈가에 신광이 맴돌았다.

묵비는 과연 대단하다. 꼬리를 잡기가 무척 힘들 것이라고 생각했는데 어느새 잡아챘다.

흑조!

난생처음 들어보는 조직이다.

대체로 이런 조직이 형성되려면 모두가 뜻을 같이하는 특정한 목적이 있어야 한다.

흑조의 특정 목적은 천검가주의 몰락이다.

류명 같은 풋내기가 대상이 될 수 없다. 이제 치기(稚氣)도 벗어나지 못한 어린애를 잡아서 뭐에 쓰겠는가.

사인선사마(射人先射馬), 금적선금왕(擒賊先擒王).

사람을 잡으려면 말부터 쏘고, 적을 잡으려면 우두머리부터 잡으라는 말이 있다.

류명은 천검가주를 잡기 위해 먼저 쏜 말일 뿐이다.

가주를 직접적으로 겨냥하는 조직이 나타났다.

그들은 백 명의 동남동녀를 납치하여 백곡에 숨겼다. 한데 전혀 소문이 나지 않았다. 동남동녀들의 시신은 죽은 지 한참 뒤에야 발견되었다.

행동이 아주 은밀하고 치밀하다.

또 그들은 투골조를 거침없이 내놨다.

투골조가 비록 마공이라고는 하지만 칠마의 일인인 조마의 독문무공이다. 투골조를 세상에 내놨을 때 무림에 미칠 파장은 실로 상상을 초월한다.

칠마의 무공이라면 정도인까지도 욕심을 낼 정도다.

비록 마공이기는 하지만 위력이 워낙 강해서 갖고 싶다는 욕심을 절로 불러일으킨다.

그런 무공을 거침없이 내놨다.

그들은 투골조보다 강한 무공을 지니고 있다. 투골조 따위는 단숨에 제압할 만한 자신을 가지고 있다. 그렇기에 아무렇지도 않게 내놓을 수 있었던 게다.

천검십검은 흑조라는 신흥 조직의 명칭만 듣고도 생각을 줄줄 끌어냈다.

"임강부에 흑조로 추정되는 자는 일곱. 그중 여섯은 문제될 게 없지만 한 명은……."

비주가 잠시 말을 끊었다.

그는 잠시 머뭇거리는 듯했지만 이내 입을 열었다.

"나머지 한 명은 천곡서원(天鵠書院)의 향암(香岩)입니다."

"향암?"

"정말인가!"

모두들 믿을 수 없다는 표정을 지었다.

비주는 그럴 줄 알았다는 듯 고개까지 끄덕이며 대답했다.

"저희도 설마 하는 심정에서 두 번, 세 번 확인했습니다."

묵비의 조사는 한 번으로 충분하다. 그런 그들이 두 번, 세 번 확인을 거듭했다면 틀림없는 사실이다.

향암(香岩) 공숭조(龔崇照)는 무인이 아니다. 중원에 널리 알려진 석학(碩學)이다.

태조(太祖) 삼년(三年)에 진사과(進士科)에 합격하여 강절유학부제거(江浙儒學副提擧)를 지냈으며, 그 후 이십여 년간 관직에 머물다가 어사중승(御史中丞)을 끝으로 낙향한 정계의 거물이다.

그가 서원을 열자 전국에서 몰려든 유생이 사천 명에 이르니, 천곡서원은 단숨에 강서성 제일서원이요, 강남(江南) 이대서원(二大書院) 중의 하나로 자리매김한다.

향암 공승조는 마음만 먹으면 단숨에 베어버릴 수 있다.

그는 무인이 아니다. 천곡서원에는 유생과 머슴만 있을 뿐, 무인은 없다. 하다못해 신변을 보호하는 호위무사조차도 두지 않았다. 관찰사(觀察使)가 세속의 시비에 휘말리지 말라며 관병 십여 명을 보내왔지만 그마저도 사양했다.

그를 죽이는 데 천검십검까지 동원될 필요도 없다. 천검귀차나 묵비에서 손을 쓴다면 오늘 안으로 목이 떨어진다.

하나 그를 죽이면 강서성이 발칵 뒤집힌다. 나라 전체가 들썩일지도 모른다. 낙향했다고는 하지만 아직도 황제의 서신을 받을 만큼 총애가 두텁다.

강서성에서 향암을 건드릴 수 있는 사람은 없다.

"향암이 왜 천검가에 검을 겨눴는지 이유도 알아봤나?"

이남(二男) 류과가 물었다.

"알아보지 않았습니다. 더 이상 캐 들어가면 반드시 죽일 수밖에 없는 처지가 될 것 같아서. 그러기 전에 덮어버릴지 파 들어갈지 지시를 받고자 했습니다."

비주는 '받고자 했다'고 말했다.

다시 말해서 이미 지시를 받았다는 뜻이다. 아니면 지금 이

자리가 지시를 듣는 자리일 수도 있다. 그리고 가주가 어떤 지시를 내리고 있는지는 열두 명을 강하게 질책한 점에서 충분히 미루어 짐작할 수 있다.

─나를 치려고 했다!

이 한마디로 명명백백(明明白白)해진다.
가주도 이번 사실의 중대성을 짐작하고 있다. 향암을 죽일 경우, 파장이 매우 클 것이란 점을, 천검가도 폭풍을 피하지 못할 것이라는 예감을 한다.
예정에 없던 폐관 중지를 명하고, 천검십검을 한자리에 불러 모은 것도 그 때문이다.
하지만…… 그런 일이 벌어질지언정 칼을 들이댄 자는 용서하지 않겠다.
가주의 뜻이 너무도 명확하게 읽힌다.
"향암이 저희에게 검을 겨눈 이유부터 알아야 하지 않겠습니까?"
류정이 공손히 물었다.
"네가 알아봐!"
천검가주가 불쑥 말했다.
불쑥? 불쑥이 아니다. 즉흥적으로 말을 하니까 대답을 툭 던진 게 아니다. 사전에 심사숙고라는 과정을 거쳤고, 자신을 대신할 사람까지 선정해 두었다.

그가 첫째 아들 류정이다.

천검가를 이을 장자를 전면에 내세운다.

이번 일은 잘되거나 잘못되거나 일의 성패에 상관없이 천검가에 막대한 타격을 줄 것이다.

상대는 향암이 아니다.

개를 죽일 때는 개의 주인이 누구인지 알아야 한다.

향암 뒤에는 황상이 있다.

일국의 황제가 천검가 따위에 눈길을 줄 리 없다. 비록 천검가가 대단한 무가이기는 하지만 황상의 눈으로 볼 때는 발밑을 기어 다니는 개미 정도로밖에 비치지 않을 것이다.

황상이 천검가를 눈엣가시로 여겼을 리 만무하다.

하지만 황상은 향암을 총애한다. 향암의 학문을 존중하고, 지혜를 아낀다.

향암을 죽일 경우, 황상의 폭풍 같은 분노가 여과없이 밀어닥칠 게다. 분노의 와류에 휩쓸리는 날에는 천검가라는 무림의 거목도 뿌리째 뽑혀 나간다.

그 전면에 세워진 이가 장남이다.

"알겠습니다. 제가 이번 일을 알아보겠습니다."

류정이 일어서서 포권을 취했다.

천검십검, 그리고 귀주와 비주는 천검가주가 돌아간 후에도 좀처럼 일어서지 못했다.

"후후! 너무하시네."

류과가 혼잣말처럼 작은 소리로 투덜거렸다. 하지만 좌중에 있는 사람이 듣지 못할 리 없다.

"그러게 말입니다. 후후후! 짐작은 하고 있었지만 이건 너무 노골적이지 않습니까?"

넷째 류형도 투덜거렸다.

"조용히들 해라."

류정이 그들을 제지시켰다.

불만이 폭출되면 배가 산으로 간다. 평소에는 생각지도 않았던 말들까지 튀어나오고…… 그런 말이 아버님의 귀에 들어가면 또 다른 분노를 불러온다.

"이거…… 어머님께 말씀드려야 되는 거 아닙니까?"

삼남 류아가 조심스럽게 의견을 개진했다.

그가 '어머님'이라고 부르는 사람은 대부인이다.

"당연하지. 먼저 어머님께……."

류과가 말을 이어갈 때,

"어머님께 말을 듣고 왔다. 아버님의 뜻에 따르라는 말씀이셨다."

"뭐요! 그게 정말이오! 어머님이 그렇게 말씀하실 리 있나. 이건 우리보고 죽으라는 소리 아뇨! 그 꼬마 놈한테 천검가를 물려주고 싶으니 너흰 나가서 뒈져라, 이거 아뇨! 어머님이 그 정도도 눈치없으실 리 없으실 테고……."

"분명히 그렇게 말씀하셨다."

류정이 류과의 말에 쐐기를 박았다.

류과가 입을 떡 벌린 채 말을 잃었다.

다른 사람들도 마찬가지다. 대부인이 그렇게 말씀하셨다고 하니 할 말이 없다.

"그럼 저흰 향암의 뒤를 계속 캐보겠습니다."

비주가 침중한 음성으로 말했다.

"그럴 필요 없네. 향암 같은 자가 뒤를 남겨둘 리 없지. 뒤진다고 해서 나올 게 없어. 향암을 친다. 아니, 이번 일에 관여된 자가 일곱이라고 했나? 그놈들을 모두 쳐야겠어."

류정이 단호하게 말했다.

류정의 결단은 언제나 신속, 과감하다.

그렇다고 해서 그가 경솔한 사람이라는 건 아니다. 누구보다도 신중하다.

다른 형제들은 폐관에서 나오자마자 맑은 공기부터 들이켰다. 하지만 류정은 돌아가는 상황부터 살폈다.

다른 형제들은 목욕하고 차를 마셨다. 류정은 쉰내 나는 옷을 입은 채 대부인을 만났다. 지시 사항을 들었고 천검가주의 속내를 짐작했다. 그리고 이번 일이 자신에게 주어질 것을 짐작해 냈다.

그는 언제나 반걸음 앞서 간다.

지금 토해내는 일성도 최소한 반나절은 고민한 끝에 나온 말일 게다.

"귀주, 이번 일은 자네가 맡아. 향암까지⋯⋯ 일곱 명 모두 소리없이 제거해. 한날한시에. 어느 누구도 눈치채서는 안 돼.

도주할 시간을 줘서도 안 되고."

"후후후! 나중 말씀은 저희 귀차에 대한 모욕입니다."

"그런가? 후후후!"

류정이 웃었다.

"비주, 비주는 사방에 눈을 두고 지켜봐. 분명히 움직이는 놈이 나올 것이야. 묵비가 할 일은……."

"공자, 저희 묵비도 모욕하실 셈입니까."

"하하하!"

"하하하하!"

좌중의 열두 명이 마음을 풀어놓고 웃어젖혔다.

잡초를 캐낼 때는 뿌리까지 뽑아내야 한다. 눈에 보이는 것만 잘라내서는 깨끗하게 처리하지 못한다.

류정은 이 방편을 역으로 쓴다.

줄기를 잘라 버림으로써 새로운 풀이 돋아나기를 기다린다. 뿌리 자체가 자신의 모습을 스스로 드러내게끔 만든다.

물론 그렇게 되기까지는 천검십검의 검이 부지런히 혈향을 뿌려야 할 게다.

'이제 꼼짝없이 죽음의 길로 들어섰군.'

호탕하게 웃고 있는 천검십검의 가슴에 혈기가 들끓었다.

第二十七章
도방(道傍)

1

   평생 동안 무공이라고는 거들떠보지도 않고 살아온 관료 출신의 늙은 학자 한 명 죽이는 일.
   이런 명령을 받고 긴장하는 사람은 없다.
   어떻게 죽여야 하는가 하는 고민은 한쪽에 밀쳐 놨다. 대신 정말 향암 선생을 죽여야 하나, 어떻게 다른 길은 없나 하는 쪽으로 고민을 한다.
   "천곡서원은 낮이나 밤이나 사람으로 들끓는 곳이지."
   "사람이 많다고는 하지만 전부 곰팡내 풀풀 나는 서책에 파묻혀 사는 위인들이야. 옆에서 사람이 죽어 나가도 모를걸?"
   "그래도 사람이 워낙 많다 보면 혹시 모르잖아."
   "왜 그래? 정말 마음에 걸리는 게 뭐야?"

"향암 선생을 정말 죽여야 하는지…… 난 아직도 향암 선생과 투골조가 연결되지 않아. 그렇게 대쪽 같은 분이…… 정말 향암 선생이 투골조 사건에 간여했을까?"

"투골조 사건이 아냐. 천검가 멸절 사건이야. 비록 미수에 그쳤지만……. 아니, 아직 완전히 끝난 건 아니지. 투골조로 건드려 본 건 실패했고, 아마 지금쯤 다음 수를 준비하고 있을 걸? 우리가 먼저 치지 않으면 투골조 사건 같은 게 또 일어날 거야."

"그렇겠지?"

"생각할 게 뭐 있어. 선택의 여지나 있어?"

"없지. 그냥 생각해 본 거야."

천검가 무인 두 명이 말을 주고받으며 길을 걸었다.

중원의 대문호를 죽이러 가는 길이니 마음이 편치 않다. 완숙하지 않은 무공으로 무림 인사를 죽일 수는 없는 일이고, 이 정도의 일거리라도 주어진 것이 다행이지만…… 하필이면 첫 번째 임무의 희생자가 향암 선생이라니.

"여기서 해가 저물 때까지 기다리는 게 어때?"

"딱 좋네."

두 사람은 천곡서원이 환히 내려다보이는 산등성이에 자리를 잡고 앉았다.

해가 저물 때까지 기다렸다가 야습한다. 달빛을 등불 삼아 담장을 넘는다. 별빛을 횃불 삼아 향암의 거처로 향한다. 소리 없이 들어가서 거목을 벤 후, 조용히 빠져나온다.

내일 해가 뜰 무렵이면 자신들의 거처에서 피 묻은 검을 닦고 있으리라.

"그것참…… 향암 선생을 내 손으로 벨 줄이야."

"휴우! 운명이지 뭐."

그때다. 뒤통수에서 전혀 알지 못하는 음성이 울렸다.

"그게 운명이라고 확신하나?"

두 사람은 뱀을 만난 쥐처럼 꼼짝하지 못했다.

사지가 얼어붙었다. 왠지 모를 불안감이 전신을 뒤덮었다.

'돌아서야 해!'

본능은 어서 빨리 돌아서라고 말한다. 하지만 조금 더 깊은 곳에서 울려온 진짜 본능은 돌아서면 죽는다고 경고한다. 이대로…… 뒤돌아서지 않은 상태에서 살길을 모색해야 한다.

"향암 선생을 베러 왔는가?"

"……"

"후후! 결국 천검가주가 죽을 자리를 팠군."

"누, 누구요?"

"남을 죽이고자 하는 자는 자신이 죽음도 태연하게 받아들일 줄 알아야 하는 법."

스룽!

병기가 뽑혔다.

그래도 두 사람은 움직이지 못했다. 곧 날카로운 쇠붙이가 자신들의 육신을 저밀 터인데…… 죽더라도 돌아서는 것이 훨씬 나을 터인데…… 그래도 움직이지 못했다.

"으으……."

신음이 절로 나온다.

스으읏!

죽음이 다가온다. 병기가 허공을 가른다. 느껴진다. 너무도 또렷하게 느껴진다.

'틀렸어.'

두 사람은 눈을 찔끔 감아버렸다.

대항하느니 죽음을 택하는 게 낫다. 돌아서면 아주 지독한 죽임을 당할 게다. 그러느니 차라리 이대로 죽음의 용서를 받자. 저승사자가 빨리 죽여주기만 바라자.

어떻게 해서 이런 마음이 들었는지는 모르지만 죽음은 너무 가까이 느껴진다. 그 순간, 병기를 가로막았다.

쒜엑! 까앙!

어디선가 날아온 쇠붙이가 죽음이다.

까앙! 까앙! 까아앙!

쇠붙이끼리 불똥을 일으키며 뒤엉켰다.

"후후! 마시검법(痲視劍法). 좋군."

"천검귀차! 후후! 뭐야, 내가 걸려든 건가!"

"향암은 너희에게도 소중한 자였군. 앞에 내세우기에 소모품인 줄 알았는데. 후후후!"

"이겼다고 확신하나?"

"물론."

"마시검법의 진수를 본 후에는 어떤 말을 하는지 두고 보지."

"두고 볼 필요 없어. 지금 해봐."

쒜에엑! 쒜엑! 쒜에엑! 까앙! 깡깡깡!

부딪친다. 부딪친다. 부딪친다.

소리만 들어도 얼마나 격렬한 싸움인지 짐작할 수 있다.

"후후! 천검귀차에 대한 소문이 과했군. 이게 전부라면 천유비비검도 별것 없겠어."

"후후! 무슨 섭섭한 말씀을 그리하시나."

"다른 재주가 또 있다는 건가?"

"마시검법으로 이제 취운궁(翠雲宮)은 천검가와는 같은 하늘을 이고 살 수 없는 입장이 되었고…… 거기서 네놈의 위치가 어느 정도인지 알아본 건데…… 후후! 별것 없군. 고작해야 교두(敎頭), 많이 봐줘야 당주(堂主) 정도겠어."

"그럼 겨우 당주 정도밖에 안 되는 사람이 천검귀차가 어울린 건가? 영광이군."

"그만 가라!"

"싫은데! 네가 가는 건 어때!"

쒜에엑! 쒜엑!

쇠붙이가 또다시 바람을 갈랐다.

이번에는 격돌음이 없었다. 대신 살을 찢는 섬뜩한 파육음이 귓가로 자르르 흘렀다.

쓰윽! 써걱! 스윽! 슥!

"크으으윽!"

비명은 낮았다.

무인의 자존심 때문에라도 소리를 지르지 않으려고 애쓰는 듯했지만 고통은 의지를 한낱 휴지 조각으로 만들어 버렸다.
"끄으윽! 좋은…… 수법…… 이것이 금마…… 금마검법…… 커억! 컥! 꺼억!"
처음에는 그래도 자제하는 듯했지만 나중에는 거침없이 흘러나왔다. 기왕 터진 비명이니 마음껏 질러보자는 심정인 것 같다. 아니면 정말로 참지 못하는지도 모르고.
'이겼어!'
두 사람은 전신에서 기운이 쭉 빠지는 느낌이었다.
금마검법이 마시검법을 이겼다. 마시검법이 어느 문파의 검법인지는 모르지만 금마검법이 천검귀차의 무공이라는 건 안다.
천검귀차가 이겼다. 살았다!
턱!
둔탁한 소리가 울렸다.
"끝까지 가라. 너흰 늙은 너구리…… 향암의 목을 취한 영웅이 될 게다."
겨루던 상대에게 하는 말이 아니다. 등을 돌리고 있는 두 사람에게 하는 말이다.
"넷!"
두 사람은 기쁜 마음에 화급히 등을 돌렸다.
등 뒤에는 아무도 없었다. 아니, 있기는 있었다. 방금 전까지도 살기를 뿜어내던 무인이 피투성이가 되어 쓰러져 있었다.

얼핏 봐도 처참하다.

가슴이 찍히고, 목덜미가 뚫렸다. 치명적인 사인은 이것들 중 하나인 것 같다. 손목이 베이고, 발목 신경이 끊겼다. 무릎 힘줄도 끊어졌고, 등 뒤 어깻죽지에도 칼날이 박혔다.

이래서야 서 있고 싶어도 서 있지 못할 지경이다.

가만히 내버려 둬도 일각 이상을 버티지 못할 정도로 출혈이 크다. 천운으로 치료를 받아서 목숨을 부지한다고 해도 전신마비는 면치 못한다.

"그, 금마검법……."

"끔찍하군."

두 사람은 할 말을 잃었다.

이런 광경은 굉장히 낯설다. 이게 정말로 천검가 무인들의 소행인지 의심스럽다.

천검귀차는 본가 무인들에게도 살인귀라고 불린다. 오죽하면 명칭에 '귀(鬼)' 자를 넣겠는가.

방금 그들 중 한 명이 살인을 저질렀다. 그가 죽인 무인이 눈앞에 널브러져 있다. 하지만 눈으로 보고도 믿지 못하겠다. 가슴과 목덜미를 찌른 것만 해도 죽이는 데는 충분한데…… 이토록 잔인하게 손을 써야 하는 건가.

"우리…… 살아서 돌아가기 힘들겠다."

"음……."

두 사람의 안색이 차게 굳어갔다.

길을 걸어오는 내내 향암을 죽인다는 게 마음에 걸렸다. 하지만 지금은 정말 향암을 죽일 수 있을지 의문이다.

마시검법은 기검(氣劍)이다.

기검이 무엇인지는 알지 못한다. 단지 기검에 당하면 검을 맞을 때까지 몸을 움직일 수 없다고만 알려져 있다.

그게 사실이라면 꿈만 같은 무학이다.

알지 못하는 사이에 검기를 쏘아내고, 그 후에는 천천히 죽이면 된다. 힘을 쓸 필요도 없다. 적이 전혀 반항하지 못하니 천천히 즐기면서 죽일 여유까지 있다.

물론 말도 안 된다고 생각했다.

그런 검법은 존재하지 않는다. 그런 검이 존재했다면 벌써 천하제일인이 되었을 게다. 누구도 막지 못하는데 왜 정정당당하게 나타나지 않겠는가.

이런 생각은 자신들이 직접 몸으로 경험하기 전까지 계속되었다.

마시검법은 존재하지 않는다!

한데 존재한다. 정말로……. 거짓말 하나 섞지 않고 말하건대 몸을 돌릴 수 없었다. 육신이 난자되기 직전인데도 저항하기는커녕 빨리 죽여주기만 바랐다.

마시검법은 존재한다. 뿐만 아니라 천검귀차가 마시검법을 깨기까지 했다.

마시검법이 비밀에 싸인 문파, 취운궁의 독문절학인가? 갓 태어난 아이부터 늙어서 죽기 일보 직전인 노인까지 고수 아닌 사람이 없다는 취운궁의 무공인가?

천검귀차가 하는 말을 들어보면 그런 것 같은데…….

향암 선생 주위에 취운궁 고수들이 깔려 있다.

자, 이제 다시 묻겠다. 향암 선생을 죽일 수 있겠나?

두 사람은 고개를 저었다. 물론 그들이 나타날 때마다 천검귀차도 나타날 것이다. 취운궁과 싸울 필요가 없다. 그들을 상대할 사람은 천검귀차다.

자신들은 귀차가 말한 대로 향암 선생만 죽이면 된다.

"제길!"

"이런 일에…… 왜 우릴 시킨 거야! 날고 기는 놈들이 오죽 많아? 글밖에 모르는 유생 한 명 죽이는 걸로 알았는데…… 제길! 이럴 것 같았으면 말이나 해주지."

두 사람은 툴툴거렸다. 하지만 변하는 것은 없다. 천검귀차가 어둠 속 어딘가에서 지켜보고 있을 게다. 하니 물러설 수도 없고…… 죽으나 사나 앞으로 나아가는 수밖에 없다.

"취운궁 교두들이 사방에 깔려 있습니다."

"마시검법인가?"

"그렇습니다."

"교두라고 했나?"

"네."

"귀주가 바빴겠군. 몇이나 당했나?"

"삼로(三路) 전원입니다."

냉정한 대답이다.

삼로 전원이 당했다. 천검귀차가 무더기로 죽어나갔다. 그런데도 보고하는 음성이 흔들리지 않는다. 아주 차분하다. 딱딱하다고 생각할 만큼 차다.

류정은 천검귀차를 쳐다봤다.

안색마저 일점의 동요가 없다. 얼굴색이 바뀐다거나 눈꺼풀에 경련이 일어난다거나 하는 본능적인 동요가 보이지 않는다.

'감정없는 살인귀.'

류정은 고개를 끄덕였다.

과연 천검귀차는 천검가 제일의 비밀 병기답다. 하지만 상대가 취운궁 교두라면 미흡한 구석이 있다.

금마검법은 최고의 무공이다. 여기에는 이의가 없다. 하지만 마시검법도 절정검법이다. 두 검법이 붙으면 아무래도 숙련도에서 승패가 갈라질 게다.

취운궁의 교두라면 귀주가 직접 상대해야 한다. 천검귀차는 마시검법의 검기를 풀어내지 못한다.

삼로 전원 몰살!

그래도 한 방향은 남아 있다. 귀주가 직접 뒤를 봐주고 있는 두 명은 향암을 죽이기 위해 달려간다.

자, 이제 어떻게 할 것인가?

삼로의 천검귀차를 몰살시킨 자들이 귀주를 향해 달려들 것이다.

귀주가 교두를 제압할 수 있다지만 삼 대 일, 사 대 일의 승부는 벅찰 것이다.

역시 향암은 아무 준비도 안 한 게 아니다.

투골조 사건이 무위로 끝나는 순간부터 함정을 파고 끈기있게 기다려 왔다.

이제야…… 지금에서야 천검가 무인들이 걸려들었다.

어쩌면 향암은 그가 이번 사건에 연루되었다는 사실도 본인 스스로 드러냈을 가능성이 높다.

투골조같이 위험천만한 무공을 장난처럼 버린 조직이다. 그런 조직이라면 투골조를 쓰기 전에 가주가 어떤 식으로 반응할지도 계산에 넣어두었을 게다.

일이란 꼭 성공만 할 수 없다. 성공 가능성만큼이나 실패 가능성도 높다.

실패하면? 그러면 어떻게 할까?

대책이 없지는 않았을 게다.

그게 이렇게 풀려 나온다. 취운궁이라는 돌발 변수가 생겼다. 천검가 최정예 무인들이 추풍낙엽처럼 떨어진다.

'취운궁 교두들이 대거 투입되었다? 신비의 문파라는 취운궁이…… 나타났다?'

문득 이상한 생각이 든다.

취운궁이 전면에 나서면 천검가도 승리를 장담하지 못한다.

취운궁과 천검가가 정면으로 충돌하면 양패구상(兩敗俱傷), 아니, 양쪽 모두 거의 궤멸 직전에까지 치달릴 게다.

정면충돌이 아니라 이렇게 비공식적으로 싸우는 것도 출혈이 극심하다. 남모르게 싸우는 것일수록 출혈의 폭은 깊어진다. 함정, 함정, 함정…… 끝없는 함정의 대결이기 때문이다.
취운궁이 왜 이런 방법을 선택했을까?
이게 과연 취운궁 혼자서 벌인 일일까? 그 외에 또 다른 방조자는 없나?
만약…… 이게 취운궁 혼자서 벌인 일이 아니라면, 여러 조직이 뭉친 것이라면…… 그렇다면 천검가는 그야말로 바람 앞의 등불이다. 저들이 치지 못해서 안 치는 것이 아니라 조금씩, 조금씩 꼼짝할 수 없는 곳으로 끌어내고 있기 때문이다.
생쥐가 밝은 대낮에 환히 트인 연무장 한가운데 서 있으면 꼼짝없이 고양이 먹이가 된다.
이런 싸움을 지속하다 보면 천검가는 연무장 한가운데 서 있는 생쥐 꼴이 된다. 고양이로 변신한 저들 앞에서 꼼짝달싹 못하고 먹이가 될 것이다.
한데 이런 생각에도 의문점은 있다.
취운궁이 혼자가 아니라면 그들은 지금이라도 그렇게 할 수 있다. 조금 무리가 따르기는 하지만 불시에 야습을 감행하면 풍비박산(風飛雹散) 내는 건 시간문제다.
천검가가 목적이 아니다. 조금 더 큰 목적이 있다.
천검가가 생쥐 꼴이 되면, 궁지에 빠져서 궤멸 직전이 되면…… 검련이 나선다.
'검련…….'
목적이 검련이었나?

그렇다면 검련 내부에서 일을 벌였다는 추측은 머릿속에서 지워도 될 것 같다.

 류정은 한참을 생각한 끝에 한숨을 깊이 내쉬었다.

 "휴우!"

 '가는 데까지 가는 수밖에.'

 결론은 진작 내려진 것이지만, 이제 또다시 각오를 새롭게 한다.

 "가거라. 천검귀차에게 비상령을 내려서 모두 나서라. 귀주를 어렵게 만들면 안 된다."

 "저희만으로는 부족할 것 같습니다."

 "교두 외에 또 있나?"

 "있을 것 같습니다."

 "들은 말이라도 있는 게냐?"

 "귀주께서 말씀하셨습니다. 저놈들은 계략에 밝다. 삼로가 몰살했다면 이쪽에서 응원군을 보낼 것은 자명한 것, 저쪽이라고 그 정도 생각 못하겠나. 이상입니다."

 "짐작하고 있다."

 "아! 그렇다면 죄송합니다. 괜히 염려가 되어서."

 "조처가 취해질 게다. 먼저 가라."

 "존명!"

 천검귀차가 어둠 속에 스르륵 녹아들었다.

 "들었나?"

"후후후! 들었다."

"들었지. 천검귀차를 눈 녹이듯 녹여 버리는 놈들이라니. 후후! 일이 예상외로 더 커지는데."

"그러게 말이야. 향암 정도 치는 데 무슨 이작두(二作頭)를 쓰나 싶었지. 아무나 보내도 향암 정도는 죽일 수 있을 것 같았는데. 그런데 말이야, 그놈들만 보냈다면 어땠을까? 그랬어도 취운궁 교두들이 나타났을까?"

"나타났겠지. 좀 더 센 놈이 나타나라, 하고 말이야."

류정의 친구들이 웃으면서 나타났다. 주준강, 두가환, 강준룡…… 천검십검들이 검을 패용한 채 걸어왔다.

류정이 웃으면서 말했다.

"너희들이 가줘야겠다."

"취운궁 교두라면 우리 선에서 해결할 수 있는데…… 그런데 저쪽도 우리 정도 나타날 건 예상하지 않을까?"

"예상하겠지."

"그런데도 우릴 보내는 거야?"

"너희는 누가 나타나도 이겨낼 놈들이니까."

"하하하! 말 한번 번지르르하다. 좋아! 네 말이 듣기 좋아서 가주마. 하하하!"

"하하하! 폐관수련하는 동안 뭘 수련했나 궁금했는데 구공(口功)일세. 하하하!"

"나중에 돌아오면 술 한잔 사라."

그들은 마치 동네 마실이라도 가는 듯 여유롭게 웃고 떠들었다.

"다 좋다. 다 좋은데 죽지만 마라."

류정도 웃으면서 말했다.

'절대 죽지 않을 놈들이지. 염라대왕이 나타나면 오히려 염라대왕의 목을 벨 터.'

'아니 다행이다. 우린 그런 놈들이니 안심하고 잠이나 푹 자고 있어라. 갔다 오마.'

서로를 쳐다보는 눈동자에 신뢰가 깃들었다.

2

마시검법은 세 단계에 걸쳐서 공격이 이루어진다.

첫 번째, 진기를 흩트려 놓는다.

검기를 발산하여 경맥을 자극하면 진기의 흐름이 원활치 못하게 된다. 약한 자는 아예 진기를 끌어올리지 못할 터이고, 강한 자라도 약간의 영향은 받게 된다.

일 푼의 공력 감소가 있을 수 있다.

일성, 이성, 삼성…… 이 정도의 공력 감소만 일으킨다면 성공적이다. 하지만 일 푼 정도밖에 감소시킬 수 없다면 첫 번째 공격은 유보해야 한다.

마시검법은 진기를 쏘아냄으로써 공격이 시작된다. 즉, 상대보다 먼저 진기를 일으키고, 먼저 암습을 가하는 형태다. 어부지리(漁父之利)로 공력 감소를 얻는 게 아니다. 시전자가 먼저 진기 소모를 일으킨 다음에 발생하는 효과다.

그렇기 때문에 첫 번째 공격은 양쪽의 진기 손실을 먼저 계산한 다음에 써야 한다. 시전자는 진기 발출로 절반이나 힘이 빠져 버렸는데, 상대는 웬 하루살이가 스쳐 지나갔냐는 식이면 쓰나 마나다. 아니, 쓰면 쓸수록 손해다.

두 번째는 검 섞음이다.

내공의 초식의 결정체를 유감없이 발휘한다.

상대는 어떤 식으로든 기선 제압을 당한 상태이기 때문에 상당히 유리한 입장에서 공격하게 된다.

마지막 세 번째 공격은 승리와 실패가 결정되는 찰나의 순간에 이루어진다.

승리의 검은 살 속으로 파고든다. 뼈에 닿을 때까지 깊이 찔러 넣는다. 그리고는 가가각 뼈를 갉아낸다.

마시검법의 낙인이다.

패배의 검은 검격(劍格)에 숨겨놓은 천리향(千里香)을 터뜨린다.

이런 행동은 두 가지 효과를 기대할 수 있다. 첫 번째는 시신의 위치를 알려준다. 설혹 시신이 발견되지 않더라도 동료에게 자신이 죽었음을 말해준다.

검격 천리향은 항상 죽음과 맞바꾼다.

두 번째 기대 효과는 추적이다.

상대가 천 길 낭떠러지로 뛰어내려도 아주 쉽게 찾아낸다.

상대를 찾기 위해 애쓸 필요가 없다. 익숙한 냄새만 쫓아가다 보면 상대가 떡하니 나온다.

　마시검법은 비겁한 검이며, 복수를 부르는 검이다. 마시검법과 검을 섞은 자는 평생 두 발을 뻗고 잠들 수 없다. 평생 동안 평안한 생활을 누릴 수 없다.

　'셋인가?'
　철컥!
　귀주는 검격을 쳐서 검날을 바로잡았다.
　예상했던 대로다. 셋에서 네 명 정도 올 것이라고 생각했는데 딱 세 명이다.
　저들은 세 명이면 충분하다고 생각한 듯하다.
　오는 김에 선심을 쓸 수는 없나? 네 명, 다섯 명 무더기로 와 준다면 자존심이 더욱 살 텐데.
　츠읏! 츠으으읏!
　진기가 경맥을 후려친다.
　먼저는 이런 과정이 없었다. 교두가 두 사내를 베려 할 때, 오히려 역습을 가했다.
　지금은 선제공격을 당한다.
　'이런 느낌이었군.'
　귀주는 눈을 감고 진기를 차분하게 골랐다.
　잘 흐르는 물길에 흙더미를 쏟아부은 느낌이다. 혈도를 손으로 꾹 누르는 것 같다.
　진기가 제대로 흐르지 않고 멈칫거린다.

손에 운집되는 진기의 세기가 훨씬 약해졌다. 본인 스스로 확실하게 느낄 정도다.

 "마시검법의 두 번째 공격은 검 섞음. 이제 그만 결정을 내릴 때가 되지 않았나!"

 쩌렁, 일갈이 울렸다.

 "후후후! 우리가 벤 천검귀차와는 격이 다르군."

 "귀주라는 건가. 영광이군. 오늘 이 검에 귀주의 피를 묻힐 줄이야. 듣자 하니 귀주의 무공은 천검십검과 자웅을 결할 정도라던데, 정말 그 정도야?"

 세 방향에서 삼 인이 나타났다.

 그들은 복색(服色)이 각기 다르다. 요대(腰帶)도 편한 것으로 맸고, 영웅건(英雄巾)도 통일되어 있지 않다.

 검도 다르다.

 어떤 자는 화려한 보검을 패용했는데, 다른 자는 시중에서 흔히 구할 수 있는 삼 척 장검이다.

 이들 사이에서는 공통점을 찾을 수 없다.

 같은 문양(紋樣)도 없고 반지 같은 것도 끼지 않았다.

 다른 장소에서 제각각 만났다면 취운궁 고수들인 줄 짐작도 못했을 게다.

 "셋! 너무 약하지 않나."

 "약해? 우리가? 하하하! 그런 건 걱정 마시게. 우리를 넘어서면 더 강한 자를 만나게 될 테니까. 하하하!"

 츠웃! 츠츠츳!

말을 하는 동안에도 끈끈한 진기의 덫이 전신을 옭아맨다.
이건 방비할 수가 없다. 부딪쳐 오는 것을 튕겨내는 것이 유일한 대응책이다.

그러자니 가만히 서 있어도 진기 소모가 극심하다. 상대들도 선 채로 진기 소모를 겪고 있다. 자신은 방어하는 쪽이고 상대는 공격하는 쪽이니 소모량으로 따지면 상대가 훨씬 많을 것이다.

원래 이런 싸움은 방어하는 자보다 공격하는 자의 진기 소모가 훨씬 많다.

열의 힘을 발출하면 절반에 가까운 힘은 공기 중에 희석되고 몸에 와 닿는 힘은 절반밖에 되지 않는다. 하니 방어하는 쪽은 다섯의 힘만 쓰면 된다.

그래서 유용한 줄 알면서도 쓰지 않는다.

아니다. 꼭 그렇게 볼 수만은 없다. 마시검법은 열의 힘으로 열둘의 효과를 본다. 그런 방법을 찾아냈다. 하나 지금 자신이 받고 있는 압박감은 상대가 발출한 힘보다 훨씬 강할 것이다.

셋이서 그런 힘을 쏟아내고 있다.

검을 잡고 있는 손이 부르르 떨렸다.

'대단하군.'

귀주는 심호흡을 크게 했다.

당하지 않으려고 애를 써보지만 파도처럼 끊임없이 밀려오는 진기들을 어떻게든 처리해야 한다. 그러다 보니 어쩔 수 없이 질질 끌려가는 형국이 되고 말았다.

검을 부딪치지도 않았는데 진기가 소모된다.
팔에서 잔 경련이 일어난다. 이마에서 식은땀이 흐른다. 등줄기에 찬바람이 스쳐 간다.
진기 소모는 육체에 변화를 줄 정도로 극심해졌다.
'이놈들…… 승기를 완전히 잡은 후에나 공격할 셈이군.'
이대로 시간을 끌면 당한다.
저들은 당연히 시간을 끈다. 일다경을 지속하면 일다경만큼, 반각을 지속하면 반각만큼 유리해지는데 서둘러서 급히 공격할 이유가 전혀 없다.
귀주 입장에서 승산을 조금이라도 높이려면 자신이 먼저 선공을 취해야 한다.
누구라도 쉽게 생각할 수 있는 부분이다. 그런데,
'움직이면 죽는다!'
귀주 머릿속에 가득 채워진 죽음의 그림자가 검을 들어 올리지 못하게 만든다. 수많은 격전을 치러오는 동안 죽음에 직면한 적이 한두 번이 아닌데…… 그 어느 때도 느끼지 못했던 어둠을 이번에는 느낀다.
'쯧! 당했군.'
귀주는 속으로 혀를 찼다.
머릿속에서 일어나 육신을 강하게 압박하는 죽음의 그림자는 괜히 생긴 게 아니다.
본인 스스로 만들어낸 허상(虛想)이다.
마시검법은 진기 소모 이외에도 심기를 제압한다. 심마(心

魔)를 불러일으키고, 전의를 상실시킨다. 육체뿐만이 아니라 정신까지 제압하고 통제한다.
 '이건!'
 문득 어떤 생각이 떠오른다.
 마령진혼공(魔靈鎭魂功)이라는 마공이 있다.
 이 공부의 특징은 진기를 건드리는 게 아니라 생명력 자체를 건드린다는 것이다.
 인간은 숨을 쉬지 않고는 살 수 없다. 죽음이 무엇인가? 마지막 숨을 내뱉고 다시 들이쉬지 못하는 것이다.
 육신을 구성하는 살과 피와 뼈, 그리고 무인이 의념(意念)으로 형성시킨 진기까지 모두 숨과 연관되어 있다.
 하지만 인간이 숨만 가지고 사는 건 아니다.
 천령개(天靈蓋)를 통해 하늘의 영기가 스며든다. 이것이 인간의 생명력을 형성시킨다. 숨이 아니다. 하늘의 영기가 생명력의 강함과 약함을 결정짓는다.
 마령진혼공은 이 천령개를 공격한다.
 마시검법이 진기로 경맥부터 건드린다면, 마령진혼공은 하늘을 덮어서 생명력이 스며드는 것을 막아버린다.
 물론 이론상의 무공이다.
 마령진혼공이 무림에 나타난 적은 한 번도 없다. 다만 마인들 사이에 회자되고 있을 뿐이다.
 그러면 어떻게 해서 한 번도 출현한 적이 없는 이론상의 무학이 마공으로 낙인찍혔을까?

출현한 적은 없지만 수련하고자 시도한 사람은 있다.

상당히 많은 사람들이 천령개를 덮을 수 있는 진기 발출을 연구했고, 나름대로 무리를 만들어냈다.

전해져 온 것이 아니라 자신들 스스로 창안한 것이다.

그리고 그들은 미친 자, 광자(狂者)가 되었다.

두 번 다시 멀쩡한 사람으로 돌아오지 못했다. 미친 사람이 되어서 천하를 떠돌다가 누군가의 손에 맞아 죽고, 굶어 죽고, 추락사하고…… 별별 죽음을 다 당했다.

그 후부터 마령진혼공은 언급 자체가 금지된 무공이 되었다.

마시검법을 보고 있자니 마령진혼공이 생각난다.

진기만 소모시키는 것이 아니라 패배감까지 이끌어낸다면, 죽음까지 떠올리게 만든다면, 마음을 건드리는 것이라면 자신도 알지 못하는 사이에 생명력이 다쳤을 가능성이 높다.

생명력이란 강한 곳에서 약한 곳으로, 높은 곳에서 낮은 곳으로 흐른다.

활기있는 사람 곁에 있으면 저절로 활기가 생긴다. 강한 곳에서 약한 곳으로 흐른다. 병자 곁에 있으면 아픈 곳도 없으면서 기운이 빠진다. 높은 곳에서 낮은 곳으로 흘렀다.

교두들은 활기차다. 강하다. 날카롭다.

생명력을 흘려보낼 사람들이지 빼앗지는 않을 모습이다.

그런데 빼앗는다. 진리에 반한 일, 낮은 곳에서 높은 곳으로 흐르는 일이 벌어졌다.

'마시검법은 마령진혼공인가.'

스으읏!

진기를 끌어올렸다. 최대한 끌어냈다.

'공격한다!'

쒜엑! 깡깡깡! 쒜엑! 까앙!

공격하면 물러선다. 물러서면 따라붙는다.

교두들은 싸움에 능숙하다. 잘 싸우는 것이 아니라 이기는 방법을 안다. 이긴 자는 살고 진 자는 어떠한 변명도 할 수 없는 차디찬 시신이 된다는 것을 안다.

그들은 철저하게 차륜전으로 응했다.

"후욱!"

숨이 가빠진다. 검을 잡은 손이 덜덜 떨린다.

삼 대 일의 싸움이 벅찬 게 아니다. 정면으로 부딪치지 않으니, 그리고 자신은 따라잡지 못하고 있으니 힘든 것이다.

"후후! 거의 끝났군."

"이거 실망이 큰데? 귀주의 무공이 겨우 이 정도였나? 이래서야 천유비비검에 견줄 수 있겠나. 괜히 허풍만 떨었군."

"그러게. 실망이야. 그래도 어느 정도 긴장감을 줄 줄 알았는데, 이건 좀 싱거워. 하하하! 천검가, 큰일 났네. 천검귀차가 이 정도면 나머지는 쓰레기라는 말이잖아. 하하하! 어떡하면 좋니? 앞으로 큰일이 닥칠 텐데."

"후욱!"

귀주는 그들의 조롱을 들으며 숨을 깊이 들이켰다. 순간,
쑤욱!
금방이라도 탈진할 듯 비틀거리던 신형이 꼿꼿하게 펴졌다. 피가 빨리 돌아서 붉어졌던 얼굴색도 정상으로 회복되었다. 검을 잡은 손은 고요해졌다.
"훗!"
"음……."
교두들이 느닷없는 변화에 신음을 토해냈다.
귀주가 말했다.
"이 정도면 됐다. 이제는 너희들 손으로 처리할 수 있을 터, 쳐도 좋다!"
그의 말이 끝나기 무섭게 사방에서 검은 그림자들이 불쑥불쑥 나타나기 시작했다.
천검귀차들이다.
교두들이 검을 축 늘어뜨린 채 한 걸음씩 뒤로 물러섰다.
귀주를 잡기는 틀렸다고 생각한 듯하다. 귀주를 잡기 전에 천검귀차들부터 처리해야 된다고 생각한다.
"우리가 당한 건가? 후후! 역으로 우리 진기를 소모시킨 거야? 하하! 귀주가 머리도 쓰는군."
"그래도 강아지 새끼가 호랑이에게 덤빌 수는 없는 법이지."
"강아지? 너무 높게 봤잖아? 내가 죽인 귀차들 중에서 검을 뽑은 자도 없었으니까…… 강아지가 아니라 꾹 밟아 죽일 수

있는 벌레 정도라는 편이 낫지 않아?"

그들은 서로 농을 주고받았다. 아니다. 결코 농담을 건네는 게 아니다. 농을 하는 척하면서 시간을 벌고 있다. 소모된 진기를 회복하려고 안간힘을 쓴다.

천검귀차가 그 정도 읽지 못할까?

쉬익! 쒜에엑!

사방에서 나비 떼가 와다닥 날아올랐다.

교두들은 귀주를 잡는 데 너무 신경을 많이 썼다.

그럴 필요가 없었다. 적당하게 잡을 수 있을 때 잡았으면 벌써 주검을 보고 있었을 게다. 하나 그들은 더 완벽한 기회를 원했고, 그것이 역으로 자신들을 죽음으로 몰고 갔다.

최선을 다해서 검을 떨쳐 내도 평소의 절반 정도밖에 힘이 실리지 않는다. 천검귀차의 검 정도는 단숨에 밀쳐 낼 수 있는데, 지금은 부딪치기 무섭게 가슴까지 밀린다.

"제길!"

말이 끝나기 무섭게 뜨거운 화염이 전신을 물들인다.

퍼억! 퍼억! 쒜에엑!

검날이 온몸을 저미고 지나간다.

몸통을 벌집으로 만들어 버리는 금마검법은 정녕 당해보지 않은 사람은 그 고통을 알지 못한다. 신경이 가닥가닥 끊기는 고통도 처절한 형벌이다.

금마검법은 마인을 죽이는 검이 아니다. 마인을 화염지옥으로 떨어뜨리는 저승사자의 손길이다.

교두 세 명은 고통을 조금이라도 줄여보려는 듯 서로 등을 맞댔다. 그러면 등 쪽으로 들어오는 검은 막을 수 있다. 허벅지, 정강이로 쏟아지는 검도 막는다.

"후욱! 후욱!"

교두들은 거친 숨을 숨기지 않았다.

무인들은 맹수를 닮아서 약점을 보이지 않으려고 애쓴다. 치명적인 검상을 입었어도 대수롭지 않은 듯 태연한 모습을 보인다. 그래야 살길이 조금이라도 생긴다. 얕보이면 공격이 맹렬해질 테고, 그러면 막을 길이 없다.

교두들은 그런 상식마저도 포기했다.

천검귀차는 일체 말이 없다. 아예 감정마저도 없다. 살아 있다는 느낌이 들지 않는다.

"후후후! 피라미들에게 당할 줄이야."

"왜 이놈들을 생각하지 못했지? 귀주만 있을 것이라는 발상은 어디서 나온 거야? 제길! 이럴 줄 알았으면 진기 좀 남겨두는 건데 괜히 모두 쏟아내 가지고는……."

교두들은 죽음이 눈앞에 있는데도 태연했다.

그때, 감정없는 얼굴로 천천히 다가서던 천검귀차들이 일제히 걸음을 멈췄다.

잠시 머뭇거린다. 뭐가 이상한가?

이상하다. 그들은 일제히 뒤로 **빠**진다. 슬금슬금 빠지는 게 아니라 전력을 다해서 물러선다.

"뭐야, 이놈들……."

"뭐긴 뭐야. 싸우지 않겠다는 거지."

"후후후! 그럼 우리도 굳이 싸울 필요 없지. 슬슬 물러가 볼까? 안 됐다, 이놈들아! 다 잡은 고기를 놓치는 맛이 꽤 씁쓸하지? 하하하! 세상살이가 다 그런 거란다."

교두들은 물러가는 천검귀차를 조롱했다.

천검귀차가 손을 쓰기만 하면 교두들은 무너진다. 이것은 너무도 명약관화하다.

그런데 손을 쓸 사람은 쓰지 않고, 당장에라도 쓰러질 듯한 사람은 어서 손을 쓰라고 조롱한다.

뭐가 잘못돼도 단단히 잘못됐다.

그러는 동안 한쪽에서 선 채로 운공조식을 취하던 귀주가 두 눈에 신광을 담았다.

소진되었던 진기는 모두 회복되었다.

귀주는 피투성이가 되어 있는 교두 세 명을 쳐다보며 빙긋 웃었다.

"고육지계(苦肉之計)라. 정말 괴롭겠어."

"……!"

"후후후! 당신들은 천검귀차를 장난감처럼 쓰러뜨렸지. 그런 사람들이 진기 소모가 극심하다고는 하지만 이렇게 당하는 건 말이 안 돼. 안 그런가?"

교두들의 얼굴에서 웃음기가 싹 걷혔다.

귀주가 그들을 쳐다보면서 검을 치켜올렸다.

"준비한 수가 뭔가?"

"무슨 개소리냐!"

"너희들…… 우릴 너무 우습게보는군. 너흰 나를 비롯해서 여기 이 애들…… 우리 모두를 언제든지 쓸어버릴 수 있다고 생각해. 그렇지 않나?"

"무슨 헛소리냐!"

"그럼에도 불구하고 이토록 처참하게 고육지계를 쓰는 건, 취운궁의 흔적을 지우기 위해서겠지. 아니, 아니, 아니. 취운궁의 마시검법은 드러냈고…… 이번에는 또 뭘 드러낼 심산이었나? 너희…… 취운궁 교두가 맞기는 한 건가?"

"이거 좀 재미있게 데리고 놀려 했더니. 머리가 있어도 때로는 멍청한 척하는 법도 배워야 하는 거야. 그런 걸 배우지 못했군. 머리를 다른 쪽으로 굴렸으면 살 수도 있었을 텐데."

교두가 검을 쳐들었다.

상처투성이의 몸에서 정광(定光)이 줄기줄기 뻗어 나온다.

전혀 상처를 입지 않은 사람 같다. 몸에 빨간 물감을 뿌려놓았을 뿐, 가시에 긁힌 흔적조차 없는 사람 같다.

"역시……."

"역시는 무슨 놈의 역시."

또르륵!

교두의 어깻죽지에서 흘러내린 핏방울이 검신을 타고 흘렀다.

희한하게도 핏방울은 검날 밑으로 떨어지지 않았다. 검끝에 이슬처럼 대롱대롱 맺혔다.

"혈선사도(血腺斜刀)!"

귀주가 두 눈을 부릅뜨며 외쳤다.

칠마 중의 일마(一魔), 도마(刀魔)의 독문무공이 교두의 손에서 피어났다. 도법을 검으로 펼치고 있을 뿐, 피 한 방울로 죽음 한 개를 만들어낸다는 죽음의 마도가 분명하다.

혈선사도를 펼치기 위해서는 희귀한 규칙을 수행해야 한다.

먼저 상대에게 당해야 한다. 검이면 검, 도면 도, 창이면 창…… 상대의 병기에 상해를 입어야 한다. 피를 철철 흘려야 한다. 어째서 그런 규칙이 생겼는지 모른다. 하지만 과거 도마는 상해를 입지 않으면 혈선사도를 펼치지 못했다.

이들도 그런 것 같다.

고육지책이 아니라 혈선사도를 펼치기 위한 준비였을 뿐이다.

"으으……."

귀주는 신음했다.

第二十八章
일락(一落)

1

교두들이 혈선사도라는 패를 꺼내 들었다.

혈선사도는 죽음의 도법이다. 자신이 먼저 당한 후에 되돌려 준다. 먼저 당하지 않으면 되돌려 주지도 못한다. 그리고 이들은 벌써 처절하게 당했다.

교두들이 이런 패를 꺼내 든 것은 천검귀차와 귀주를 반드시 죽이겠다는 뜻이다.

마시검법의 흔적은 남겨놓았다.

삼로에서 죽은 천검귀차와 향암을 죽이라고 명령받은 천검가 무인 여섯 명은 저항 한 번 못해보고 죽었다.

그들은 등 뒤에서 검을 맞았다.

자로 잰 듯 깨끗이 찔러 넣은 검에 절명했다.

사람은 검에 맞는 순간 몸을 비틀게 되어 있다. 너무 부지불식간에 맞아서 피할 틈이 없었다고 해도 본능적으로 꿈틀거리는 행동만은 멈추지 못한다.

그들은 이런 잔흔(殘痕)조차 남기지 않았다.

딱딱한 석상이 되어버린 것처럼…… 그렇다. 먼저 마혈을 제압당한 상태에서 검을 맞았다고 하면 정확한 설명이 된다.

천검귀차들이 그런 죽임을 당할 리 없다.

천검가는 그들의 사인(死因)을 철저히 분석할 게다. 그리고 얼마 지나지 않아서 마시검법을 떠올리게 된다.

보고가 이루어지지 않아도 마시검법은 드러나게 되어 있다. 하물며 이들은 보고하려는 자를 막지 않았다. 막아서려면 얼마든지 막을 수 있는데도 막지 않았다.

보고하고 싶으면 하라는 것이다.

그런 식으로 몇 번 당하고 보면 이들이 천검귀차에 대해서 어느 정도나 알고 있는지 파악할 수 있게 된다.

이들은 거의 완벽하게 알고 있다.

인원, 무공 수준, 행동 방침…… 아마도 머릿속까지 들여다보고 있지 않을까 싶다.

그런 자들이 이번에는 혈선사도라는 패를 끄집어냈다.

도대체 이들의 정체는 무엇인가? 취운궁이 맞기는 하나? 정말로 취운궁 교두들인가? 그러면 혈선사도는? 칠마 중 이마(二魔)인 도마의 무공은 어떻게 배웠는가?

하기는…… 투골조를 미끼로 던진 자들이니 혈선사도를 쓴다 한들 무엇이 대수롭겠나.

 그러나저러나 이들은 왜 죽었다고 알려진 칠마의 무학을 남기는 것일까?

 모든 게 궁금하다.

 이런 궁금증은 조만간 천검가 장자의 머릿속에서 해결될 게다.

 귀주라는 신분은 이들과 어울리는 것으로 족하다. 한바탕 신나게 검무를 추어보자.

 턱! 스윽!

 귀주는 장검을 버리고 손바닥만 한 단검 두 자루를 꺼내 들었다.

 "호오! 금마검법 중에서 최고의 절기라는 난공(亂功)인가? 후후후! 아깝군. 난공까지 수련한 놈이 이런 데서 죽게 되다니 말이야. 그 정도면 무림에 이름깨나 날릴 수 있었을 텐데."

 교두들이 일자로 늘어섰다.

 그들은 더 이상 협공을 두려워하지 않았다. 장검을 수평으로 들어 올린 채 반걸음씩 천천히 다가왔다.

 검끝에 피 한 방울이 매달려 있다.

 금방이라도 떨어질 듯 대롱대롱 매달려 있지만 결코 떨어지지는 않는다.

 "귀주, 저희가 먼저!"

 "그만."

 "귀주!"

"너희 상대가 아니다. 도추할 수 있을지 모르겠다만 갈 수 있는 데까지 가라."

"적 앞에서 등을 보이란 말입니까?"

"상대를 정확하게 알려야 한다. 첫째는 혈선사도를 알려야 하고, 두 번째는 천검귀차가 상대할 수 없었던 거력임을 알려야 한다. 등을 보이는 게 어떤가? 벼락 앞에서는 천하제일고수도 멍청해지는 법이다. 가급적 뿔뿔이 흩어져라. 잘 싸우는 것에 초점을 두지 말고 멀리 도주하는 것에 전념해라."

귀주는 교두들이 듣거나 말거나 하고 싶은 말을 했다.

"귀주, 난공은 천하무적입니다."

"자식…… 그것참 입바른 소리도 할 줄 알고. 그래, 난공은 천하무적이다. 가주님의 천유비비검도 난공의 적수가 안 돼. 그렇지? 하하하! 농담이다. 가라."

팟! 파파팟! 파파팟!

천검귀차들이 메뚜기처럼 튀어 올랐다.

귀주의 한마디는 곧 생명이다. 특히 적 앞에서 한 말은 어떤 희생을 치르더라도 꼭 지켜져야 한다.

귀주에게 하고 싶은 말이 많다. 잘 싸워라. 죽지 마라. 귀주를 믿는다. 저녁에 술 한잔하자. 저놈들의 겨우 셋, 우리도 함께 싸우면 안 되겠나.

할 말이 목구멍까지 치밀어 오른다.

그러나 그들은 신법을 펼쳤다. 두 번 다시 못 볼 것을 예감하면서, 그래도 귀주의 명을 받들어야 하기 때문에 전력을 다해서 도주를 선택했다.

교두들은 쫓지 않았다.

"후후후! 정말 우리만 왔다고 생각하는 건 아니겠지?"

"너도 그렇지만 저놈들도 혈선사도에 당할 거야. 사실 혈선사도가 깨끗하기는 하지. 시신이 오체분시(五體分屍)라서 잔인하게 보이지만 첫 검에 숨은 끊어지니까."

스읏!

귀주는 두 팔을 엇갈려 들어 올렸다.

단검 끝이 교두를 향한다. 좌우의 두 놈은 눈길도 주지 않고 한가운데 한 놈만 노려본다.

이런 상황은 참 선택하기 힘들다.

한 놈과 싸우면 이길 수 있다. 두 놈과 싸우면 양패동사(兩敗同死)다. 이쪽이나 저쪽이나 모두 죽는다. 하지만 삼 대 일의 승부라면 필패(必敗)다.

이런 판단은 믿어도 좋다. 필승만큼이나 필패도 확실하다.

그래도 사람이라는 것이 약간의 희망에 목숨을 걸게 만든다. 이 대 일로 싸워서 양패동사라면 삼 대 일이라고 안 되란 법이 없지 않은가. 운만 약간 따라준다면…….

이런 어처구니없는 희망이 상대에게 완벽한 승리를 안겨준다. 검상 하나 입히지 못하고 자신만 죽는 결과를 불러온다. 상대로서는 쾌재 중의 쾌재다.

귀주는 그런 점을 너무 많이 보아왔기 때문에 단호하게 결단을 내렸다.

'한 놈만 죽인다!'

물론 그사이에 두 명의 검이 전신을 난자할 게다.

그래도 상관없다. 한 명을 저승으로 끌고 갈 수 있으니까. 조금 더 욕심을 부려서 두 명을 죽일 수는 없을까? 없다. 이 대 일의 승부와 삼 대 일의 승부는 완전히 다르다. 전혀 다른 싸움이다. 두 명을 죽이려다가는 한 명도 죽이지 못한다.

교두라고 그 뜻을 모를까?

"후후후!"

가운데 선 자가 웃었다.

쉐엑!

선공은 귀주가 먼저 취했다. 상반신을 고슴도치처럼 웅크리고, 두 단검은 팔을 엇갈려서 가슴에 꼭 붙인 채, 탄력 좋은 고무공처럼 튕겨 올랐다.

"혈(血)!"

가운데 선 무인이 검을 사선으로 후려쳤다.

그 순간, 검끝에 매달린 핏방울이 암기가 되어 쭈욱 날아왔다.

귀주는 이상한 환상을 보았다.

핏방울은 너무 작아서 눈에 보이지 않는다. 매달려 있는 것을 보기도 어려운 판인데 허공을 나는 건 더더욱 관찰하기 어렵다.

그런데 핏방울은 선명하게 보인다.

뜨거움을 알 수 없는 용암처럼 짙은 진홍빛이다.

기분 나쁘다. 왠지 맞으면 안 될 것 같다.

귀주는 달려가는 와중에 상반신을 옆으로 살짝 틀었다.

한데 핏방울이 갑자기 확 불어난다. 물 한 방울 크기였던 것이 사발만 하게 좌악 퍼졌다. 아니다, 큰 독만 하다. 투망을…… 투망을 활짝 펼친 것처럼 나아갈 길을 전부 가로막는다.

'이게……!'

단검으로 찢어야 한다. 찢지 않으면 혈망(血網)에 뒤덮인다.

'당했군.'

귀주는 쓴웃음을 흘렸다.

자신에게 이런 환상이 보인다는 것은 이미 혈선사도의 묘법에 휘말렸다는 뜻이다.

그렇다고 절망만 하고 있을 수는 없다. 그럴 시간도 없다.

'난공으로 찢는다!'

쒜에에엑!

양손을 활짝 펼치면서 좌우의 단검을 마구잡이로 휘둘렀다.

일정한 형식도 없다. 틀도 없다. 개싸움을 할 때 머리를 푹 숙이고, 눈을 꼭 감고 두 손만 마구 휘두르는 형상이다. 그래서 보는 사람으로 하여금 실소를 터뜨리게 만든다.

교두들은 웃지 않았다.

마구잡이 휘두름 속에 일정한 틀이 있다. 무규(無規) 속에 율(律)이 있다.

인간이 휘두를 수 있는 모든 방향을 초식으로 만든다.

수백, 수천 가지가 나올 것이다. 각도가 조금만 달라져도 새로운 초식으로 규정한다. 벌어진 각도가 너무 미미해서 똑같은 타격으로 여겨져도 또 한 초식이 된다.

당연히 세기가 힘들 정도로 많은 초식이 준비된다.

그 초식을 모두 몸에 붙인다. 자신이 수련한 초식은 언제든 똑같이 펼쳐 낼 수 있어야 한다.

그런 후 모든 초식을 잊는다.

난공에는 하나의 초식밖에 없다. 자신이 느낀 대로, 몸이 시키는 대로 검을 떨쳐 내면 된다.

난공은 인간이 움직일 수 있는 모든 방향을 계산에 넣었다.

파아앗!

혈망이 찢겨 나갔다.

날 선 단검이 혈막(血幕)을 쭉 찢었다. 우수(右手)는 좌상(左上)에서 우하(右下)로, 좌수(左手)는 우상(右上)에서 좌하(左下)로 엇갈려 그어 내렸다.

혈막 한가운데가 뻥 뚫리자, 귀주는 망설이지 않고 그 속으로 몸을 던졌다.

파앗! 파앗!

혈막을 뚫고 나오자마자 왼쪽과 오른쪽에서 또 다른 혈막이 덮쳐 온다. 빠져나갈 수 없게 삼각 틀을 형성하고 밀려온다. 기가 막힌 것은 방금 전에 그가 찢은 혈막까지 다시 정상으로 돌아왔으며, 뒤에서 앞으로 밀려오기까지 한다는 점이다.

삼형진(三形陣)에 갇혔다.

어느 정도 예상은 했다.

혈선사도가 어떤 식으로 펼쳐질지 궁금했다. 초식 전개 방식에 따라서 대응도 달라지지만 혈막 형태로 펼쳐지니 찢고 나오지 않을 수 없었다.

혈막을 뚫고 나가면 다른 자들이 기다리고 있을 게다.

이건 기본이다.

다만 자신이 찢은 혈막까지 되돌아올 줄은 몰랐다. 한데,

"크윽!"

귀주는 두 걸음 정도 내딛다가 갑자기 신음을 토하면서 걸음을 우뚝 멈춰 세웠다.

단전이 찢어져 나갈 듯이 아파온다.

'독(毒)?'

제일 먼저 머릿속을 스쳐 간 생각이지만 독은 아닌 것 같다. 단전에서 치미는 고통이 독과는 형태가 다르다.

의념(意念)을 풀면 고통도 사라진다.

진기를 풀면 고통도 따라서 없어진다. 하지만 의념으로 진기를 모으면 빨갛게 달군 인두가 깊이 파고든 것 같은 극통이 치민다. 의념을 모으자마자 그런 현상이 생긴다.

'금마검법! 금마검법은 안 된다!'

불쑥 머릿속으로 스쳐 간 생각이다.

교두들은 금마검법에 당했다. 당하면서 금마검법의 운용 비결을 훔쳐 냈다.

혈막은 운기를 가로막는다.

자신이 혈막을 찢는 순간, 핏덩이는 기화(氣化)하여 체내로 흡수되었다. 그때, 자신은 금마검법을 운용하고 있었다. 기화된 피가 역으로 거슬러 내려가서 단전 부위를 가로막는다.

핏덩이는 금마검법의 운기 경로를 기억한다.

금마검법을 펼치려고 하면 여지없이 핏덩이가 장난을 친다.

그러면 다른 무공은 어떤가?

귀주는 수련만 했지 실전에서는 한 번도 써보지 않은 무공을 끌어냈다.

츠으으웃!

전신에 뿌연 운무가 서린다.

"훗! 천유비비검!"

"귀, 귀주도 천유비비검을 알고 있었던 건가?"

"음! 이건 확실히 변수인데."

세 교두의 얼굴에 난감한 빛이 흘렀다.

혈선사도로 귀주를 죽이기 위해서는 천유비비검에 당해야 한다. 그래야 천유비비검의 운공행로를 훔칠 수 있다.

칼에 맞은 순간에 어떤 식으로 훔치는지는 알 수 없다.

그것을 알면 혈선사도의 요체(要諦)가 풀린다. 세상에 비밀이 풀리는 것이다.

어쨌든 한 칼만 맞으면 천유비비검은 쓸 수 없는 무공이 되고 만다. 다른 교두들에게는 여전히 유용하지만, 일검을 당한 교두에게만은 쓰지 못한다.

한데 천유비비검의 살상력이 모험을 할 수 없을 정도로 강하다는 데 문제가 있다.

귀주는 교두들의 무공을 파악했다. 혈선사도!

마시검법 같으면 이기겠다는 생각만으로 검법을 전개하겠지만 혈선사도라면 생각을 달리해야 한다.

일격필살(一擊必殺)!

한 칼에 반드시 죽인다.

상대는 별다른 반격을 하지 못한다. 그냥 당한다. 물론 그냥 당하는 것은 아니다. 당하면서 천유비비검을 읽는다. 무엇을 읽는지 모르겠지만 피 한 방울로 꼼짝달싹 못하게 만든다.

그러니 놈을 살려주면 당한다.

귀주는 필살지검을 날릴 것이다. 최선을 다해서 꼭 죽일 것이다.

그런 검을 맞을 수 있나?

교두들은 모험을 하지 못했다.

스윽! 스으웃!

그들의 검세(劍勢)가 변했다.

좌우측에 있던 두 명은 검을 하단으로 늘어뜨렸다. 하상검(下上劍)을 쓰겠다는 뜻인데…… 이런 검은 직선적이다. 일체의 변식이 없이 쾌검(快劍)으로만 승부를 결한다.

가운데 서 있는 무인은 검병(劍柄)을 두 손으로 잡았다. 그리고 하늘 높이 쳐들어 천중자(天中刺)의 형태를 취했다.

이것 역시 단 일식의 쾌검이다.

대체로 일검양단(一劍兩斷)일 가능성이 높은데, 꼭 그렇지는 않다. 상황에 따라서 중단(中段)이나 하단(下段)으로 내려설 가능성도 배제하지 못한다.
 세 명 모두 단순한 쾌검으로 변식했다.
 그러거나 말거나 천유비비검으로 승부한다.
 스웃! 파라라랑!
 바람도 없는데 검날이 파르르 검명(劍鳴)을 토해냈다.
 장검도 아니고 연검(軟劍)도 아닌데 문풍지 떨리듯이 울음을 쏟아낸다.
 "이거 십성 이상이군."
 "이 정도면 천검십검과도 필적하는데."
 "단검으로 검명이라……."
 세 교두는 각기 한마디씩 했다. 하지만 자신없는 표정은 아니었다. 이 정도의 검은 얼마든지 받을 수 있다는 자신감이 얼굴 가득히 맴돌았다.
 쒜엑! 쒜에에에엑!
 검이 허공을 찢었다.
 귀주의 검은 일수십삼초(一手十三招)를 쏟아냈다. 둥근 구름을 그리는 듯 원을 그리는가 싶더니, 강물의 흐름을 표현하려는 듯 내 천(川) 자를 그려내기도 한다.
 어디를 노리는지, 검을 쓰고 있는지, 누구를 겨냥하는지 분간이 되지 않는다.
 검이 홀로 춤춘다.
 검초(劍招)를 펼치는 것이 아니라 검무(劍舞)를 춘다.

쒜엑! 쒜에엑! 쒜엑!

세 명의 교두도 검식(劍式)을 펼쳤다.

좌우의 두 명은 예상대로 쾌검을 쳐냈다.

하상검, 아래에서 위로 쳐올리는 검이다. 하지만 그 속도는 그야말로 번개를 무색케 했다. 천유비비검이 천천히 흘러가는 구름이라면, 두 명의 검은 구름을 찢어버리는 번개다.

가운데 무인은 여전히 천중자를 지킨다. 움직이지 않는다. 동중정(動中靜)의 묘리로 뚫어지게 주시한다.

쒜엑!

천유비비검이 사라졌다.

어디로 갔는가? 검이 어디 있는가? 한 자루가 아니라 두 자루였는데…… 몸통! 몸통을 찾아라! 몸통을 찾고 팔을 찾고, 팔 끝으로 훑어 나가다 보면 검이 있을 게다.

푸욱! 푹!

천유비비검은 쾌검을 꿰뚫었다. 하상검 사이로 파고들어 복부 깊이 검날을 쑤셔 박았다. 이 순간, 다른 손에 들린 검은 습관처럼 금마검법이 튀어나왔다.

퍽! 퍽퍽퍽퍽퍽!

순식간에 심장을 다섯 번이나 가격했다. 깊이도 심장을 완전히 꿰뚫을 정도로 깊다. 목 밑에 한 번, 폐에 두 번, 그리고 간도 세 번이나 찔렀다.

그동안 다른 검도 공격해 올 것이다. 그가 한 명을 죽이는 동안 다른 검들이 가만히 지켜보고 있을 리 없다. 그래서 복부에 깊이 찔러 넣은 단검을 손잡이 삼아서 상대를 쭉 뒤로 밀어 버렸다.

한편으로는 뒤로 밀면서 나아가고, 다른 한편으로는 금마검법으로 주요 장기를 난자한다.

그러나 세상은 뜻대로 되지 않았다.

퍽! 퍽퍽퍽!

그가 상대를 난자한 만큼, 그의 등에 검이 틀어박혔다. 베고 지나간 검이 있는가 하면, 제대로 쑤셔 박힌 검도 있다. 오죽하면 등으로 들어온 검이 복부를 꿰뚫고 지나가서 그들의 동료인 교두의 배에까지 틀어박히겠는가.

"끄으윽!"

피투성이가 되어버린 귀주는 상대를 놓고 돌아섰다.

2

이들은 도대체 어떤 놈들인가!

마시검법만 해도 깜짝 놀랄 정도로 대단하다. 취운궁의 독문절학을 제대로 수련했다. 한때는 취운궁의 중간 핵심인 교두일 것이라고 생각하기까지 했다.

도마의 혈선사도가 불쑥 튀어나왔다.

세 명이 거의 동시에 금마검법을 겪었다. 그들 모두 피투성이가 되어서 쓰러지기 일보 직전까지 내몰렸다. 다른 검법이라면 천검귀차의 완승이지만 마도 중의 마도라는 혈선사도와 싸운 것이니 필패의 국면으로 접어들었다.
 이들은 천검귀차를 모두 도륙할 수 있었다.
 귀차들을 빼내고 천유비비검을 꺼내 들자 이번에는 극단의 쾌검으로 맞상대한다. 단 일 초뿐인 하상검이 어떤 검초인지 몰랐는데, 겪어보니 알겠다.
 작년, 절정의 쾌검을 지닌 문파가 검련에 가입하려다가 고배를 들었다.
 그들의 검은 확실히 빠르다.
 밑에서 위로 쳐올리는 하상검 한 수에 모든 것을 걸었다.
 그것은 직관(直觀)의 검이다. 머리로 수련하는 검이 아니라 몸으로 체득하는 검이다. 한적한 연공실이나 인적 끊긴 산속에서 수련하는 검이 아니다. 수많은 무인들과 부딪치면서 죽음의 고비를 넘나들어야만 깨달을 수 있는 검이다.
 정말 지독하다.
 하지만 그들은 검련오가(劍聯五家)의 벽을 넘지 못했다.
 검련에 가입하려면 검련의 시험을 거쳐야 한다. 검련십일가에서 검련사십가 중 네 개 가문과 진검 승부를 벌인다.
 여기서 최소한 두 번의 무승부를 이뤄내야 한다.
 한 번은 운이고, 두 번은 실력이다.
 검련의 검가와 무승부를 냈다는 것은 뛰어난 검객이 존재한다는 뜻이다.
 그렇다. 무공이 뛰어난 게 아니라 검객이 뛰어난 것이다.
 천고의 기재는 하찮은 무공을 수련해도 뛰어난 무인으로 성장한다. 발전 속도나 성장 면에서 한계가 있겠지만 단숨에 명성을 얻은 자가 한둘이 아니다.

그런 자가 나타났다고 할 수 있다.

물론 문파의 검법이 뛰어날 수도 있다.

그래서 마지막 시험을 한다. 이번에 나서는 가문은 검련십가다. 열 개의 가문 중 지정된 가문의 가주가 비무자를 선정한다. 물론 가문의 명예가 걸린 문제이니 자신있게 내세울 수 있는 자를 내보낼 것은 불문가지다.

천검가 같은 경우에는 천검십검 중의 한 명이 나서곤 했다.

그만큼 마지막 비무는 어렵다.

이 관문을 통과하는 문파는 거의 없다. 검련이 탄생한 이후, 지금까지 단 한 번의 무승부도 없었고 이긴 자도 없었다.

여기서 보는 것은 이기고 지는 승패가 아니다. 검법이 지닌 순수한 힘이다. 무인이 뛰어나서 결전에 이긴 것과 검법이 뛰어나서 이긴 것은 엄연히 다르다.

검련에 가입하겠다고 달려든 쾌검 문파는 검련사가의 벽조차 넘지 못했다.

그들은 단 한 번의 무승부도 기록하지 못했다. 사전전패(四戰全敗)로 차마 입에 담기도 무색하다.

그들이 단 일 초의 쾌검을 쓰니 승부는 언제나 일 초에서 갈린다. 그리고 그들은 졌다.

하상검은 기가 막힐 정도로 빨랐다. 그것만은 인정해 주어야 한다. 하지만 아주 약간의 기만 행동에도 속아 넘어가서 먼저 검을 쳐내는 오류를 범했다.

 결전을 통해서 수련해야 하는 직관의 검이 모순되게도 실전 감각 부족을 드러낸 것이다.

 어떻게 이런 일이 벌어졌을까?

 목숨을 걸 만한 승부를 벌인 적이 없기 때문이다. 약한 자만 골라서 싸웠던 탓이다. 정말 강해질 수 있는 검법인데, 약간의 잔머리가 삼류무공으로 전락시켜 버렸다.

 이들이 그 검을 쓴다.

 하상검도 마찬가지고 천중자를 지키던 검도 극상의 쾌검이었다.

 작년에 나타났던 그 문파의 검인데 완전히 다른 검이 되어서 나타났다.

 검속(劍速)만 변한 게 아니다. 검세도 다양화를 추구했다. 하상검뿐인 검에서 천지참(天地斬)까지 가미시켰다.

 지금 이들이 펼친 게 그것이고, 또 어떤 검세가 가미되어 있는지 모를 일이다. 하나에서 둘로 늘어났다면, 셋이나 넷 혹은 열로 늘어나는 것도 시간문제다.

 쾌검은 검련에 가입할 수 있는 자격이 충분하다.

 "천유비비검을 뚫지는 못했군."

 "그래도 됐어. 빨리 끝내자고. 죽지 않아야 될 사람이 죽었으니…… 방심한 탓인가?"

 "방심이 아냐. 상대가 백전노장(百戰老將) 귀주이니 이만한 변수는 감안해야겠지."

"난 지금도 불안해."

"그래, 그만 끝내지."

두 사람이 검을 들어 올렸다.

이 대 일, 이 승부는 양패동사로 간주된다.

서로가 정상적인 상태였다면 누구도 살아남기 어려운 싸움이 된다. 그렇다. 단 한 사람도 살 수 없는 싸움이 된다. 요행이나 운을 바라볼 수 없을 만큼 진지한 상대들이다.

하지만 지금은 몸 상태가 다르다.

귀주는 툭 하고 건드리기만 하면 넘어갈 정도로 심한 중상을 입었다. 하지만 두 사람 역시 금마검법을 받아내면서 상당한 상처를 입은 상태다.

불길한 느낌이 소록소록 피어난다.

한편, 귀주는 두 사람의 생각과는 다르게 이를 꽉 깨물고 있었다.

천검십검이 도착하지 않고 있다.

대공자께서 천검사봉을 보냈다는 전갈을 받은 지 꽤 오래되는데, 그들이 나타나지 않는다.

혹시나 살 수 있지 않을까 하는 생각을 했다.

천검가에서 가주님과 대공자를 제외하고는 가장 강한 무인, 천검사봉이 와준다면 이까짓 교두들쯤은 대번에 쓸어버릴 수 있다는 희망을 가졌다.

그런 점을 믿고 수하들을 도주시킨 것은 아니다.

이 교두 세 명은 분명히 자신이 상대해야 한다. 그렇지 않고 이들과 교전을 시키면 불바다로 뛰어든 불나방처럼 온몸이 활활 불타 버린다.

혈선사도 앞에 적수는 없다.

그래도 지금쯤 나타날 때가 됐는데 하고 사위를 살피지 않을 수 없었다. 살고 싶었으니까, 살아야 하니까, 이들 정도에 쓰러진다는 것은 귀주의 체면상 말이 안 되니까.

그래도 천검사봉은 나타나지 않았다.

그들은 어디에 있을까? 귀차들을 구하고 있다.

이들은 도주하는 귀차들을 보면서 비웃었다. 도주할 수 없다고 자신했다. 그 말은 귀차들을 기다리는 사람이 있다는 뜻이다. 누가 되었든 귀차 정도는 틀림없이 쓰러뜨릴 수 있을 것이라고 자신하는 무인들이다.

천검사봉은 그들과 싸운다.

한데 그 싸움이 예상외로 길어진다. 아무리 귀차들을 구한다고 해도 지금쯤이면 모습을 드러냈어야 한다. 자신을 살려주려고…… 왔어야 한다.

'내 손으로 끝내야 하는 싸움이군.'

이제는 천검사봉에 대한 생각을 완전히 접었다.

단검을 들어 올렸다.

한 자루는 죽은 자의 복부에 박혀 있다. 등을 난자하는 검날이 너무 예리해서 피하기에 급급했다. 무인이라는 자가 병기를 뽑는 것조차 잊어버리고 밀쳐 냈다. 그래야 앞으로 치달릴 수 있었으니까.

한 자루밖에 남지 않은 단검으로 상대를 겨눈다.

두 사람은 예의 그 자세를 취한다. 한 사람은 하상검이고, 또 한 사람은 천중자다.

'천유비비검……'

귀주는 또다시 천유비비검을 떠올렸다.

천유비비검에는 모두 열두 가지 검법이 녹아 있다. 이런 사실은 결전에서 맞닥뜨린 사람만이 알 수 있다. 그러나 말을 하지는 못한다. 죽고 없으니까.

그래서 부득불 비무를 해야 할 때는 적당한 선에서 마무리한다. 설혹 절초를 쓰지 않아서 패배하는 경우가 생기더라도 비전절초(秘傳絶招)만은 감춰둔다.

방금 전에 사용한 환검(幻劍)이 그중 하나다.

상대는 일시적으로 검을 놓친다. 두 눈을 똑바로 뜨고 주시하지만 검이 사라진다.

착시효과(錯視效果)를 극한으로 끌어올린 환검은 속임수라는 평가를 받기도 한다.

진기가 중심을 잡고, 손끝에 걸린 검은 자유롭게 움직여야 한다. 그래야 속도와 변화가 조합된 진정한 환검이 탄생한다. 반면에 착시효과는 일시적인 기만행위다.

진정한 검도를 추구하는 검객들에게 이런 검은 존경받지 못한다.

천유비비검 속에 이러한 환검이 녹아 있다. 그래서 환검을 쓰면 반드시 죽여야 한다. 죽은 사람만이 말을 할 수 없다는 사실을 견지해 나가야 한다.

천유비비검 속에 또 다른 것도 숨겨져 있다.

쉐엑!

귀주는 전력을 다해서 쏘아갔다.

천유비비검은 천검십검의 몫이다. 그래서 천검귀차를 맡은 이후에는 금마검법에만 매진했다. 평생 금마검법만 갈고닦다가 갈 생각이었다.

그런데 또 천유비비검을 쏟다.

쉐에엑! 쉐에에엑!

먼저처럼 단검 한 자루로 화려한 검무를 춘다. 결전이 코앞인데 한가롭게 춤이나 추고 있다. 상대는 '도대체 어디를 노리는 거야?', '지금 뭐 하는 짓이야?' 하는 생각을 할 게다.

그런 생각을 하는 순간에 진다.

천유비비검에는 여섯 개의 정공(正功)과 여섯 개의 반공(反功)이 있다. 모두 속임수가 아니다. 사이비 검으로는 절대로 검련십가에 오를 수 없다. 그리고 착시효과가 단순한 속임수에 불과하다는 일부 경멸에도 동의할 수 없다.

착시효과는 상당히 실전적이다.

싸움에서 상대의 이목을 빼앗기 위해서 독도 쓰는 곳이 무림이다. 하수(下手)들이나 하는 짓이지만 모래를 뿌리거나 고춧가루를 뿌리는 짓도 얼마든지 한다.

그런 수에 당하는 놈이 바보다.

반공 속에도 진정한 무공이 담겨 있다.

일락(一落) 257

쒜엑!

벼락이 터졌다. 유유하던 검이 강궁에서 발사된 철시(鐵矢)처럼 쏘아져 간다. 그 속에 귀주의 신형도 담겨져 있다. 검이 먼저 보이고, 신형이 나중에 보인다.

쒜엑!

하상검이 튀어 올랐다. 먼저 경험해 봐서 알지만 정말 속도 하나만큼은 손뼉을 쳐줄 만큼 빠르다.

까앙!

하상검은 정확히 단검을 후려쳤다. 아니, 손목을 베려 했으나 단검이 걸렸다. 그 순간,

꾸욱!

단검이 장검을 누른다. 밑에서 쳐올린 검을 밑으로 눌러 버린다.

절대중(絶大重)!

상처 입은 몸으로 펼칠 수 있는 무공이 아니다. 내공이 상대보다 두 배 이상 강해야 효과를 볼 수 있다. 그렇지 않으면 선천적으로 신력(神力)을 타고나야 한다. 백 근 대도(大刀)도 장난감처럼 쓸 수 있어야 한다. 그래야 제대로 된 중의 무공이 전개된다.

그런데 통한다.

"큭!"

교두는 깜짝 놀라 헛바람을 토해냈다.

힘이라고는 한 올도 모을 수 없는 상태인 것 같은데, 공격을

취한 것만도 가상한데 중의 무공을 쓴다.

완전히 허점을 찔렀다.

먼저처럼 환의 무공을 쓸 줄 알고 일검에 사력을 담았다. 사력이다. 전력을 다했다. 한데 눌린다. 장검이 단검에 눌리는 것도 놀랍지만 지닌바 힘을 모두 쏟아부었는데도 밀린다는 점이 놀랍다.

모두가 놀라움 투성이다.

쒜엑! 퍼억!

단검이 날아들었다. 미간(眉間)에…… 정확하게 눈썹과 눈썹 사이에 또 하나의 눈을 만들었다.

중의 무공에 당한 이상 일검을 맞는 것은 필연이다. 절대적인 힘에 눌려 버렸으니 반격할 기회가 없다. 더군다나 귀주의 중(重)에서 쾌(快)로 변화하는 검초가 그야말로 예술이다.

눌렸다 싶은 순간에 구멍이 났다.

놀라움의 뜻으로 경악성을 토해냈는데, 그게 비명이 되고 말았다.

스륵! 쿠웅!

교두가 무너졌다.

그사이, 귀주는 일검을 맞았다. 등 뒤에서 뚫고 들어온 검이 심장을 관통했다.

"후욱!"

큰 숨을 들이켰다.

최선을 다했다. 허점을 찔렀고, 통했다. 천유비비검의 잠검(潛

劍)을 선택한 것도 잘한 선택이다.
 한 명만 죽여도 잘 죽인 것인데 두 명이나 죽였다.
 귀주가 혼잣말처럼 말했다.
 "됐다."
 "그래, 됐다. 잘 싸웠다."
 상대 교두가 해준 말이다.
 "후후후! 너도 살아가긴 틀린 것 같은데."
 귀주의 눈에 그토록 기다리던 천검사봉의 모습이 보였다.
 주준강, 두가환, 강준룡…… 천검사봉 중 대공자 류정을 제외한 세 명이 왔다.
 그들의 의복은 피투성이다.
 본인의 피인지 상대의 피인지 알 수 없지만 상당히 지쳐 보이니 격전이 얼마나 치열했는지 예상된다.
 메뚜기처럼 튀어 나갔던 천검귀차들도 속속 모습을 드러낸다.
 천검사봉은 역시 천검귀차들을 구하고 있었다. 그리고 그 싸움은 대략 매듭지어졌다.
 이 싸움은 승리다.
 교두들이 졌다. 완전히 끝난 것인지 아직도 남아 있는 게 있는지 모르지만, 여기까지는 천검가의 승리다.
 "우리가 졌군."
 교두의 음성이 환상처럼 들렸다.
 "천검가를 노린 이유…… 물어도 되나?"

"알다시피 우리 같은 놈들이야 시키는 대로 하는 몸이라."
"그렇군."
"미안하지만 결국은 우리가 이길 거야."
"그게…… 후욱! 의미가 있나?"
 귀주는 말하다 말고 급하게 숨을 들이켰다.
 숨이 쉬어지지 않는다. 어둠이 눈앞을 가린다. 희한한 것은 이 순간이 되니 아픔이 가신다.
"의…… 미…… 가…… 있…… 지."
 이제는 교두의 말도 꿈결처럼 들린다.
 쒜엑! 쒜에엑! 써걱!
 귓전에 이상한 소리가 들린다. 얼굴에는 물인지 빗방울인지 모를 것이 튄다.
"귀주!"
 귀주는 정신을 차리려고 머리를 세차게 흔들었다.
 방금 전까지만 해도 교두의 검에 심장이 찔린 상태였는데, 지금은 두가환의 품속에 안겨 있다.
 그동안 정신을 깜빡 잃었었나? 무슨 일이 일어났던 거야?
"자식…… 이따위 놈들에게……."
 귀주의 머리가 뒤로 툭 꺾였다. 마지막 말이나 들었을까?

"지금까지 나타난 무공은 모두 셋이다. 취운궁의 마시검법, 도마의 혈선사도, 극섬문(極閃門)의 섬전(閃電)."
"정종무공의 절정, 마공의 절정, 삼류무공…… 이렇게 이상

한 조합도 있나?"

"위력은 봤잖아."

"이놈들, 도대체 뭐야?"

한 가지 곤란한 문제가 있다.

혈선사도가 있는 한 천유비비검을 자유롭게 쓸 수 없다. 지금까지 천유비비검은 죽음을 만들 때만 쓰여왔지만, 앞으로는 더욱 그래야 할 것 같다.

이놈들은 강하다.

세상에 모습을 드러내는 순간, 순식간에 천검가를 희롱해 버렸다.

무엇보다도 가장 큰 손실은 귀주의 죽음이다. 천검귀차도 상당한 타격을 입었다. 이들이 옛날의 힘을 되살리려면 상당한 시간이 필요할 게다.

적들은 아홉 구의 시신을 남겼다.

귀주가 세 명을 죽였고, 천검사봉이 나머지를 처리했다.

그동안 죽어간 천검귀차는 무려 열다섯 명에 이른다. 천검사봉이 두 발에 불이 나도록 뛰어다녔는데도 열 명 가까운 귀차가 마시검법에, 혈선사도에 당했다.

이들은 어떻게 하면 귀차를 잡을 수 있는지 알고 왔다.

한 가지 다행이었던 것은 천유비비검에 대해서는 몰랐다는 점이다. 그 덕분에 놈들을 그럭저럭 처리할 수 있었다. 만약 천유비비검에 대한 대책마저 세워져 있었다면 천검사봉도 귀차와 크게 다를 바 없는 운명을 맞이했을 게다.

문득, 불길한 느낌이 든다.

혈선사도가 나타났다. 하면 천유비비검에 대한 운공행로가 드러나지 않았을까? 천유비비검에 당한 자가 한 명이라도 살아남았다면 가능하다.

천검사봉은 자신들도 모르게 죽은 교두들을 쓸어보았다.

마음 같아서는 심장에 검이라도 한 번 더 꽂아 넣고 싶다. 그렇게 해서 죽음 속에 죽음을 덧씌우고 싶다.

"너흰 몇 명이나 남았나?"

"저희가 대답할 소관이 아닙니다."

귀차가 대답을 거절했다.

천검귀차가 몇 명으로 이루어졌는지, 어디서 수련을 받으며, 어떤 식으로 운영되는지는 일체 비밀이다.

그들이 검이 천검사봉을 노릴 때도 있을 것이다. 천검사봉이 천검가를 배신한다면, 그 즉시 그들 간의 관계는 반드시 죽여야 하는 원수로 둔갑할 게다.

이것이 천검귀차의 본분이다.

"그래. 말하기 어렵다면 굳이 말할 필요는 없다. 어떻게 할 텐가?"

"귀주님을 모시겠습니다."

"귀주 유고 시 차기 귀주는 어떻게 되는가?"

"내정되어 있습니다."

"그렇겠지. 그게 누군가? 그 정도는 알 만한 위치에 있다고 생각하는데."

"가주님께서 정식으로 통보해 드릴 겁니다. 저흰 대답할 수 없습니다. 목숨을 구해주신 점은 감사드리지만 더 이상의 질문은 곤란합니다. 양해해 주십시오."

대여섯 명밖에 남지 않은 귀차들이 물러날 준비를 했다.

귀주는 천검귀차를 스무 명가량 이끌고 다녔다. 이번에도 그 정도가 움직였다. 그중에 열다섯 명이 죽고 이들만 남았다. 이들이 살아남은 사람들의 전부라면 천검귀차라는 조직은 해체된 것이나 마찬가지다.

천검귀차들의 표정은 담담했다.

조직이 해체된다거나 자신들의 앞날을 걱정하는 표정은 일체 엿보이지 않았다.

남은 자들이 또 있다. 천검귀차는 건재하다.

이들은 입으로는 말하지 않았지만, 눈으로 표정으로 말해주었다.

목숨을 구해준 데 대한 보답이다. 아니, 귀주의 죽음을 헛되이 하지 않은 데 대한 보답이다.

교두들이 한 명이라도 살아서 돌아갔다면 얼마나 원통할 뻔했나.

"향암에 대한 소식은 들었나?"
"천곡서원에 머물고 있습니다."
"아직도?"
"아무 일도 없었던 듯 아침 강론을 하고 있습니다."
"음……."

천검사봉은 침음했다.

그가 아침 강론을 하고 있다면, 그를 죽이기 위해 잠입한 두 명의 검수는 어찌 된 건가? 실패했다. 한낱 학자에 불과한 사람을 죽이지 못했다. 경계도 없는 곳을 뚫지 못했다.

이들이 지키고 있었다.

향암이 아침 강론을 한다. 얼마든지 도전하라고 조롱한다.

"이렇게 되면 자존심 때문에라도 죽여야 하는 건가?"

주준강이 검에 묻은 피를 땅에 뿌리며 말했다.

"죽일 놈들이 일곱이라고 했지? 다른 놈들은 어찌 되었나?"

"그쪽도 실패했습니다."

묵비가 별로 염려할 게 없다던 다른 여섯 명조차 죽이지 못했다. 불시에, 일시에 들이쳤는데 한 명도 척살하지 못하고 치열한 교전만 벌였다.

뭐가 잘못됐다.

사태가 이 지경이 되었는데도 잘못된 점을 느끼지 못한다면 신경이 둔해도 단단히 둔한 게다.

천검사봉의 마음을 짐작했는지 귀차가 말했다.

"천검가에 간자(間者)가 있습니다."

"뭐야?"

"이들은 저희의 급습을 알고 있었습니다. 이런 대비를 늘 하고 있을 수도 있겠지만, 그런 것과는 느낌이 다릅니다. 오는 것을 알고 길목을 차단했다는 느낌입니다."

"음……."

"걱정 마십시오. 저희…… 이런 일에는 전문 아닙니까. 어떤 놈인지 금방 찾아낼 겁니다."
 천검귀차가 포권지례를 취한 후, 물러갔다.
 휘이잉!
 텅 빈 산자락에 싸늘한 한풍만 불어왔다.

第二十九章
전체(全體)

1

  음양(陰陽)의 이치는 세상 만물에 통용된다.
  남자가 있고, 여자가 있다. 하늘이 있고, 땅이 있다. 강함이 있고, 부드러움이 있다. 불이 있고, 물이 있다. 낮이 있고, 밤이 있다. 정(正)이 있고, 마(魔)가 있다.
  양과 음은 성질이 다르다.
  양은 밝고 활동적이며 유동적이다. 음은 조용하고 안정적이다.
  이는 반대의 개념이 아니다. 상극(相剋)으로 논할 수도 있지만, 엄밀히 말하면 상극이 아니다. 서로 성질이 다를 뿐이다. 그리고 다른 것들 중의 일부가 충돌하는 것뿐이다.
  남자 중에는 여성적인 성격을 지닌 자도 있다. 아주 활동적인 자가 있는 반면에 사색을 즐기는 자도 있다. 달리기라면 자신있는 자와 몸을 움직이는 데는 젬병인 자가 있다.

그래도 그들은 모두 사내다. 성질이 다를 뿐이다.

그런 뜻에서 양은 양중양(陽中陽)과 양중음(陽中陰)으로 나뉘어져야 한다. 앞의 양(陽)은 표면에 드러난 모습이다. 사내의 형상을 하고 있으니 양이다. 뒤에 양은 내면의 양이다. 겉모습뿐만이 아니라 속 모습까지 양이다. 겉모습은 양이나 속모습이 음에 가까우면 양중음으로 구분되어야 한다.

세상 사람은 이 네 가지로 분류되어야 한다.

음중음은 매우 깊은 음이다. 겉모습이 여인이면서 속 모습까지 여인이다.

여인은 고요하다.

여아(女兒)들은 거의 정적이다.

사내들은 활기차다. 장난감 칼을 들고 이리저리 설치고 다닌다. 한시도 가만히 있지 않는다. 반면에 여아들은 거의 정적이다. 헝겊으로 얼기설기 기운 인형 하나만 쥐어주면 앉은 자리에서 꼼짝도 하지 않는다.

음중음의 여인은 귀가 밝다.

그녀들은 잘 듣는다. 고요한 모습으로 세밀한 부분까지 자세히 듣는다. 듣는 것이 취미인지도 모르겠다.

대체로 현모양처(賢母良妻)라고 불리는 여인은 음중음의 여인이다. 잘 듣고, 미리 헤아리고, 알아서 행한다. 눈을 멀리 두지 않고 가정이라는 울타리 안으로만 국한시키기 때문에 간과

하기 쉬운 부분까지 돌볼 수 있다.

잘 듣는 귀는 수용적인 태도를 불러온다.

수용적(受容的)이라는 말이 부정적으로 들리는가? 그렇지 않다. 수용적이라는 말처럼 좋은 말도 없다.

사내들은 사기를 잘 당하지 않는다. 의심하고 비판하기 때문에 허점을 잘 찾아낸다. 여인들은 사기를 잘 당한다. 여인을 속이기는 쉽다. 마음의 문을 열기만 하면 어린아이조차 웃을 말을 해도 철석같이 믿는다.

이는 여인이 수용적인 특성을 지니고 있기 때문이다.

그러나 이런 힘이 여인을 발전시킨다.

사내는 활동과 변화와 모험을 즐긴다. 그래서 죽을 자리인 전쟁터에서 수많은 사내를 볼 수 있는 것이다. 그들이 정말 명령 때문에 전쟁을 한다고 생각하는가? 어쩔 수 없기 때문에 적을 죽이는 것이라고 생각하는가?

여인은 전쟁을 싫어한다. 변화를 추구하지 않는다. 안정된 모습을 좋아한다.

사내들은 좋은 제자가 되지 못한다.

사내들은 사부의 말에 순응하는 법이 없다. 겉모습은 공손할지라도 내면에서는 끊임없이 생각하고, 비판하고, 반대거리를 찾아낸다. 그래야만 사부를 능가할 수 있다고 믿는 듯하다.

여인은 다르다. 죽어야 산다는 미치광이 같은 말도 곧잘 따라서 한다. 바보라서 그런 게 아니다. 믿는 자의 말이기에 의심하지 않고 따르는 것뿐이다.

'이 자식…….'

편마는 당우가 밉지 않았다.

당우는 수용적이다. 사내이면서 음중음의 여인이다. 어떤 말을 해도 의심하지 않는다. 겉으로만 그런 척하는 것이 아니라 속으로도 진실로 따른다.

일체(一體)가 되라.

전체(全體)가 되라.

웬만한 선사(禪師)조차도 따르기 힘든 주문을 꼬마 어린아이가 묵묵히 따라붙는다.

어둠 속에서 당우는 편마 고룡매가 된다.

그는 자신이 아니다. 오로지 편마다. 편마를 살핀다. 편마의 모든 것을 본다. 편마는 인육을 먹는다. 인육이나마 먹지 않으면 목숨을 부지할 수 없는 곳이다.

그럴 때마다 당우는 인상을 찡그린다.

그는 여전히 인육을 먹지 않는다. 몸에 해로운 해충을 씹어먹으면서 버틴다.

용변이 마렵다. 먹은 것이 없지만 그래도 때가 되면 대소변이 신호를 보내온다.

그때도 당우는 따라붙는다.

동굴 한구석에 마련된 뒷간까지 따라와서 대소변을 본 자리에 흙을 덮는다.

그때는 인상을 찡그리지 않는다.

편마의 용변이 무슨 성스러운 보물이라도 되는 양, 아주 신성스럽게 다룬다.

그에게 편마는 신이다. 사부가 아니라 명령을 내리는 모든 것이요, 살아 있는 의미요, 받아들일 수 있는 전체다.

이심전심(以心傳心)이 가능하다.

편마는 당우를 볼 수 없다. 무기지신이라서 기척을 감지할 수 없다는 뜻이 아니다. 놈이 눈앞에 앉아 있어도 놈의 머릿속을 들여다보지 못한다.

이 부분은 편마가 반성해야 할 대목이다.

편마는 당우에게 일체가 되라, 전체가 되라고 했지만 막상 그녀는 그럴 준비가 되어 있지 않았다. 그러려고 노력조차도 하지 않았다. 아니, 아예 신경을 쓰지 않았다.

남자가 여자로 변형되어야 한다.

꼬마애가 늙은 노파로 바뀌어야 한다.

삶의 연륜이 짧은 아이가 산전수전 다 겪은 꼬부랑 할멈의 마음을 헤아려야 한다.

꼬마애가 따라 하기에는 불가능한 일이었다. 특히, 이것저것 생각이 많은 사내에게는 죽었다가 여자로 다시 태어나라는 주문보다도 독한 것이다.

기나교(耆那敎:자이나교)에서는 그런 일을 한다.

기나교는 여자가 해탈을 할 수 있다고 보지 않는다. 여자는 생리적으로 매달 생혈(生血)을 쏟아내기 때문에 정혈을 꾸준히 쌓을 수 없다고 본 것이다.

그래서 여인은 다음 생애에 사내로 태어나기 위한 준비를 한다.

기나교에서는 여자가 하는 일이란 그런 것뿐이다.

하나 사내가 동적(動的)이고, 여인이 정적(靜的)이라는 면에서 여인이 훨씬 종교적이다. 훨씬 깊게 들어갈 수 있다. 수용적인 여인은 종교가 없더라도 종교적이다.

당우가 종교적이다. 놈에게 편마라는 여인은 이미 여인이 아니다. 노파도 아니다. 사부도 아니다. 인육을 먹는 괴물도 아니다. 두려워해야 할 존재도, 사악한 무공을 수련한 마녀도 아니다.

그러니 그에게는 공포가 없다.

언제든 자신을 해칠 수 있는 존재라는 생각은 머릿속을 떠난 지 오래되었다.

당우는 그녀가 한 말을 이루기 위해 자신을 버렸다. 그리고 그녀가 되었다.

그런데 정작 그런 말을 한 편마는 아무 준비도 하지 않았다.

이것은 상관없다. 사부는 준비를 하지 않아도 된다. 가져가는 것은 제자이지 사부가 아니다. 그렇다. 사부가 무공을 전수하는 게 아니다. 제자가 두루 살펴서 가져가고 싶은 것을 가져가면 된다. 사부의 모든 것을 읽고, 보고, 살필 수 있다면 초식 몇 가지, 운공 요결 따위로는 해결할 수 없는 부분까지 가져갈 수 있다.

편마는 제자를 두지 않았다.

사내도 거둬봤고 여인도 거둬봤지만 이토록 수용적인 자는 없었다. 모두들 초식에 연연했고, 심공 한 구절이라도 가르쳐 주면 하늘이라도 얻은 듯이 기뻐했다.

그놈들은 모두 자신의 손으로 정리해 버렸다.

살려놔 봤자 자신의 이름에 먹칠을 할 뿐인 놈들은 아예 싹을 잘라 버리는 것이 좋다.

진정한 무공 전수란 초식을 주는 것이 아니라 자신을 주는 것이다.

이런 말이 있다.

사이비 무당이 있었다. 그녀는 많은 돈을 받고 제자들을 거뒀다. 귀신을 볼 수 있다, 망령을 볼 수 있다, 북두칠성의 힘을 빌려서 저승과 소통할 수 있다고 속였다.

한 사내가 그녀의 재주를 배우고자 입문했다.

그는 많은 돈을 바쳤지만 그녀는 가르쳐 줄 것이 없었다. 자신도 보지 못하는 귀신을 어떻게 보여준단 말인가. 그러나 돈을 받았으니 어떤 말이라도 해줘야 한다.

그녀가 한 말은 '느끼라'는 것이었다.

―물체 속으로 들어가서, 물체와 하나가 되어, 물체의 느낌을 감지하라. 네가 물체를 볼 때, 물체도 너를 보고 있다는 느낌이 들면 그때 귀신도 보일 것이다.

사내는 수용적이었다. 무당이 귀신을 볼 수 있다고 철석같이 믿었다. 이때 그는 음중음의 여인보다도 더 수용적이 된다.
 그는 물체와 하나가 되려고 노력했다. 침식(寢食)도 잊고, 오로지 물체만 쳐다봤다.
 그가 처음에 본 것은 물 잔이다.
 세월이 흘렀다. 그리고 어느 날, 그가 물 잔을 쳐다보고 있을 때, 물 잔이 그의 시선을 되돌려 주는 느낌을 받았다. 자신의 시선이 반사되어 되돌아온다. 물 잔이 자신을 쳐다본다.
 그때 무당의 말이 이루어졌다.
 그가 기쁜 마음에 무당을 쳐다봤을 때, 무당의 등에 어린아이가 업혀 있는 것을 보았다.
 "그 애는 누구죠?"
 "누구 말이냐?"
 무당은 알아듣지 못했다.
 "넌 누구니?"
 "나? 알아서 뭐 하게?"
 그는 어린아이가 귀신임을 눈치챘다.
 귀신이다. 그는 귀신 보는 눈을 얻었다.
 "내려오거라."
 "싫어."
 "왜 업혀 있는데?"
 "그냥."
 그는 무당에게 등에 웬 아이가 업혀 있다고 말했다.
 무당은 그의 말을 믿지 않았다.

'뭐라고! 내 등에 귀신이 업혀 있어? 이런 맹랑한 놈을 봤나. 이게 날 팔아먹고 있네.'

그는 모른 척할 수 없었다.

"어린 동자만 보이느냐?"

"네."

"어깨에 할멈이 기대있는데 안 보이느냐?"

"할멈은 안 보이는데요?"

"아직 멀었구나. 하지만 어린 동자라도 봤으니 어디 가서 무당은 할 수 있겠다."

무당은 빨리 떼어내고 싶어서 무당 인가를 내주었다.

그는 많은 귀신을 봤다. 귀신의 원한을 풀어주었고, 영혼을 편하게 해주었다. 정신적으로 시달리던 많은 사람이 도움을 받았다. 그는 아주 용한 무당이 되었다.

그 소식을 들은 사부 무당은 혹시나 하는 생각에서 물 잔을 들여다봤다. 뚫어지게, 단식까지 하면서 물 잔만 쳐다봤다. 믿지는 않지만 혹시나 하는 심정에서 남몰래 수련했다.

하지만 무당은 수용적이지 않았다. 물 잔을 쳐다보는 눈길에 온전한 정신을 싣지 않았다.

무당에게는 아무런 일도 일어나지 않았다.

'아주 맹랑한 놈이라니까.'

이런 일이 사부와 제자 사이에 흔히 일어난다.

제자가 온전히 수용적이 되면 세상 사람 누구에게서나 절기를 배울 수 있다.

편마는 이런 제자를 원해왔다. 그리고 그런 자가 나타났다. 가장 더러운 장소에서, 가장 지저분한 상황에서, 아무것도 전수해 주고 싶지 않을 때 불쑥 나타났다.

'이 자식……'

그녀가 당우에게 전수하겠다던 사십사편혈(四十四鞭血)은 그녀의 절학 중의 하나다. 하지만 온전하지가 않다. 딱 절반인 이십이편혈을 넘어서면 뇌에 이상이 생긴다.

머릿속이 윙윙 울린다. 머리가 빠개질 듯 아파온다. 눈이 따갑고 아프다. 무엇보다도 견딜 수 없는 것은 환영이 불쑥불쑥 나타나며, 환청이 들려서 잠을 이루지 못한다는 점이다.

편마는 이런 증상을 치료할 수 있다.

사십사편혈을 온전한 무공으로 정리하지는 못했다. 사십사편혈보다 더 매혹적인 편공을 만나서 미완성의 무학에는 관심이 없다. 사십사편혈을 완성시켜도 그녀가 최상으로 여기는 녹엽만수(綠葉萬殊)에는 발끝도 쫓아오지 못한다.

그러니 사십사편혈 따위에 미련이 남아 있을 리 없다.

사십사편혈은 진기의 흐름에 문제가 있다. 단전에서 일어난 진기를 독맥(督脈)으로 밀어 넣는 순간 갑자기 성난 망아지가 되어서 후정혈(後頂穴)까지 곧바로 치달려 올라간다.

콰앙!

후정혈은 극심한 타격을 받는다.

진기를 제어할 수는 없을까? 제어만 가능하다면, 독맥으로 흐르는 속도를 조금만 늦출 수 있다면 아주 좋은 편공이 될 수 있을 터인데…….

초반에는 이런 일이 벌어지지 않는다.

미약한 진기는 겸손하다. 주인의 의지에 순종한다. 하지만 힘이 생기면 배신한다. 자신이 종이라는 점을 망각하고 주인이 되고자 한다. 주인이 보내는 의념을 뿌리치고 자신의 힘을 쫓는다.

종을 다시 종의 위치로 내려보내려면 강력한 통제 장치가 있어야 한다. 진기를 통제할 수 있는 것은 의념뿐이다. 의념으로 종을 만들었으니 통제도 의념으로 해야 한다. 한데 사십사편혈의 진기는 의념을 뿌리친다. 근본을 뿌리치는 것이다.

제어할 수 없는 마공이다.

그렇다면 후정혈을 강건하게 만들 수는 없을까? 벼락이 떨어지더라도 받아낼 그릇만 튼실하면 되지 않겠나.

가능하지 않다. 내부에서 치솟는 힘은 자신의 모든 것이다. 몸의 전체가 몸의 일부를 들이치는 것이니 견뎌낼 수 없다.

하지만 외부의 도움을 받으면 약간이나마 고통을 줄일 수는 있다.

편마는 그 방법을 찾아냈다.

그녀의 치료법으로 후정혈을 건드려 주면 근 열흘 동안은 마음 놓고 사십사편혈을 쓸 수 있다.

임시방편이지만 사십사편혈을 쓰려면 그 방법밖에 없다.

물론 이 방법도 삼십삼편혈을 넘어서면 쓰지 못한다. 그때는 그 어떤 외부의 힘도 도움이 되지 못한다.

콰앙!

진신전력이 후정혈을 들이치는 순간, 머릿속이 하얗게 탈색된다. 그리고 그 순간 모든 기억을 잃는다. 사십사편혈도 잊고, 자신이 누구인지도 잊고, 심지어는 인간인지 짐승인지도 구분하지 못한다. 백치 중에서도 아주 심한 백치가 되어버린다.

사십사편혈을 수련한 자들은 이런 점을 알지 못한다. 그래서 그녀 곁을 떠나지 못한다. 그녀가 무공을 계속 쓸 수 있게 해주기 때문에 떠나려야 떠날 수 없다.

그러다가 죽는다.

편마는 아쉬울 게 없다. 그가 죽는다고 해도 그저 충실하던 종복 하나가 떠나간 것뿐이다. 몸에 지니고 다니던 장신구 하나를 잃어버린 것에 지나지 않는다.

그녀는 사십사편혈을 그렇게 써왔다.

당우는 사십사편혈을 받아들이지 않는다.

그는 그녀의 전체다. 그녀의 마음을 느낀다.

입으로 구술해 주는 사십사편혈의 구결은 진실하다. 진실한 무공 구결이다. 하지만 마음은 익혀서는 안 될 마공이라고 말한다. 이것은 그녀가 사십사편혈을 어떻게 보느냐 하는 인식이기 때문에 그녀의 의식 자체가 바뀌지 않는 한, 달라질 수 없다.

당우는 구결뿐만이 아니라 마음까지 받아들였다.

"수련했느냐?"

"아뇨."

"왜?"

"수련하지 말라고 하셨잖아요."

그녀는 그런 말을 한 적이 없다. 마음으로 한 말은 말이 아니다. 그것이 눈빛이 될 수 있고, 행동으로 표현될 수는 있지만 입을 통하지는 않았다.

그런 말을 알아들을 수 있는 사람은 없다. 더군다나 만정의 특성상 한 치 앞도 분간할 수 없다는 점을 감안하면 그야말로 편마가 말한 대로 '네가 나이고, 내가 너인 경우'에 해당한다고 할 수 있다.

"오늘부터는 전심으로 수련해라."

"네."

"내일까지 제일편(第一鞭) 전사초(前四招)를 끝내라."

"네."

"내일도 오늘 같으면 다리뼈를 분질러 주마. 히히히!"

그녀의 웃음에는 마음을 격동시키는 음공(音功)이 가미되어 있다.

공력을 잃어서 옛날처럼 심마까지 일으키지는 못한다. 하지만 전신에 고루 퍼져 있는 힘, 단 일 푼밖에 안 되는 진기가 능력을 발휘한다. 그래서 그녀의 웃음소리에는 가슴이 두근거리고 공포가 스멀스멀 피어나는 마력이 담겨 있다.

당우는 다리뼈가 분질러지는 영상을 그리고 있어야 한다.

"히! 알았어요."

당우는 공포에 젖지 않았다. 웃었다.
'이 자식……'
그녀의 어떤 공포도 당우를 자극하지 못한다.
놈은 오늘도 수련하지 않을 것이다. 그녀가 마음속 깊은 곳으로부터 사십사편혈이 안전하다고, 수련하라고 말하지 않는 한은 결단코 수련하지 않을 게다.
'이 자식……'
그녀는 당우를 거둘까, 당장 죽여야 할까 하는 고민에 이어서 또 한 번 고민을 해야만 했다.

2

북! 북! 부욱!
편마는 옷을 찢었다.
쭈글쭈글 주름진 살갗이 나온다.
늙은이의 몸은 그리 보기 좋지 않다. 더군다나 살이 모두 빠져나간 노파의 모습은 추레하기까지 하다. 노파가 그런 알몸을 드러낸다면 유혹이 아니라 공해일 뿐이다.
편마는 상체를 드러냈다.
겉옷을 갈기갈기 찢은 것으로도 모자라서 상의까지 찢어야만 했다.
당우가 어디에선가 구해온 상의를 그녀의 알몸 위에 걸쳐주었다. 분명히 죽은 놈의 것을 가져온 것일 게다. 그런 옷조차 귀한 것이기 때문에 누가 죽으면 즉각 임자가 생긴다.

이곳에서는 먼저 집어가는 놈이 임자다.

그것만은 천하의 편마라고 해도 빼앗을 수 없다.

먹는 것은 죽고 사는 문제가 달렸으니 공정한 분배, 통제된 규율이 필요하다. 하지만 입는 옷은 자유에 해당한다. 옷을 빼앗는 것은 부당한 통제다.

당우는 그의 무기지신을 이용해서 남의 것을 슬쩍 집어왔다.

'이 자식……'

곱지 않은 시선이 당우를 쓸고 지나갔다.

그래도 당우는 태연하기만 하다.

편마는 시선을 거두고 찢은 옷으로 줄을 엮어 나갔다.

그녀의 의복은 금잠사(金簪絲)로 짠 것이다.

의복 전체가 금잠사였다면 벌써 빼앗겼을 게다. 만일에 대비해서 지극히 일부분에만 금잠사를 섞었고, 도검은 막지 못하지만 잘 헤어지지 않는 옷을 만들었다.

그것으로 줄을 엮는다.

하나에 하나를 덧붙여 엮고, 엮은 것을 날줄로 삼아 또 엮는다.

위는 두껍게 여덟 겹으로 꼬고, 아래쪽으로 내려갈수록 숫자를 줄인다.

스륵! 스륵! 스륵!

매듭을 꼬는 소리가 조용하게 울렸다.

길이 열 자 정도의 헝겊 채찍이 만들어졌다.

당우도 처음에는 헌 옷을 집어와서 편마가 하는 대로 채찍을 만들었다. 하지만 곧 만들기를 포기했다.

편마의 옷에는 금잠사가 들어 있다. 그리고 금잠사는 질기다는 성질 외에도 약간의 탄력적인 강도를 부여한다. 채찍만큼 휘어짐이 강하지는 못하지만 그럭저럭 흉내는 낼 수 있다.

완전히 헝겊으로 만든 채찍은 휘어짐을 표현해 내지 못한다. 흉내조차 불가능하고, 그런 채찍으로 수련을 하면 나쁜 고벽(痼癖)만 붙어서 더 좋지 않다.

편마는 이런 말도 해주지 않았다. 당우가 헝겊으로 채찍을 꼬든 말든 가만히 내버려 두었다.

그런데 어느 날 갑자기 그만둔다.

그런 채찍은 꼬아봤자 필요없다는 것을 몸으로 깨달았다.

편마는 당우가 어느 정도나 깨달았는지 알고 싶었다. 한마디도 해주지 않았는데 어느 정도나 깨달았을까?

"여기가 밖이라면 무엇으로 이걸 만들고 싶으냐?"

"가죽이오."

당우는 생각하는 기미도 전혀 없이 즉답했다.

"가죽도 종류가 많은데?"

"쇠가죽 정도면 어때요? 무소 가죽도 좋고요."

"히히히! 채찍을 아니?"

"몰라요."

"그런데 왜 그런 생각을 했을까?"

"괜히 그런 게 좋을 것 같다는 생각이 들었어요."

편마는 할 말을 잃었다.

중원에 채찍을 병기로 사용하는 사람은 많다.

채찍은 고정화된 정형이 없다. 쓰는 사람에 따라서 장편(長鞭)을 쓰기도 하고 단편(短鞭)을 쓰기도 한다. 취향에 따라 굵은 것을 선호하는 사람과 얇은 것을 선호하는 사람으로 나뉘기도 한다.

무엇을 쓰든 고정화된 것이 없다.

편법(鞭法)은 어떤 채찍을 쓰든 표현이 가능하다. 위력이 감소되는 일도 없다. 다만 선택한 채찍에 맞춰서 초식을 조금 변형시켜야 하는데, 그것은 교정 문제이기 때문에 그리 어렵지 않다.

편마는 소가죽이나 무소 가죽을 주로 사용했다.

우선 탄력이 좋다. 녹엽만수의 모든 초식을 표현하는 데 전혀 하자가 없다. 더군다나 값이 싸서 쉽게 교체할 수 있다. 새롭게 교체해도 옛것이나 별반 다르지 않다.

검으로 치면 청강장검을 애용하는 것이나 마찬가지다.

어떤 자는 보검을 선호하다. 반면에 어떤 자는 쉽게 쓰고 쉽게 버릴 수 있는 것을 좋아한다.

병기는 선택하는 사람이 자신에 맞는 것을 고르면 된다.

당우가 말했다.

"할 수 있을지 모르지만 전 여기다가 쇠가시를 박고 싶어요.

히히! 쇠가시를 박아서 휘두르면 정말 무서울 거예요."
"뭐가 무섭다는 말이냐!"
편마는 자신도 모르게 언성을 높였다.
당우는 본격적으로 무공을 전수해 주기도 전에 편법에 대한 것을 체득하고 있다.
이것이 수용의 무서움이다. 나아가는 것이 아니라 받아들이기만 하는 자의 뛰어남이다. 말을 해야만 알아듣는 자는 둔하다. 이심전심으로 전체가 될 수 있는 자는 느낌으로 알아듣는다.
소가죽 채찍에 진기를 실으면 칼이나 창과는 전혀 다른 묘용을 드러낸다.
스치기만 해도 살점이 떨어져 나간다. 멀리서 휘두르기 때문에 근접전보다는 안전도가 보장된다. 창은 직선 형태이기 때문에 속도를 가늠할 수 있다. 채찍은 그게 안 된다. 한 박자 늦거나, 한 박자 빠르게 쳐낼 수 있다. 어느 쪽이나 당하는 자의 입장에서는 '앗차!' 하는 생각을 갖게 만든다.
채찍의 또 다른 묘용은 소리에 있다.
휘이잉! 쫘악!
채찍이 허공을 찢는 파공음은 미처 날아오기도 전에 살이 찢기는 공포감을 자아낸다. 요행히 채찍을 피해내도 땅을 후려치거나 살갗을 스치고 지나가는 소리는 모골을 송연케 한다.
채찍은 약간만 다룰 줄 알아도 절묘한 병기가 된다.

편마는 소가죽에 쇠가시를 박았다. 그러면 살점을 뜯어내는 감촉이 훨씬 좋다.

 채찍의 위력은 초식에서 결정된다. 수련도에 따라서 달라진다. 채찍을 어떤 재질로 쓰느냐, 채찍에 가시를 박느냐 박지 않느냐 하는 점은 생사 대결에서 크게 영향을 미치지 않는다.

 당우는 자신의 취향까지 받아들였다.

 당우가 조심스럽게 말했다.

 "쇠가시를 박으면 훨씬 위압적일 것 같아요."

 "그럼 철퇴를 들지 그러냐."

 "채찍은 꺼내는 순간부터 소리를 내요. 곱게 꺼내 드는 사람이 없잖아요. 허공에 휘두르던가, 땅에 내려치던가."

 "그것뿐이냐?"

 "그리고…… 말해도 되나?"

 "뭐냐?"

 "쇠가시를 박으면 단번에 치명상을 입힐 수 있어요. 표창의 날같이 날카로운 것도 생각해 봤는데, 아무래도 그건 초식을 본 다음에 생각해야 될 것 같아요. 칼날은 방향을 타는 거라서. 하지만 가시는 아무래도 상관없을 것 같네요."

 "으음……."

 편마는 신음했다.

 이 부분까지도 읽어갔는가.

 그녀는 헝겊 채찍을 들고 일어섰다.

 "녹엽만수라는 편공이 있다. 녹엽은 흔히 봤던 나뭇잎을 생각하면 된다. 큰 나무의 나뭇잎들. 녹색으로 가득 물든 산을 생각하면 더 좋다. 그 속에 파묻혀라."

"네."

"만수의 만(萬)은 일만을 가리키는 게 아니다. 수가 많다는 뜻이다. 녹엽이 온 천하에 깔려 있다. 하늘을 빼곡히 채우고 있다. 앞을 봐도 녹엽, 뒤를 봐도 녹엽, 하늘을 봐도 녹엽, 땅을 봐도 녹엽이다. 어떤 생각이 드느냐?"

"만천하(滿天下)요."

"그렇다. 녹엽만과 만천하는 같은 뜻이다."

"네."

"그럼 수(殊)를 풀이해 보자. 무슨 뜻으로 쓰인 것인지, 똑똑한 네놈이 말해봐라."

"히! 똑똑하다는 소리는 처음 들어요."

당우가 헤벌쭉 웃었다.

그 말이 맞다. 이건 똑똑한 게 아니다. 똑똑하다는 것은 머리가 잘 운용된다는 뜻이다. 한데 그녀가 말한 일체, 전체는 머리로 해결되지 않는다.

아니, 이런 건 오히려 머리를 쓰면 안 된다.

인간은 머리로만 사는 게 아니다. 가슴으로도 산다.

산속에서 맹수를 만나면 냉철해져야 한다고 생각한다. 하나 가슴은 이미 뛰기 시작한다. 불안함이 엄습하면서 빨리 도주해야 한다고 콩닥콩닥 뛴다.

맹수를 이겨낼 수 있나, 아니면 도주해야 하나.

이런 판단도 머리가 내리는 것 같지만 실은 가슴이 내린다. 가슴의 콩닥거림이 급해지면 머릿속은 하얗게 탈색된다. 그리고 아무 생각 없이 도주하게 된다.

 가슴은 육신을 본다. 가슴이 먼저 맹수를 판단한다. 이길 수 있나, 없나. 그래서 이길 수 있다고 생각하면 가슴은 뛰지 않는다. 뛰어도 딱 싸울 수 있는 만큼만 뛴다.

 가슴이 말을 한다. 가슴이 생각을 한다.

 이런 연유로 옛사람은 마음이 가슴에 있다고 생각했다. 심장(心臟)이란 말이 그래서 나왔다. 심장이란 사물의 중심이라는 뜻이다. 인간의 중심이 머리가 아니라 심장이다.

 당우는 심장으로 말을 한다. 심장이 유난히 건강하다. 심장의 소리를 듣고 거부하지 않는다.

 머리가 똑똑한 게 아니라 심장이 똑똑한 게다.

 "수라, 수(殊)…… 수는 그 죽일 수가 맞죠? 죽인다는 뜻인데, 일반적으로 무인들은 죽인다는 뜻으로 사(死) 자를 많이 쓰잖아요. 한데 수 자를 썼단 말이에요."

 "말이 길다."

 "수 자는 주로 처형할 때 쓰죠. 완전히 맥을 끊어버릴 때, 뿌리를 근절할 때."

 이런 분석은 밀마해독의 접근법이다.

 글자 한 자 한 자를 깊이 파고든다. 글이 지닌 의미를 살핀다. 속뜻까지 살핀다. 같은 글자라도 섬서인(陝西人)이 쓸 때와 광동인(廣東人)이 쓰는 의미가 다른 경우가 있다. 지방색, 민족

성, 시대의 흐름 등을 종합적으로 고려해야 한다.

당우에게 글자 해독은 세상에서 제일 재미있는 놀이다.

편마가 놀란 얼굴로 쳐다봤다.

"그럼 녹엽만주란 글자를 모두 풀이하면 무슨 뜻일 것 같으냐?"

"참 재미있는 글자예요. 녹엽만주…… 굉장히 낭만적인 글자인데, 뜻은 정말 무서워요. 세상에서 가장 무서운 글자를 꼽으라면 최소한 다섯 손가락 안에 꼽힐 것 같아요."

당우는 정말 무서운지 침을 꼴깍 삼켰다.

단순한 글자 풀이로는 이런 현상이 나올 수 없다. 글자를 풀이해서 아는 것과 육체적으로 공감을 느낀다는 것은 엄연히 다르다. 차원이 너무 다르다.

당우는 녹엽만주란 글자를 풀이한 게 아니라 초식의 맹렬함을 상상하고 있다.

"채찍은 한 자루, 그러나 변화는 만변(萬變). 천하를 채찍으로 가려 버리니 어느 곳을 칠 것인가. 머리, 어깨, 허리, 다리…… 눈길이 닿은 곳이면 어디든 칠 수 있구나. 이건 처형…… 죽이고 싶은 자, 모두 죽일 수 있다."

당우가 말을 마치고 또 한 번 치를 떨었다.

편마는 너무 놀라서 자신도 모르게 입을 쩍 벌렸다. 그리고 잠시 동안 그대로 있었다.

당우는 녹엽만주를 그대로 그려냈다.

"히히히! 좋구나, 좋아. 그럼 녹엽만주를 펼치는 데 필요한 조건들을 말해보거라."

"초식을 펼칠 때 필요한 건…… 필요한 건……."

당우는 좀처럼 말을 하지 못했다.

"히히히! 꼬마야, 네놈도 여기가 한계구나. 히히히! 크게 기대하지 않는다. 생각나는 대로 말해봐."

"정말 말해도 돼요?"

"말하라니까!"

편마는 버럭 고함을 질렀다.

왠지 불길하다. 이번에도 정확한 답을 할 것 같다. 이런 식으로 나가면 본전까지 모두 빼앗길 것 같다. 주고 싶지 않은 것까지 슬그머니 빼내갈 것 같다.

"뼈요."

"뼈!"

"지극히 유연한 뼈요. 굳은 관절이 없어야 해요. 차라리 관절없는 인간이라고 해야 하나? 그래야 온 천하를 뒤덮을 변화를 그려낼 수 있어요."

"……!"

말이 나오지 않는다.

무공 명칭만 듣고 수련 조건까지 알아맞힌다는 것은 기재도 하지 못할 일이다. 무공 천재라는 사람이 숱하게 많지만 당우의 지금 상태와 견주면 모두 한 수 아래로 처질 것이다.

"그다음에 필요한 건……."

"다음까지 읽은 게냐."

묻는 말에 힘이 빠졌다. 들으면 뭐 하겠나. 이번 대답도 분명히 맞겠지. 변화 다음에는 변화를 유지하고 참살에 집중할 수 있는 진기, 누구든 처형할 수 있는 강력한 힘을 말하겠지.
당우가 말했다.
"사실 녹엽만까지만 하면 승부는 끝난 거예요. 빠져나갈 공간이 전혀 없거든요. 히히! 어떻게 펼치기에 그런 변화를 그려낼 수 있는지 궁금해요."
"남은 말이나 하지."
"녹엽만을 펼친 다음에는 당연히 치명타를 생각해야죠. 어디를 어떤 식으로 칠까? 그곳을 정했으면 녹엽만을 유지한 상태에서…… 상대의 시선을 녹엽만에 고정시키고…… 한 수만 슬그머니 빼내서 푹 찔러 넣으면 끝."
"뭐, 뭣!"
편마의 눈초리가 찢어질 듯 부릅떠졌다.
"제가 잘못 말했나요?"
"상대의 시선을 변화에 고정시키고 한 수를 슬그머니 빼내서 찔러!"
"네에…… 그러면 될 것 같은데."
"상대가 바보냐! 한 수를 빼내는데 몰라?"
"그러니까 시선을 고정시키면……."
"상대가 바보냐고! 한 수를 빼내는데 눈길을 고정시키고 있게!"
"그래서 녹엽만이잖아요."

"뭣!"

"녹엽만……. 변화가 천하를 뒤덮은 것이 아니라 푸른 잎이 천하를 뒤덮은 거죠. 천하가 나뭇잎인데 저 깊은 곳에서 잎사귀 하나 하늘하늘 떨어진다고 눈길이 가나요?"

'이건…… 인간이 아니다.'

편마의 손끝이 가늘게 떨렸다.

녹엽만주는 일곱 단계에 걸쳐서 수련 과정이 이루어진다.

그중 가장 마지막에 적혀 있는 게 녹엽만주다. 최종 연공 수련 과정이 그대로 무공 명칭으로 사용된 것이다.

사부는 말한다. 녹엽만주는 최강이다. 최상이다. 녹엽만주를 뛰어넘는 명칭이 없다. 그래서 녹엽만주를 무공명으로 정하니, 위명(威名)이 약하다고 하여 개명(改名)하지 말지어다.

녹엽만주는 인간 무공의 최고 결정체다.

불행히도 편마는 녹엽만주를 수련하지 못했다. 그녀의 성취는 녹엽만주를 성취하기 전에 필히 이루어야 하는 천하변(天下變)에도 미치지 못한다.

그녀는 겨우 오단계에서 멈췄다.

일단계를 이루기 위해서 전신 뼈를 쭉쭉 늘어뜨렸다. 두들기기도 하고, 비틀기도 하고, 필요하면 부러뜨리기도 했다.

이런 과정은 거의 살인적이다.

녹엽만주가 사마공(邪魔功)으로 분류된 것도 살인적인 수련 과정 때문이다.

사부는 열일곱 명의 제자에게 녹엽만주를 전수했다. 하나

단 한 명만이 일단계를 넘겼다.

단 한 명, 단 한 명, 단 한 명! 그녀가 편마 고룡매다.

열여섯 명이 일단계를 넘기지 못하고 죽었다. 뼈를 부수고 재맞추는 과정을 견디지 못했다.

전신의 뼈를 유연하게 만들기 위해서는 참으로 고단한 행로를 걸어야 한다. 시간을 두고 십 년, 이십 년 수련할 수도 있다. 그러면 유가(瑜伽)의 달인처럼 자유자재로 뼈를 움직일 수 있다.

불행히도 녹엽만주는 시간을 여유있게 주지 않는다.

일단계가 끝이 아니다. 이단계, 삼단계로 계속 넘어가야 한다. 마지막 칠단계까지 이루기 위해서는 평생이 걸릴지도 모른다. 그렇기 때문에 일단계에서 너무 많은 시간을 허비할 수 없다.

그녀가 그랬다.

어려서부터 입문하여 별의별 고생을 다하면서 녹엽만주를 수련했다. 녹엽만주가 너무 어려워서 다른 무공을 손대기도 했다. 사십사편혈처럼 저급한 무공에 손대기도 했다.

하나 곧 진가(眞假)를 구분해 냈다.

녹엽만주는 진짜다. 아무리 어려워도, 성취하기 불가능해도 진짜를 거짓이라고 할 수는 없다.

나머지는 거짓이다.

진실한 무공이라고 해도 녹엽만주보다 봉우리가 높지 않다면 거짓이다.

그녀는 녹엽만주로 돌아왔지만 성취는 여전히 느렸다.

나이가 마흔을 넘어섰을 때 사단계를 겨우 넘어섰다.

더 이상 기다릴 수 없었다. 언제까지고 녹엽만주만 그리다가 인생을 끝낼 것인가.

무림으로 뛰쳐나와 녹엽만주를 펼쳤다.

그러자 그녀에게 당장 '편마'라는 별호가 주어졌다. 편을 쓰기 때문에, 그리고 녹엽만주가 마공이기 때문에.

그녀는 알지도 못하는 다른 육마와 한 덩어리가 되었다.

칠마······.

칠마와의 인연은 그렇게 시작된다.

오단계는 무림에 나와서 넘어섰다. 사단계를 넘긴 편공으로는 절정고수를 상대할 수 없다는 판단을 내렸다. 무림은 기라성 같은 고수가 널린 곳이다. 사단계 편공으로 충분할 줄 알았는데, 다른 육마와도 거리가 크지 않았다.

그녀는 지금도 육단계를 꿈꾼다.

내일 죽을지 모레 죽을지 모를 만큼 늙었지만 그래도 녹엽만주를 제대로 펼쳤을 때 어떤 모습인지 보고 싶다. 사부가 말한 최강, 최상의 무공을 펼쳐 보고 싶다.

그런데 당우가 그런 경지를 말한다.

무공 명칭만 듣고 최절정의 경지를 장난처럼 늘어놓는다.

"배우고 싶으냐?"

사십사편혈은 물 건너갔다.

사실 천검가는 시간을 그리 오래 끌지 않을 게다. 기껏해야

일 년 정도 가둬두면…… 아니, 일 년도 길다. 당우가 만정에 들어온 지도 거의 반년이 지나가니, 조만간 꺼내가려고 할 게다.

그때 뒤통수를 치지 않으면 영영 만정을 빠져나가지 못한다.

이건 직감이다. 그녀가, 만정 마인들이 이곳을 벗어날 수 있는 유일한 기회가 눈앞에 있다.

녹엽만주는 언제 끝날지 모른다. 일, 이 년으로는 도저히 안 된다. 십 년이나 이십 년…… 당우의 수용력이 상상을 초월한다고 해도 이십 년 안쪽으로는 불가능하다.

더군다나 녹엽만주를 수련하는 과정에서 자칫하면 투골조의 씨앗이 깨질 수도 있다. 그러면 무기지신도 깨지고, 당우의 효용성은 완전히 상실된다.

만정 탈출에서 당우를 크게 써먹어야 하는데…….

당우가 대답했다.

"가르쳐 주실래요?"

"사십사편혈은 어떠냐?"

"……."

당우는 대답을 피했다.

"휴우! 그래, 가보자. 대신…… 죽을 각오를 해라. 녹엽만주의 일단계는 죽음의 수련이다. 열일곱 명 중에 오직 한 명만 살아남은 수련이다. 그래도 할 테냐?"

당우가 힘차게 고개를 끄덕였다.

第三十章
격랑(激浪)

1

 눈밭 위에 앉아서 기름종이에 싸인 찬밥 덩이를 씹어 먹는다.
 밥은 돌덩이처럼 딱딱하다. 이빨이 들어가지 않아서 혀로 녹인 다음에 조금씩 떼어 먹어야 한다.
 다른 때 같았으면 불을 피웠을 게다.
 찬밥이지만 물을 끓여서 끓인 밥을 만들어 먹으면 천하일미가 따로 없다.
 지금은 그럴 때가 아니다. 때도 아니고 기분도 아니다.
 천검귀차 다섯 명은 마차 다섯 대를 빌렸다. 그리고 각기 한 대씩 몰았다.
 마차 안에는 시신이 가득하다.

마차 세 대에 천검귀차의 시신이 실렸고, 다른 두 대에는 교두들의 시신이 들어 있다.

일차 시신 분석은 현장에서 끝냈지만, 천검가에 데려가면 조금 더 깊은 부분을 캐낼 수 있을 것이다.

다만 죄송스러운 것은 귀주의 시신을 다른 천검귀차와 함께 실었다는 점이다. 물론 귀주는 아랑곳하지 않으실 게다. 평소에도 귀차들을 친동생처럼 아껴왔으니 죽어서 한 몸이 되는 걸 더 반가워하실지도 모른다.

그래도 아랫사람으로서 할 도리가 있는 법인데, 주인을 이리 모시니 죄스럽기만 하다.

"더 못 먹겠다."

천검귀차가 찬밥 덩이를 내려놓았다.

"먹어. 안 들어가도 꾸역꾸역 쑤셔 넣어. 배가 불러야 힘을 쓸 것 아냐. 이대로 주저앉을래."

"시끄러. 건드리지 마."

"건드리기 싫다. 그러니 처먹어."

우둑!

말을 하던 천검귀차가 딱딱하게 굳어버린 찬밥을 우걱 씹었다.

밥을 씹었는데 나무 부러지는 소리가 난다. 그래도 찬밥 덩이를 떼어내는 데는 성공해서 우물우물 씹는다.

못 먹겠다며 찬밥을 내려놨던 천검귀차도 다시 들어 올렸다.

우둑!

그도 찬밥을 씹었다.

힘들어서 죽겠을 때, 더 이상은 꼼짝도 할 수 없을 때, 뱀이 기어와 꽉 깨물어도 떼어낼 힘조차 없을 때…… 그럴 때 귀주는 찬밥 덩이를 내놨다.

"먹어라. 배가 불러야 힘을 쓴다."

찬밥 덩이도 귀찮다. 어떤 호의도 사양한다. 그냥 누워서 편히 쉬게 내버려 두기만 했으면 좋겠다. 그러면 여지없이 한마디 호통이 날아든다.

"처먹어!"

동료가 옆에서 한 말은 평소 귀주가 즐겨 쓰던 말이다.

찬밥을 먹는다. 그래야 힘을 쓴다. 배가 부르면 죽음에 대한 공포도 잦아든다. 이만큼 배부른 상태에서 죽으니 여한이 없다는 생각까지 든다.

천검귀차는 어떠한 상태에서도 밥은 먹는다.

문득, 그중 한 명이 말했다.

"제길! 뉘신지 모르겠지만 일다경만 주시오. 일다경이면 저승 밥 모두 먹어치울 것 같소."

상대가 말했다.

"웃기는 놈들이군."
천검귀차가 말했다.
"일다경을 주신 것으로 알겠소. 일다경이다. 일다경 안에 모두 먹어! 그리고 신나게 힘 좀 써보자."
"후후후! 이제야 먹을 맛이 나는데."
"맛있냐?"
"맛있다. 하하하!"
천검귀차는 찬밥 덩이가 원수라도 되는 양 잔뜩 노려보면서 물어뜯었다.
등 뒤로 나타난 자는 강자다. 자신들이 상대할 수 없는 거인이다. 싸워보지 않고는 상대를 모르는 것이지만, 그리고 기가 죽은 것도 아니지만 왠지 그런 느낌이 든다.
그는 다섯 대의 마차를 기웃거린다.
다섯 대 모두 휘장을 걷어 올리고 어떤 시신을 실었는지 살핀다.
그런 행동을 만류하지 않았다. 어차피 싸울 상대이지 않은가. 그리고 그도 그렇고 자신들도 그렇고 상대를 죽이지 않으면 돌아설 수 없다는 걸 잘 알고 있지 않나.
천검귀차 다섯 명은 정확히 일다경 만에 일어섰다.
"귀하, 이제 됐소."

오 대 일의 싸움이다.
평소 같으면 긴장도 하지 않는다. 어떤 상대이든 다섯 명이 연수합격(聯手合擊)하면 반드시 이긴다는 신념을 쌓아왔다.
 그럴 수 없는 사람이 몇 사람 있기는 하다.
 가주는 논외의 대상으로 감히 입에 담을 수도 없고…… 천검십검이 그런 사람들이다. 하나 그런 사람들도 귀주가 지혜를 쓰면 잡을 수 있다.
 천검가에서 천검귀차가 두려워하는 사람은 없다.
 한데 지금은 귀주가 없다. 오직 자신들만으로 천검십검과 필적할 수 있는 고수를 맞이해야 한다.
 '금마?'
 '금마.'
 서로 눈짓으로 사용할 검법을 정했다.
 금마검법은 이미 노출되었다. 혈선사도에게 진기 행공 요결이 풀려 나갔다.
 지금도 그럴 수 있다. 상대는 일검을 맞을 것이고, 혈선사도의 운용 요결로 파해법을 찾아낼 게다. 그런 후, 일초검식을 통해서 승부를 결정짓는다.
 그런 점을 방비하기 위해서는 딱 한 가지 방법밖에 없다. 일격필살(一擊必殺)이다.
 사실 그들은 금마검법밖에 쓸 것이 없다. 여타의 무공을 배우지 않은 건 아니지만 천검귀차로 발탁된 후에는 오직 금마검법에만 매달려 왔다.
 몇 시진 전에 금마검법을 써서 크게 당한 터인지라 서로 눈짓을 교환했지만, 금마검법을 제외하고는 상대할 무공이 없다. 자신들이 생각해도 다른 무공은 시원치 않다.
 일격필살, 반드시 죽인다. 그러면 된다.
 그들 중 네 명은 장검을 버리고 단검 두 자루를 꺼내 들었다.
 장검 대신 단검을 쓰면 위험도는 훨씬 높아진다. 하지만 지근거리로 접근하기만 하면 승산은 훨씬 높다. 박투(搏鬪)를 전개할 거리까지 파고들면 거의 이긴 것이다.
 그러기 위해서 한 명은 장검을 버리지 않았다. 다른 자들이 지근거리로 파고들 수 있도록 최선을 다해서 일격을 받아넘긴다. 상대의 검을 묶어놓는다.
 "먼저…… 간닷! 하하하!"
 장검을 든 천검귀차가 뛰어들었다.
 상대가 안 된다는 것을 안다. 혈선사도를 쓸 수 없게끔 막아서기만 하면 된다.
 쐐엑! 파앗!
 장검으로 천검가 여인들이 수련하는 천유선검을 펼쳤다.
 지나가는 길에 보기는 했지만 본격적으로 수련해 본 적은 없는 무공이다. 금마검법의 운공 요결로 형태만 다른 검을 쳐낸다. 천유선검의 초식을 풀어낸다.
 "너무 허술해!"
 써걱!
 말을 끝까지 듣지도 못했는데 허리가 뚝 끊어진다. 다리는 앞으로 달리고 있는데, 상반신은 땅바닥으로 곤두박질친다.

'빌어먹을!'

단 일 초도 버티지 못했다. 상대의 검을 묶기는커녕 너무 일찍 죽음으로써 전력 손실만 불러왔다.

눈을 감기 전에 다른 소리도 들었다.

"이것도 허술해!"

"큭!"

누군가 바로 뒤따라온다.

너무 강하다. 도대체 어떤 놈이기에 천검귀차를 일 초 만에 거꾸러뜨리는가. 그리고 이 검법은 또 뭔가. 난생처음 보는 검법인데…… 뱀이 기어가듯 꿈틀거리며 들어와서 단숨에 파도를 일으킨다. 허리를 싹둑 잘라 버리는 굉장한 물결이다.

'사마량(司馬亮)!'

그는 한 사람을 떠올렸다.

지금 이것이 그의 검법인지 아닌지 확신할 수는 없지만, 아무래도 그의 검법 같다.

칠마 중의 일인인 검마(劍魔) 사마량.

"허술……."

또 한마디가 터진다.

비명이 들린 지 촌각밖에 되지 않았는데 또 쓰러진다.

'지독히 강하군.'

그 생각을 할 즈음, 그의 상반신은 땅에 닿고 있었다.

상대는 몸이 눕혀질 동안에 두 명이나 더 베어버린 것이다.

격랑(激浪) 305

사내는 교두들의 마차에 기름을 부었다. 그리고 화섭자를 꺼내 불을 붙였다.

화르르륵!

마차 두 대에 불이 붙었다.

마차를 끌고 있던 말들이 깜짝 놀라 히히힝! 울음을 토해내더니 냅다 달린다.

말들이 불붙은 마차를 이끌고 뛴다.

사내는 그 모습을 보면서 피식 웃었다.

교두들의 시신은 많은 말을 하지 못한다. 그들의 시신에 새겨진 사혼은 모두 천검가의 무공이다. 그러니 새삼스럽게 검이 어떻게 파고들었는지 살펴볼 필요가 없다.

대신 다른 것을 볼 수 있다.

그들이 누구인가? 용모파기를 그려서 전국에 뿌리면 쓸데없는 정보가 흘러나간다.

항상 마지막은 깨끗해야 한다.

불을 얼굴에 붙였다.

마차가 완전히 타지 않아도 지금쯤이면 얼굴만은 완전히 녹아 있을 게다.

"후후후!"

그는 웃으면서 자신이 죽인 천검귀차들까지 마차에 실었다.

"가거라. 가서 사마량의 마검까지 알려라. 후후후!"

그가 말 등을 힘차게 후려쳤다.

그 시각, 향암을 죽이기 위해 천곡서원에 들어갔던 무인 두 명은 낯선 자들과 조우했다.

태어나면서부터 오직 글만 읽었을 것 같은 유생이 말했다.

"누구요?"

"비켜라."

"뉘신데 남의 서원을 정문으로 들어오지도 못하고 담을 넘으시는 게요?"

"말로는 안 될 놈이군."

스릉!

검을 뽑았다.

천검가에서는 이런 식의 싸움을 가르치지 않았다.

검은 약한 자에게 휘두르는 게 아니다. 불의를 행하는 도구로 써서도 안 된다.

가르침대로라면 유생을 설득해야 한다. 그래서 자기 스스로 물러서게 해야 한다. 하나 그런 생각이 들지 않는다. 무슨 말을 해도 비키지 않을 사람이니 베어야 한다는 생각만 든다.

"검?"

유생이 놀라서 말했다.

"지금이라도 비키면 목숨은 구할 수 있다."

그런데 유생의 말이 가관이다.

"쯧! 검만 뽑지 않았어도 살려서 보내려 했건만."

두 사람은 유생을 다시 살폈다.

무공을 수련한 흔적이 전혀 없다. 태양혈(太陽穴)도 밋밋하고, 손에는 굳은살도 박여 있지 않다. 뿐만 아니라 무인이라면 숨길 수 없는 안광마저 평범하다.

아무리 봐도 무공을 익힌 자가 아니다.

"우리는 향암에게 볼일이 있으니……."

"선생님의 존함을 함부로!"

유생이 쩌렁 일갈을 내질렀다.

순간, 두 사람은 온몸에 찬물을 뒤집어쓴 듯 얼어붙었다.

일갈에 실린 내공이 범상치 않다. 단지 호통만 들었을 뿐인데 오장육부가 얼어붙는다. 가주에게 죽으라는 명을 받았을 때처럼 손발이 덜덜 떨려온다.

"한심한 놈들!"

유생의 눈이 노기로 물들 때,

스웃! 스으웃!

나무 위에서 스르륵 미끄러져 내려온 밧줄이 두 사람의 목을 휘감았다.

"헛!"

"컥!"

두 사람은 졸지에 허공에 대롱대롱 매달렸다.

"컥컥! 컥!"

밧줄은 말을 할 수 없을 정도로 강력하게 조여온다. 살려달라고 말하고 싶은데…… 할 수가 없다.

두 사람은 발을 동동 구르다가 축 늘어졌다.

"죽었습니다. 어떻게 할까요?"

나무 위에서 말했다.

"관도 주변에 내다 버려. 사람이 잘 볼 수 있는 곳…… 논둑길 같은 곳이 좋겠어. 곱게 모시라는 소리는 아냐. 목을 꺾어. 뼈만 부러뜨리지 말고 꺾인 모습을 보이란 말이야. 팔다리도 부러뜨려 놓는 게 좋겠다. 가급적이면 처참한 모습으로 내다 버려."

"시기는 언제가 좋겠습니까?"

"왜? 고려해야 할 거라도 있나?"

"천검사봉이 선생님을 죽이겠다고 오고 있는 중입니다."

"신경 쓸 것 없어. 지금 내다 버려. 내일 아침에 사람들이 볼 수 있도록 해. 아니, 아니, 천검사봉이 이리 오고 있다고?"

"넷! 그렇습니다."

"좋아. 그럼 그들이 보게 해. 모든 사람이 볼 수 있는 곳에, 그리고 그들이 볼 수 있는 곳에. 좋은 구경거리가 되겠어. 하하하!"

"알겠습니다."

스르륵!

축 늘어진 두 사람이 나무 위로 딸려 올라갔다.

"후후후!"

유생은 웃었다. 그리고 혼잣말로 중얼거렸다.

"천검가 무인이 한겨울에 논바닥에서 목이 꺾여 죽는다. 후후후! 이래서야 천검가의 위치가 매우 흔들리지 않겠나. 하하하하! 궁금하군, 궁금해. 검련이 어떻게 반응할지. 하하하!"

유생의 얼굴은 밝고 맑았다. 근심이라고는 일절 찾을 수 없었다.

*　　　*　　　*

정체 모르는 자들과 싸운다는 건 참 답답하다.
누구인지도 모르고, 무공도 모르고…… 상대가 먼저 검을 들이대기 전에는 적인지조차 모른다.
이런 상태는 주의하기도 어렵다.
기껏 경계심을 높인다는 게 무인인 듯싶은 사람이 다가오면 바싹 긴장하는 정도다.
"가주님은 무슨 생각을 하실까?"
"글쎄…… 워낙 속을 드러내지 않는 분이라."
"천검가는 누구 손에 들어갈 것 같아?"
"정(靖)이는 아니야."
"그렇지? 나도 그렇게 생각했는데."
"무공, 인품, 영도력. 다 뛰어난데……."
"딱 한 가지, 가주께서 대부인을 워낙 싫어하신다는 게 문제지."
"그런데 왜 그렇게 싫어하시는 거야? 난 입문하고 거의 십년 정도가 지난 다음에나 알았다니까. 남들 앞에서는 워낙 다정하시잖아. 대부인께서도 하실 만큼 하시고."
"하실 만큼이 뭔가. 그 정도 하시는 분이 어디 있어? 내 마누

라가 그렇게 하면 업고 다니겠다."

천검사봉은 농담을 주고받으며 길을 걸었다.

검은 빼서 손에 들었다. 피로 얼룩진 옷을 그대로 입고 있어서 혈귀(血鬼)가 따로 없다.

지나가던 사람들이 몸을 움츠린다. 어떤 자는 멀리서부터 몸을 숨긴다.

그러는 게 좋다. 지금 심정 같아서는 누가 시비만 걸어와도 검을 날릴 것 같다. 천하에 천검사봉이 학자 한 명을 죽이기 위해 우르르 몰려가고 있으니 이게 무슨 꼴인가.

"저건 뭐지?"

주준강이 말했다.

"사람들이 잔뜩 몰려 있는데…… 뭐가 있는 모양이군."

두가환이 말했다.

"후후후! 우리가 가는 길목에 사람이 꼬였다. 좋지 않아. 그래도 가봐야지?"

강준룡이 눈살을 찌푸리며 말했다.

"가봐야지, 초대라면."

그들은 사람이 모여 있는 곳으로 걸어갔다.

그들의 모습을 본 사람들이 좌우로 쫙 갈라진다. 발걸음에 차이는 잔돌멩이가 되지 않겠다는 듯 멀찍이 물러선다. 돌멩이는 차이기나 하지, 사람은 베인다.

"이거…… 어쩌다 이런 꼴이 됐는지."

두가환이 공포에 질린 사람들을 쳐다보면서 중얼거렸다.

천검십검은 존경의 대상은 될지언정 공포의 대상은 아니다. 그들은 사람을 돌봐왔지, 베지는 않았다. 그런데 딱 한 번, 혈귀의 모습이 됐다고 두려워한다. 갈라지는 사람들 중에는 평소 안면이 있는 사람도 있는데 그들 역시 두려워한다.

이것이 검의 힘이다.

검으로 얻은 존경은 검으로 잃는다.

그들은 사람들이 구름처럼 모여서 쳐다보던 것을 봤다.

목이 꺾여 죽은 시신 두 구.

천검가의 무복을 단정하게 입었다. 천검가의 문양이 아주 말끔하게 닦여져 있다. 하지만 사지는 모두 부러져서 마치 춤을 추고 있는 듯한 인상을 풍긴다.

죽은 시신이지만 아주 우스꽝스럽다.

"죽었군. 실패한 줄은 알았는데 죽었을 줄이야."

주준강의 눈에 살기가 감돌았다.

두 사람이 꽁꽁 얼어붙은 논둑길에서 목이 꺾인 채 널브러져 있다. 구름 위에 비스듬히 세워져 있는 장검 문양, 천검가의 문양을 환히 드러낸 채.

노골적인 조롱이다.

"이러면 천곡서원도 호굴(虎窟)이 되는 셈인가?"

두가환도 눈살을 좁히면서 먼 하늘을 쳐다보았다.

"우리가 오는 줄 이미 알고 있을 거야. 그래도 이런 식으로 마중한다는 건 올 테면 오라는 것이겠지. 우리 정도는 상대해 줄 수 있다, 이건가? 아주 사나운 꼴이 되겠어."

강준룡은 손에 쥔 장검을 물끄러미 쳐다봤다.

천유비비검은 무적이다. 그 점은 한시도 의심한 적이 없다. 그리고 자신들은 천유비비검의 달인이다. 검을 쥐면 그 누구도 상대할 수 있다는 자신감이 팽배해 있다.

싸움? 두려워하지 않는다. 그 누가 도전해 오더라도 맞상대해 줄 자신이 있다. 죽는다? 그런 느낌은 없다. 죽는 것은 상대이지, 자신들이 아니다.

죽는다는 의미가 죽음에 대한 공포, 감정 같은 것을 말하는 거라면 웃으면서 말해줄 수 있다. 그따위 사치스런 감정들은 이미 오래전에 떼어냈다고.

그래도 이렇게 자신만만하게 도전해 오는 자들을 만나니 기분이 이상하다. 마치 올가미에 걸린 느낌이 든다. 천유비비검을 환히 읽어버린 상대와 맞서는 불안감이라고 해야 할까? 어쨌든 발가벗겨진 기분이다.

"가지. 향암이 기다리고 있잖아."

강준룡이 먼저 등을 돌렸다.

2

"명령이야."

여인이 서신을 내밀었다.

금색 봉투에 붉은 실이 묶여져 있다.

"언제 온 거야?"

"지금."

"읽어봤어?"

"아니."

"계집애! 읽어봤구나! 명령은 내가 받들게 되어 있는 거 몰라!"

"계집애도…… 뭘 그런 걸 가지고 따져, 치사하게. 이런 지옥에서 서열 따질 거야!"

"어휴! 내가 말을 말아야지."

"받아! 네 거라며!"

여인이 금색 서신을 내던지듯 홱 던졌다.

패앵!

서신이 암기처럼 날아간다. 날카로운 파공음을 흘리면서 쏜살같이 짓쳐 간다.

맞은편에 앉아 있던 여인은 손을 뻗어 날아오는 서신을 받았다.

사악!

서신에 실린 강기(剛氣)는 흔적도 없이 녹았다.

그녀는 아무 일도 없었던 듯 홍색 실을 풀고 내용을 살폈다.

"죽여?"

여인의 얼굴에 놀라움이 퍼졌다.

"이상하지?"

방금 전까지만 해도 성난 암고양이처럼 성질을 부리던 여인이 바싹 다가서며 말했다.

"죽여라……."

앉아 있던 여인은 서신 내용만 되풀이했다.

"이럴 것 같았으면 여기 들어올 때 죽이라고 했으면 좋잖아. 그때는 살려두라고 하고 왜 지금 죽이라는 거야! 진작 죽였으면 일찍 나갈 수 있었잖아!"

여인이 투덜거렸다. 하지만 기분 나쁜 표정은 아니었다. 아니, 오히려 소풍이라도 나가는 듯 잔뜩 들뜬 표정이었다.

"빨리 처리하고 나가자. 난 이 지옥 같은 곳에선 한시도 더 있고 싶지 않아."

여인이 앉아 있는 여인을 채근했다.

"그게…… 쉽지 않아."

"뭐가!"

"당우 말이야. 그놈을 죽이는 게 쉽지 않다고."

"편마 때문에? 호호호! 너, 왜 이렇게 겁쟁이가 됐어? 그 늙은이야 이빨 빠진 호랑이잖아. 지가 편마면 편마지 별것 있어? 이젠 내공도 모두 소진하고……."

"내공을 찾았어."

"뭐!"

"우리도 안전하지 않다고. 알았어, 계집애야?"

"얘가 지금 뭐라는 거야? 편마가 내공을 찾았다고? 언제?"

"며칠 된 것 같아."

"며칠? 그래서 네가 그렇게 똥 씹은 표정을 하고 있었던 거야? 그런데 왜 나한테는 말하지 않았어?"

격랑(激浪) 315

"아직 확실하진 않아. 긴가민가해."

"사구작서, 그 인간들은?"

"아직."

"내공을 찾았다고 해도 며칠 안 됐으면 완전히 회복되지는 않았을 거 아냐? 그럼 우리 둘이서 충분히 해치울 수 있지 않을까? 아냐, 그럴 리 없어. 여기 금제가 어떤 금제인데 그걸 회복해. 말도 안 돼. 너, 괜히 당우란 놈을 죽이기 싫어서 하는 말이지? 너 처음부터 그랬잖아. 그놈 들어올 때 내가 죽이자고 하니까 약속 운운하면서 살려두라고 했잖아!"

"약속이잖아!"

"아휴! 정말 이 계집애가!"

서 있는 여인은 분기(憤氣)를 참지 못하고 씨근덕거렸다.

그러나 그녀의 분기는 언제 일어났냐 싶게 가라앉았다. 그 대신 두 눈 가득히 컴컴한 어둠을 싸늘하게 얼려 버리는 살기를 줄기줄기 뻗어냈다.

"누구냐!"

그녀의 입에서 얼음장 같은 소리가 터졌다.

"호호호! 간이 배 밖으로 튀어나온 인간이 있었네. 이곳에 들어오면 껍질을 벗겨 버린다고 했지!"

쉐엑!

서 있던 여인은 다짜고짜 일장(一掌)을 쳐냈다. 하나, 상대도 일장을 뻗어냈다. 그리고 두 육장(肉掌)은 컴컴한 허공 한가운데서 정확하게 부딪쳤다.

따악!

손바닥끼리 부딪쳤다고는 믿을 수 없는 소리가 울렸다. 나무토막끼리 부딪친 것 같다.

"흑!"

먼저 손을 뻗었던 여인이 깊은 숨을 들이켜며 뒤로 물러섰다.

"홍염쌍화(紅艶雙花), 경거망동 마라."

어둠 속에서 익히 알고 있는 노괴(老怪)의 음성이 들려왔다.

"으으!"

서 있던 여인이 저미한 신음을 토해냈다.

이제 확실해졌다. 노괴가 내공을 되찾았다. 점혈을 한 것도 아니고 무지막지하게 칼로 끊어놓은 내공을 다시 찾았다. 세상에…… 벌어질 수 없는 일이 벌어졌다. 만정이 생긴 이래 이런 적은 단연코 없었다. 그 누구도 이런 기적을 행하지 못했다.

"어, 어떻게!"

앉아 있던 여인도 벌떡 일어섰다. 그녀는 벌써 장검을 꺼내 들고 기수식(起手式)을 취했다.

"계집…… 넌 그래도 머리가 있는 줄 알았더니, 너도 돌머리군. 지금 너희들이 내 상대가 될 것 같으냐!"

"음!"

여인은 신음만 터뜨렸다.

내공을 잃은 마인들은 경계의 대상이 아니다. 하지만 만정에 있는 마인들 중 그 누구라도 내공을 찾으면 홍염쌍화가 상대하기에는 벅찬 상대로 돌변한다.

그녀들이 안심하고 만정에 있을 수 있었던 것은 마인들이 내공을 찾지 못할 것이라는 자신감 때문이었다. 하늘이 개벽(開闢)해도 일어날 수 없는 일이기에 자신감을 가졌다.

"히히히! 당우…… 당우 그놈이 길을 가르쳐 주었지. 히히히!"

편마 고룡매의 음성에 진기가 실렸다.

"크윽!"

"으음!"

홍염쌍화는 웃음소리를 듣자마자 뱃멀미를 할 때처럼 속이 울렁거렸다.

이제는 더 이상 의심할 수 없다.

내공을 완전히 찾았다. 칠마 중 편마로 활동할 때의 고룡매로 되돌아갔다.

편마가 음침한 웃음을 흘리며 말했다.

"히히히! 당우를 죽이라고 명령한 자…… 누구냐? 너흰 누구의 명령을 받고 들어온 게냐? 여긴 어떻게 들어왔고, 어떻게 나갈 수 있는지…… 히히히! 물을 게 참 많구나. 히히히!"

『취적취무』 4권에 계속…

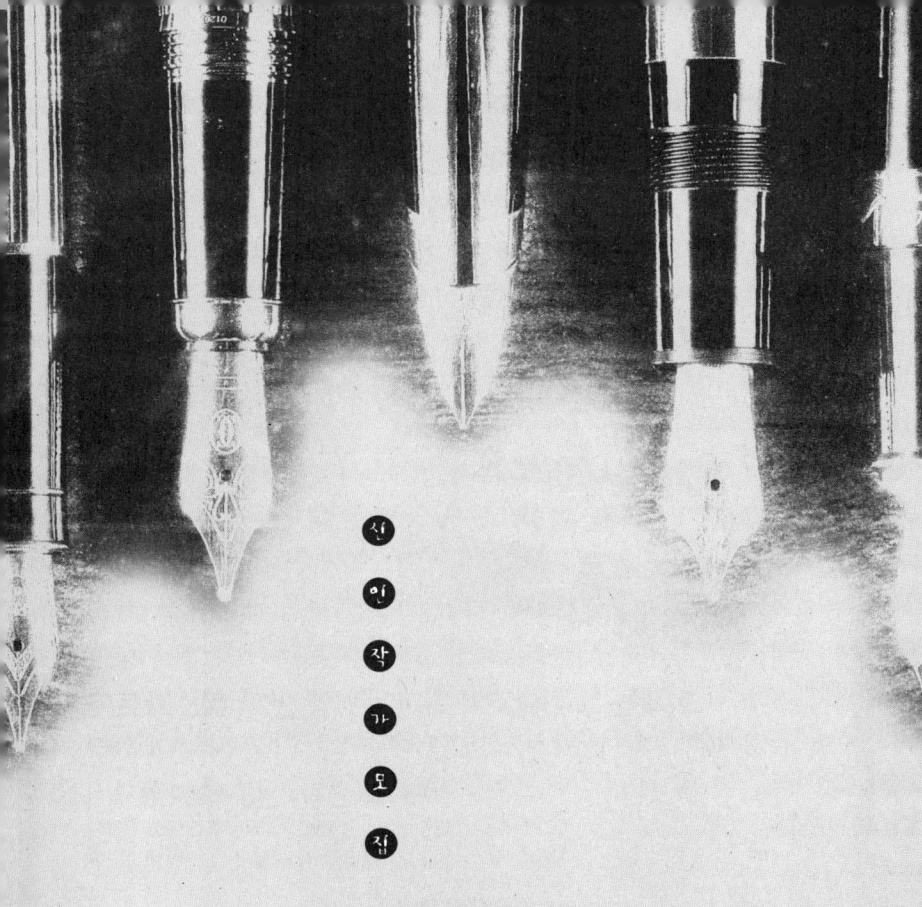

Book Publishing CHUNGEORAM

이경영 판타지 장편 소설

이제는 그 전설조차 희미해진 옛 신계, 아스가르드.
그 멸망한 신계의 전사가 새로운 사명을 품고 다시금 인간들의 곁으로 내려온다.

렘런트라는 이름의 적들, 되살아나는 과거,
그리고 가치관의 차이.
그 모든 것들과 맞서 싸우려는 그녀 앞에 신은 단 한사람의 전우를 내려준다.

그는 붉은 장발의, R의 이름을 가진 남자였다!

초대작 「가즈 나이트」의 부활!
신의 전사들의 새로운 싸움이 지금 시작된다!

Book Publishing CHUNGEORAM
유행이 아닌 자유추구 -
WWW.chungeoram.com

용호객잔
龍虎客棧

설경구 新무협 판타지 소설

낙양 변두리에 위치한 허름한 용호객잔.
폐업 직전까지 몰렸던 용호객잔에 복덩이,
천유강이 저절로 굴러 들어왔다.
그런데… 이 객잔 좀 수상하다?

독문병기는 낡은 주판, 중원상왕을 꿈꾸는 객잔주인, 용사등.
독문병기는 마른 걸레, 끔찍이 못생긴 점소이, 용팔.
독문병기는 식칼, 긴 독수공방 끝에 요리와 혼인한 숙수, 장유걸.
독문병기는 이 빠진 도끼, 사연 많은 남장여인, 문우령.
독문병기는 얼굴, 기억을 잃어버린 절세미남 신입 점소이, 천유강.

"중원의 상왕이 되리라!"

현실감각이라고는 찾아보기 힘든
용사등의 허황된 선언이 천하를 혼란에 빠뜨린다.
바람 잘 날 없는 용호객잔의 평범한(?) 일상에
중원의 이목이 집중된다.

Book Publishing CHUNGEORAM
WWW.chungeoram.com